KB269554

어설퍼도 괜찮아,
또 하루가 시작되니까

임정호 지음

오늘의 어설픔이
내일의 희망으로 피어나는 순간,
당신의 삶은 다시 시작됩니다.

목 차

이 책을 펼치신 당신께 먼저 감사의 말씀을 드립니다. 저는 15년 전부터 '내 이야기를 담은 책을 쓰고 싶다'라는 막연한 꿈을 꾸었지만, 매년 '이번에는 꼭 책을 내야지' 하는 다짐만 반복하다가, 드디어 첫 번째 책을 세상에 내놓게 되었습니다. 솔직히 아직도 많이 부족하다는 생각이 앞섭니다. 하지만, 여기까지 힘들게 왔는데 이 부족함을 핑계 삼아 멈춘다면 언제 다시 용기를 낼 수 있을지 기약이 없다는 것을 잘 알기에, 더 나은 성장을 위한 용기를 내어 이 책을 세상에 내놓게 되었습니다.

저는 '지극히 평범한 한 남자가 살아온 50여 년의 시간을 글로 엮어낸다는 것이 과연 무슨 의미가 있을까?' 하는 질문에 스스로 부딪혔고, 이 이야기들을 책에 담아내도 될지 고민하며 수없이 되물었습니다. 심지어 '나는 과연 내가 실천하지 못하는 것들을 이야기하고 있는 것은 아닌가?' 하는 자기 의심의 자문도 끊이지 않았습니다. 어쩌면 제가 이 책에서 이야기하는 내용은 대부분 여러분들이 이미 알고 있는 평범한 것일 수도 있습니다. 하지만 저는 흔히 책을 읽거나 강의를 들을 때, 책의 모든 내용이, 또는 강의의 모든 내용이 나에게 새로운 깨달음을 줄 것이라고 기대하는 것은 욕심이라고 생각합니다. 그중에서 단 하나 내지 둘 정도 마음속에 와닿는 부분이 있다면, 그것은 분명 우리에게 좋은 영향을 주었다고 말할 수 있을 것입니다. 부디 여러분들이 이미 알고 있는 내용이라 할지라도, 이 책을 통해 다시 한번 깊이 생각할 수 있는 시간을 가질 수 있기를 바랍니다. 저 또한 이 책의 글들을 써 내려가며 저의 삶을 찬찬히 되짚어보는 동안 많은 것을 새롭게 깨닫게 되었습니다. 이러한 고민과 성찰의 과정은 저에게 더없이 귀한 배움의 시간이 되어주었습니다.

요즘 세상, 살아가는 것이 결코 쉽지 않습니다. AI(인공지능)가 우리 일상에 깊숙이 들어와 삶을 편안하게 만들기도 하지만, 한편으로는 일자리나 미래에 대한 불안감으로 위협하기도 합니다. 이러한 변화 속에서 우리의 삶은 더욱 복잡하고 힘겨워져 주변에 고통받는 사람들이 많습니다. 지금의 젊은 세대가 대한민국 역사상 가장 풍족한 물질적 환경을 누리고 있다고들 합니다. 하지만 이 풍족함의 그늘에는 그들이 앞으로 살아가야 할 미래가 결코 희망차지만은 않아 보인다는 냉엄한 현실이 존재합니다. 이렇듯 하루하루를 힘들게 살아가고 있는 우리 모두에게, 저는 '조금은 어설퍼도 괜찮다'라고 이야기해주고 싶습니다. 마치 모든 면에서 완벽한 전문가처럼, 혹은 넘치도록 풍족하게 살아야 할 필요는 없습니다. 어설픈 시기가 지나면 분명히 더 단단하고 성장한 자신을 만날 수 있을 것입니다. 너무 빠르게 흘러가는 세상에 휩쓸려 우리 또한 조급하게 '빠름'만을 추구하며, '내 삶이 빨리 나아지기를' 바라다가 혹여 낙담하지 않았으면 합니다. 비록 인생의 시간은 유한할지라도, 우리에게는 매일매일 새로운 가능성이 무한히 펼쳐지니까요.

이 책의 구성은 제가 독서를 하면서 느꼈던 점들을 최대한 반영하였습니다. 저는 책을 읽을 때 저에게 관심 없는 글은 과감히 넘기곤 했습니다. 오직 제가 읽고 싶은 내용에만 집중하고 싶었기 때문입니다. 그래서 긴 글을 최대한 지양하고, 가급적 적은 분량의 글로 구성하였습니다. 또한 짧은 글마다 AI(인공지능)의 도움을 받아 간략한 요약과 함께 글의 주제에 어울리는 고사성어 및 명언, 글귀들을 함께 담았습니다. 독자 여러분께서는 간단한 요약만 보고도, 자신에게 필요한, 또는 읽고 싶은 글을 빠르게 찾아 읽을 수 있도록 말입니다. 그래서 한두 시간이면 이 책을 읽을 수 있고, 주변에 두면서 생각날 때 펼쳐볼 수 있도록 하였습니다. 저는 독서란 자신의 생각을 정리하고, 어쩌면 내가 잊고 있었던 사실이나 감정을 다시 한번 상기하는 소중한 과정이라고 생각합니다.

이 책은 거창한 성공담이나 삶의 정답을 제시하는 거창한 이야기가 아닙니다. 그저 저의 지나온 50여 년의 시간 동안 느끼고 깨달았던 이야기들을 담아, '나는 지금 무엇을 하고 있는가?' 스스로에게 끊임없이 질문을 던지고, '나는 앞으로 어떤 사람들과 관계를 맺고 싶은가?' 고민하며, 삶이 아무리 힘들지라도 '미래의 나'를 뜨겁게 응원하며 한 걸음 한 걸음 나아가려 애쓰는 한 사람의 지극히 솔직한 고백록입니다. 이 책을 통해 독자 여러분만의 깊은 생각에 잠기고, 스스로를 돌아볼 수 있는 소중한 시간이 되었으면 합니다. '내가 과연 잘할 수 있을까?' 하고 스스로에게 묻는 당신의 마음에 이 책이 작은 위로와 따뜻한 공감을 전하는 진정한 친구가 되기를 진심으로 바랍니다.

끝으로, 저의 50여 년의 삶을 묵묵히 함께해 준 저의 반려자이자 가장 사랑하는 아내, 나금복 씨에게 진심으로 감사의 마음을 전합니다. 제가 지금 이 자리에 있을 수 있었던 것은 오롯이 사랑하는 아내의 헌신적인 사랑과 지지 덕분입니다. 그리고 비록 부족한 아빠였지만, 언제나 든든하게 지지해 주며 멋지게 성장해 준 자랑스러운 아들 수영, 수현에게도 깊은 고마움을 전합니다.

2025년 12월
용인 동백에서 임정호

1장

나를 찾는 여정

: 삶과 정체성의 탐구

‘나’라는 존재를 정의하고,

내면을 들여다보며 정체성을 탐색하는 과정을 담고,

외부의 시선과 상관없이 스스로를 이해하고,

잠재된 가능성을 찾아 성장하려는 성찰 이야기.

제로 가능성

"시작하는 것이 가장 중요하다. 나머지는 인내다."

-루소

자기 계발서 관련 책들을 읽다 보면, '위험할 것 같다는 막연한 두려움 때문에 시작조차 하지 않으면, 그 어떤 변화도 시작되지 않는다'라는 문구를 종종 발견하곤 합니다. 이 말은 여러 가지 의미로 해석될 수 있겠지만, 저는 특히 '가능성'이라는 핵심 관점에서 이야기하고자 합니다. 아무리 성공 확률이 희박한 일이라 할지라도, 일단 시작하면 '0' 이상의 가능성이 생겨납니다. 그러나 시작조차 하지 않으면 '0'이라는, 명료하면서도 허무한 확률만이 우리를 기다릴 뿐입니다.

일이 잘 풀릴지 안 풀릴지는 아무도 모르지만, 통계적으로 위험할지도 모르는 길을 용기 있게 걷는 것과 아무 일도 일어나지 않아 결국 스스로를 포기하게 만드는 것. 이 두 가지 선택지가 마음속으로 '뻔한 결과'로 느껴진다면, 우리는 과연 어떤 길을 택해야 할까요? 성공 확률이 낮다 할지라도, 온 힘을 다해 애쓰는 것이 '가능성 제로'보다는 분명히 현명한 선택이 아닐까요? 비록 실패할 가능성이 더 높다 하더라도, 우리는 그 과정을 통해 또 다른 값진 교훈과 깨달음을 얻을 수 있을 것입니다.

힘든 상황이라도 일단 시작한다면 가능성이 낮을 뿐, 아예 없는 것은 아닙니다. 심지어 우연한 다른 이유로 예상치 못한 행운이 찾아와 나에게 유리한 상황이 펼쳐질 수도 있는 일입니다. 우리가 잘 아는 이솝우화의 '토끼와 거북이' 우화처럼, 승리를 확신했던 토끼가 중간에 여유를 부리는 사이, 예상치 못한 기회가 나에게 찾아올 수도 있지 않을까요? 그래서 우리는 쉽게 포기해서는 안 됩니다. 포기하는 순간, 그 결과는 명확히 제로가 됩니다. 하지만 '제로의 결과'는 대개 포기한 직후가 아닌, 한참 뒤에야 고통스럽게 나타나며, 포기로 인해 잠시 힘들었던 자신을 위로하고 휴식을 줄 뿐입니다. 또한, 매번 성공 가능성이 높은 것에만 행동한다면, 우리가 새롭게 선택하고 과감하게 행동할 수 있는 기회는 점점 줄어들어 결국 한계에 부딪힐 수밖에 없습니다.

누군가는 '계획을 완벽하게 세우지 않았으니 아직 시작할 수 없다'라는 이유로 행동을 미룰 수도 있습니다. 그러나 계획은 일단 시작하며 실행하는 과정에서 얼마든지 다듬고 보완해도 괜찮습니다. 아무리 탁월하고 훌륭한 계획이라도 실행되지 않는다면 아무런 의미도, 얻을 수 있는 것도 없습니다. 그저 완벽한 계획만 세우거나 빛나는 아이디어만 가지고서 주저하는 사이, 누군가는 이미 그 아이디어를 행동에 옮겨 구체적인 결과를 만들어내고 있을 수도 있습니다. 한참 후에는 '내가 하려던 것인데', '나도 할 수 있었던 것인데' 하는 후회와 한탄만 남을지도 모릅니다. 계획을 실행하게 되면 여러 장애 요소가 생기기도 하고, 일정에 차질이 발생하기도 합니다. 그래서 우리는 분노와 환멸 등을 경험하게 되는데, 그것들을 하나씩 극복해 나가든가 도중에 포기할 수밖에 없습니다.

애초에 모든 가능성과 변수를 완벽하게 예측하고 대비하는 것은 현실적으로 불가능에 가깝습니다.

그러니 너무 복잡하고 어렵게 생각할 필요가 없습니다. 일단 용기 있게 시작하고, 그 후 마주하는 상황에 맞춰 계획을 유연하게 다듬어 나가면 되는 것입니다. 저는 당신이 '제로 가능성'이라는 늪에 갇히기보다, '0'보다 훨씬 큰 무한한 가능성을 향해 용감하게 뛰어들 줄 아는 지혜로운 사람이 되기를 바랍니다.

핵심 메시지 요약

이 글은 '시작조차 하지 않으면 아무것도 시작되지 않는다'라는 명제를 '가능성'의 관점에서 풀어냅니다. 성공 확률이 아무리 희박해도 일단 시작하면 '0' 이상의 가능성이 생기지만, 시작조차 하지 않으면 '0'이라는 허무한 확률만이 존재한다고 강조합니다. 또한, 일이 위험할 수 있는 길을 가는 것과 아무 일도 일어나지 않아 포기하게 되는 것 중에서, 낮은 성공 확률이라도 힘을 쓰고 애쓰는 것이 '가능성 제로'보다는 분명 현명한 선택이라고 역설합니다. 비록 실패할 가능성이 높더라도 그 과정에서 값진 교훈과 깨달음을 얻을 수 있으며, 심지어 이솝우화의 토끼와 거북이처럼 우연한 기회가 찾아올 수도 있다고 말하며 '포기하지 않는 것'의 중요성을 강조합니다.

포기하면 그 순간 결과가 제로가 되며, 이는 나중에 고통스러운 후회로 돌아올 수 있음을 경고합니다. 항상 성공 가능성이 높은 것에만 안주하여 행동한다면, 새로운 기회를 잃고 한계에 부딪힐 수밖에 없다고 지적합니다. 또한 '계획을 완벽하게 세우지 않아 시작할 수 없다'라는 완벽주의적 태도를 경계하며, 계획은 일단 시작하며 실행 과정에서 얼마든지 다듬어도 괜찮다고 조언합니다. 완벽한 계획을 위해 주저하는 사이, 누군가는 이미 행동에 옮겨 결과를 만들어낼 수 있음을 강조합니다. 모든 것을 완벽하게 예측하고 대비하는 것은 현실적으로 불가능하므로, 너무 복잡하게 생각하지 말고 일단 용기 있게 시작하여 상황에 맞춰 계획을 유연하게 다듬어 나가야 한다고 말합니다. 독자들이 '제로 가능성'이라는 늪에 갇히기보다, '0'보다 큰 무한한 가능성을 향해 용감하게 뛰어들 줄 아는 지혜로운 사람이 되기를 바랍니다.

글의 주제와 어울리는 고사성어 및 명언, 글귀

‘시작의 용기’, ‘실행의 중요성’, ‘포기하지 않는 태도’, ‘가능성에 대한 믿음’, ‘유연한 계획’을 이야기하고 있음.

고사성어

不入虎穴不得虎子(불입호혈부득호자): 호랑이 굴에 들어가지 않으면 호랑이 새끼를 잡을 수 없다.
위험을 감수해야 큰 것을 얻을 수 있다는 의미로, 시작의 용기를 강조합니다.

破釜沈舟(파부침주): 솥을 깨뜨리고 배를 가라앉힘.
모든 것을 걸고 물러서지 않겠다는 결연한 의지를 통해 일단 시작하는 태도를 나타냅니다.

不撓不屈(불요불굴): 어떤 어려움에도 굽히지 않음.
실패 가능성에도 불구하고 포기하지 않고 노력하는 자세를 강조합니다.

熟慮斷行(숙려단행): 충분히 생각한 후에 과감히 실행함.
계획을 세우는 것 이상으로 실행의 중요성을 부각합니다.

有志竟成(유지경성): 뜻이 있으면 반드시 이루어짐.
가능성이 낮더라도 의지를 가지고 시작하면 결국 목표를 이룰 수 있다는 희망을 줍니다.

"시작하는 것이 가장 중요하다. 나머지는 인내다." - 루소

실행의 중요성을 강조하며, 제로 가능성을 극복하는 첫걸음을 의미합니다.

"성공의 비밀은 시작하는 것이다." - 마크 트웨인

어설픈 계획이라도 행동으로 옮기는 것이 아무것도 하지 않는 것보다 낫다는 메시지와 연결됩니다.

"가장 큰 위험은 아무런 위험도 감수하지 않는 것이다." - 마크 저커버그

낮은 가능성을 두려워하지 않고 뛰어드는 용기의 가치를 말합니다.

"나는 실패한 적이 없다. 다만 성공하지 못할 1만 가지 방법을 발견했을 뿐이다."
- 토마스 에디슨

비록 실패하더라도 그 과정에서 배우고 깨닫는 것의 중요성을 강조합니다.

"움직이는 사람만이 길을 볼 수 있다." - 칼릴 지브란

계획만 세우지 않고 일단 실행하며 상황에 맞춰 다듬어 나가라는 글의 조언과 일치합니다.

"0보다는 1이 낫다. 그 1이 만들어 낼 무한한 가능성을 믿어라."

'제로 가능성'이라는 글의 핵심 주제를 가장 직접적으로 담아냅니다.

"인생은 용감한 모험이거나, 아무것도 아니다." - 헬렌 켈러

위험을 감수하고 도전하는 삶의 가치를 강력하게 전달합니다.

가장 나 '답다'라고 느낄 때

"인생이란 자신을 찾는 과정이 아니라 자신을 만드는 과정이다."

– 조지 버나드 쇼

살다 보면 때로는 많은 모습 중 어느 것이 진정한 '나'인지 혼란스러울 때가 있습니다. 직장에 근무하는 '나', 배우자로서의 '나', 그리고 자녀의 아버지로서의 '나'가 있습니다. 또한 친구들과 함께 있을 때 그들과 어울리는 '나'도 존재합니다. 각자의 위치에서 '나'라는 본질은 변하지 않지만, 상황에 따라 표현되는 모습이나 역할은 조금씩 달라집니다. 진정한 '나'는 과연 누구일까요?

주변에서 자신에 대해 평가하거나 이야기할 때, 본인이 생각하는 '나'의 모습과 다른 경우가 종종 있습니다. 본인은 내성적이라 생각하는데, 주변에서는 외향적으로 평가하는 경우도 있고, 그 반대일 때도 있습니다. 아무래도 다른 사람들은 상황과 맥락에 따라 드러나는 행동을 보고 평가할 것입니다. 상황에 따라 행동이 다르므로, 때로는 외향적일 때도 있고, 때로는 내향적일 때도 있는 것이죠. 또한 환경에 따라서도 달라지곤 합니다. 맡은 업무나 위치에 따라 '나'의 모습이 변할 수밖에 없다는 생각이 듭니다.

타인과 교류하며 이야기하다 보면, 자신의 일을 끝까지 마무리하지 못하거나 결정을 내려야 할 순간에 쉽게 결단을 내리지 못하는 것이 비단 저만의 문제가 아니라는 것을 깨닫게 됩니다. 많은 이가 선택 앞에서 주저하며 이른바 '선택 장애'를 겪지만, 자신만이 그런 문제를 겪는다고 착각하곤 합니다. 이는 곧 우리가 타인의 평가보다 자신을 지나치게 과소평가하는 경향이 크다는 것을 시사합니다. 사실 많은 이가 비슷한 경험을 하는데도, 자신의 행동만 문제라고 여길 때가 많습니다.

타인과의 관계 속에서 드러나는 '나다움'이 주어진 역할을 수행하며 나타나는 모습이라면, 혼자 있을 때의 '나'는 거침없고 순수한 본연의 모습에 더 가깝다고 할 수 있죠. 우리는 혼자 있을 때, 비로소 사회적 역할이 부여되지 않은 '나' 자신을 만나게 됩니다.

그렇다면 우리는 과연 언제 가장 '나다운 나'라고 느낄 수 있을까요? 사실 우리의 모든 모습이 '나'인 듯하면서도 조금씩 다릅니다. 그러나 다른 것은 내가 다른 사람으로 변한 것이 아니라, 그저 상황과 환경이 달라졌을 뿐입니다. 그렇기에 굳이 단 하나의 '진정한 나'를 애써 찾을 필요는 없습니다. 어차피 우리가 존재하는 모든 자리가 '나'의 다양한 일부이기 때문입니다. 결국 내가 행동하는 하나하나가 '나'를 이루는 과정입니다. 즉, 과거의 나의 행동 결과가 지금의 내 모습이고, 미래의 '나'는 현재 내가 어떤 생각과 행동을 하느냐에 따라 결정됩니다. 부족했던 과거의 '나'와 현재의 '나'가, 미래의 '멋진 나'를 만들 수 있도록 해야겠습니다.

가장 나 '답다'라고 느낄 때

이 글은 다양한 사회적 역할 직장인, 남편, 아버지, 친구 속에서 진정한 '나다움'을 탐색하는 내용을 담고 있습니다. '나'의 본질은 변하지 않지만, 상황과 역할에 따라 표현되는 모습은 달라질 수밖에 없다고 말합니다. 내성적이라고 느끼는 자신이 때론 외향적으로 평가받기도 하며, 이러한 차이 속에서 혼란을 느끼기도 하지만, 결국 저마다 자리에서 최선을 다하며 살아가는 모습이 바로 '나'임을 깨닫게 됩니다. 또한 선택 앞에서 주저하거나 목표를 포기하는 것을 자신만의 약점이라 생각하기 쉽지만, 사실은 많은 이가 공감하는 문제임을 이해하며 스스로를 너무 과소평가하지 말아야 한다고 강조합니다.

결국 단 하나의 '진정한 나'를 애써 찾을 필요는 없으며, 우리가 존재하는 모든 자리가 '나'의 다양한 일부임을 깨닫습니다. 즉, 상황과 환경에 따라 달라지는 '나'의 모습은 다른 사람이 된 것이 아니라 '나'의 여러 면모임을 강조합니다. 과거의 행동 결과가 현재의 '나'를 만들었고, 현재의 생각과 행동이 미래의 '나'를 결정하므로, 지금 이 순간 섬세하게 자신을 가꾸고 노력해야 한다고 역설합니다. 부족했던 과거의 '나'와 현재의 '나'가 합쳐져 더 멋진 미래의 '나'를 만들어갈 수 있다는 희망적인 메시지로, '나다움'이란 끊임없이 자신을 성찰하고 만들어가는 과정임을 이야기합니다.

글의 주제와 어울리는 고사성어 및 명언, 글귀

‘자아 정체성’, ‘역할과 본질’, ‘자기 성찰’, ‘타인의 시선’, ‘삶의 태도’
를 이야기하고 있음.

고사성어

自言自答(자언자답): 스스로에게 묻고 답함.
다양한 역할 속에서 ‘나’를 성찰하고 스스로 답을 찾는 태도

自我肯定(자아긍정): 자기를 긍정하고 받아들임.
타인의 평가보다 자신을 인정하는 중요성

隨處作主(수처작주): 어느 곳에 있든지 주체적으로 행동함.
각자의 자리에서 충실히 살아가는 모습이 곧 ‘나’라는 메시지

本然之性(본연지성): 본래 타고난 성품.
혼자 있을 때 만나는 순수한 본연의 모습

가장 나 ‘답다’라고 느낄 때

명언/글귀

"나는 생각한다, 고로 존재한다." - 르네 데카르트

자아 성찰과 존재의 의미를 묻는 근원적인 질문과 연결됩니다.

"너 자신이 되어라. 다른 사람의 역할은 이미 채워져 있다." - 오스카 와일드

자신만의 '나다움'을 강조하며, 굳이 완벽한 '진정한 나'를 찾으려 애쓸 필요 없다는 메시지와 통합니다.

"인생이란 자신을 찾는 과정이 아니라 자신을 만드는 과정이다." - 조지 버나드 쇼

진정한 나를 굳이 찾을 필요 없이 각 역할에 충실한 삶 자체가 '나'임을 강조하는 글의 결론과 완벽하게 일치합니다.

"가장 나다운 모습은, 완벽하지 않아도 괜찮다고 스스로를 인정하는 순간 드러난다."

자기 수용의 중요성을 말합니다.

"모든 위대한 예술은 일상의 미묘한 것에서 시작된다." - 오스카 와일드(변형)

매일매일의 역할을 충실히 수행하는 '보통의 삶' 속에서 '나'라는 존재의 위대함을 발견하라는 의미로 연결됩니다.

나를 표현하는 한마디

"강한 자가 살아남는 것이 아니라, 살아남는 자가 강한 것이다."

　다른 사람에게 자신을 한마디로 표현하는 것은 쉽지 않은 일입니다. 하지만 저를 한 단어로 소개해야 한다면, 저는 종종 '카멜레온'이라는 이야기를 하곤 합니다. 카멜레온은 주변 환경에 맞춰 몸 색깔을 자유자재로 바꾸는 능력으로 잘 알려진 파충류입니다. 물론 때때로 '변덕스럽거나 상황에 따라 태도를 쉽게 바꾼다'라는 부정적인 뜻으로도 사용합니다.

　저는 어떤 환경이나 상황에서도 잘 적응한다는 뜻으로 저를 '카멜레온' 같은 사람이라고 표현합니다. 상대방이 혹시 부정적인 뜻으로 받아들일까 봐 이 말을 사용할 때는 신중을 기하는 편입니다. '카멜레온' 외에 다른 표현도 고민했지만, 한 단어로 표현하기엔 이보다 직관적이고 명확한 단어가 없었습니다. 복잡하고 다양한 세상 모든 것을 직접 경험할 수는 없으므로, 어떤 상황에서든 빠르게 적응하고 배우며 현명하게 대처할 수 있다는 저만의 표현 방식인 셈입니다. 저 자신을 가장 잘 나타내는 말이라고 생각합니다.

　물론 저 자신도 진정한 카멜레온이 되기 위해 끊임없이 노력하고 있습니다. 최신 트렌드에 뒤처지지 않기 위해 제가 할 수 있는 노력을 기울이고, 책을 읽으며 통찰력을 키우려 합니다. 여러 책에서 한결같이 이야기하듯, 간접 경험으로 지식과 경험을 쌓는 데 독서만큼 좋은 것은 없기 때문입니다. 예전, 50대 중반의 한 선배가 해주었던 말이 문득 떠오릅니다. 그 선배는 최신 트렌드를 놓치지 않기 위해 1,000만 관객 영화를 관람하거나, 사회에서 유행하는 콘텐츠를 직접 찾아 확인한다고 했습니다. 그래야만 사회가 어떻게 변해가고 있는지 제대로 파악할 수 있다고 말이죠. 그 나이에도 사회 변화를 놓치지 않으려는 선배의 태도가 제게 매우 인상 깊었습니다. 그래서 저 또한 그의 가르침처럼, 최근 유행하는 현상들을 확인하고 왜 이것이 이슈가 되고 논란이 되는지 파악하려 노력합니다.

요즘 나 자신을 돌아보니 부족함을 더욱 절감하고 있습니다. 이러한 부족함을 느끼니까 부족함을 채워야 한다는 것을 깨닫게 되었습니다. 여전히 많이 부족한 저를 보면서 '진정한 카멜레온이 되는 것이 쉽지 않구나!' 하는 생각이 듭니다. 환경 변화에 적응하지 못하는 카멜레온은 생존하기 어렵다고 하는데, 저 역시 급변하는 환경에 잘 맞추기 위해 오늘도 노력을 멈추지 않으려 합니다.

혹시, 당신을 표현하는 한 마디는 무엇일까요?

핵심 메시지 요약

이 글은 자신을 '카멜레온'이라는 단어로 표현하며, 그 단어가 가진 부정적 의미도 인지하지만 스스로를 변덕이 아닌 '어떤 환경이나 상황에서도 잘 적응하는 능력'으로 새롭게 해석하는 내용을 담고 있습니다. 복잡하고 빠르게 변하는 세상 속에서 모든 것을 직접 경험할 수 없기에 배우고 행동하는 적응력이 자신의 본질을 잘 나타내는 방법임을 설명합니다.

또한 지속적 노력과 자기 성찰의 중요성을 강조하며, 최신 트렌드를 따라잡고 독서와 글쓰기로 통찰력을 키우며 부족함을 깨달은 지금도 끊임없이 성장하려는 자세를 보여줍니다. 환경 변화에 능동적으로 적응하지 못하면 어려움을 겪을 수 있기에 언제나 노력하는 것이 중요하다는 다짐으로 글을 마무리합니다.

글의 주제와 어울리는 고사성어 및 명언, 글귀

‘자기 이해’, ‘적응과 변화’, ‘끊임없는 노력’, ‘자기 성찰’, ‘성장의 필요성’을 이야기하고 있음.

고사성어

吾唯足知(오유지족): ‘나는 오직 만족할 줄 안다’라는 뜻으로, 스스로의 다양한 모습과 역할이 모두 ‘나’임을 인정하고 받아들이는 태도와 연결됩니다.
원래는 분수에 만족한다는 의미

本末倒置(본말전도): 본질과 말단이 뒤바뀌다.
진정한 자신을 찾으려 헤매기보다, 모든 모습이 ‘나’임을 받아들이는 역발상을 표현합니다.

形影相伴(형영상반): 그림자가 항상 형체를 따라다니듯 늘 함께한다.
다양한 상황과 역할 속에서 ‘나’라는 본질은 변함없이 함께함을 의미합니다.

切磋琢磨(절차탁마): 뼈를 깎고 돌을 쪼듯이 끊임없이 자신을 갈고닦음.
미래의 ‘멋진 나’를 위해 현재를 섬세하게 신경 써야 한다는 다짐과 연결됩니다.

見物生心(견물생심): 사물을 보면 마음이 동한다.
타인의 시선이나 상황에 따라 ‘나’의 행동과 감정이 달라지는 것을 비유적으로 나타냅니다.

명언/글귀

"변화는 피할 수 없다. 성장은 선택 사항이다."
환경 변화에 대한 적응과 노력을 강조합니다.

"나를 변화시키려 애쓰는 자가 나를 가장 잘 아는 자이다."
스스로를 돌아보고 노력하는 태도를 뒷받침합니다.

"강한 자가 살아남는 것이 아니라, 살아남는 자가 강한 것이다."
환경에 대한 적응력의 중요성을 강조합니다.

"모든 위대한 것은 단순함에서 시작된다."
자신을 한 단어로 표현하려는 노력과 그 속에 담긴 의미를 나타냅니다.

"물이 없으면 죽는 물고기처럼, 적응하지 못하면 사람은 고립된다."
카멜레온의 비유를 사람에게 확장하여 적응의 중요성을 강조합니다.

"자신을 아는 것이 모든 지혜의 시작이다." - 아리스토텔레스
자신을 표현하려는 노력과 그 과정에서 부족함을 느끼는 성찰과 연결됩니다.

"나무는 한자리에 뿌리를 내리지만, 사람은 끊임없이 움직이며 변화한다."
인간의 본질적인 변화와 적응의 노력을 나타냅니다.

나에게 다른 이름을 지어준다면?

"당신의 이름은 당신의 역사이자 당신의 미래이다."

유명인이나 연예인, 혹은 작가 중에는 본인의 이름 대신 특별한 예명을 사용하는 경우가 종종 있습니다. 저는 유명인이 아니었기에 다른 이름을 지어볼 생각은 해본 적이 없습니다. 그런데 막상 저 자신에게 새로운 이름을 지어주려니, 문득 제가 가진 이 '이름'의 가치를 위해 어떤 노력을 해왔을까?' 하는 질문을 스스로에게 던지게 되었습니다. 제 이름의 값어치를 위해 특별히 노력하지는 않았지만, 50년 넘게 지금 이름을 가지고 열심히 살아왔습니다. 세상에 널리 알려지거나 유명한 이름은 아니지만, 제 이름을 버리고 새 이름으로 바꾸는 것이 더 좋은 결과를 가져오지 않을까 고민하기도 하였으나, 결국 그렇지 않다고 생각했습니다. 대단한 사회적 값어치를 만들지는 못했어도, 제 삶의 모든 순간을 담고 있는 이 이름은 저에게는 버리기 아까울 만큼 소중한 존재인 것 같습니다.

만약 지금 이 이름 외에 전혀 다른 이름을 가질 수 있는 선택권이 주어진다면, 과연 어떤 이름을 선택하게 될까요? 굳이 새 이름이 절실하게 필요 없다는 생각이 먼저 듭니다. 잠시 스스로의 내면을 돌아보니, 지금 이 자리에서 제가 완전히 다른 사람으로 탈바꿈한 것이 아닌 이상 굳이 또 다른 이름이 필요한 것 같지는 않았습니다. 저는 거창하고 화려한 이름을 원하지 않습니다. 지금처럼 평범한 이름으로 주변 사람들과 어우러져 즐겁게 살아가는 것이 저에게는 더 큰 만족을 줍니다.

하지만 만약 어떠한 이유로든 꼭 다른 이름을 선택해야만 한다면, 저는 '철수'라는 이름이 어떨까 생각해 봅니다. 국민학교 교과서에 단골로 등장했던 '영희와 철수'처럼, 우리 세대 유년기를 보낸 사람이라면 누구나 가깝게 느끼는 익숙하고 정감 가는 이름, 철수. 우리는 '철수'라는 이름에 왠지 모를 호감을 느낍니다. 어렸을 때부터 익숙해서인지, 그저 평범하고 정감 가는 좋은 사람일 것 같다는 막연한 생각 말입니다. 저는 어쩌면 이처럼 평범하면서도 주변 사람들에게 긍정적이고 호감 가는 이미지를 가진 이름을 원했었나 봅니다.

저의 새로운 이름 '철수'는 평범한 이웃 아저씨처럼 따뜻하고 배려심 많으며 친절하지만, 모든 일에 섣불리 나서기보다는 필요할 때 사려 깊은 의견을 내고 잘못된 것은 단호하게 잘못되었다고 말할 줄 아는 소신 있는 사람이기도 합니다. 언제나 미소를 잃지 않고 주변을 밝히는 따뜻한 이웃 아저씨, 그것이 바로 '철수'가 추구하는 모습입니다. 이러한 '철수'의 참된 모습에 다가가기 위해 앞으로 더욱 정진해야겠다고 다짐해봅니다.

당신에게는 무슨 이름을 지어주실 건가요?

핵심 메시지 요약

이 글은 예명을 짓는 것을 넘어, 자신의 이름이 가진 가치와 삶의 궤적을 성찰합니다. 비록 유명하지는 않지만 50년 넘게 살아온 '내 이름'에 대한 애착과 소중함을 느끼며, 새 이름으로 바꾼다고 해서 더 나은 결과가 있으리라는 고민 끝에 결국 지금의 이름이 가장 소중하다는 결론에 이릅니다. 하지만 만약 다른 이름을 선택해야 한다면, '철수'라는 이름이 어떨까 생각해 봅니다. 국민학교 교과서에 등장했던 평범하지만 정감 가는 '철수'의 이미지처럼, 사람들에게 긍정적이고 호감 가는 사람이 되고 싶다는 내면의 바람을 드러냅니다.

'철수'라는 새로운 페르소나를 통해 자신이 지향하는 삶의 모습을 구체화합니다. '철수'는 따뜻하고 배려심 많으며 친절한 이웃 아저씨이지만, 동시에 필요할 때는 사려 깊은 의견을 내고 잘못된 것은 단호하게 말할 줄 아는 소신 있는 인물입니다. 언제나 미소를 잃지 않고 주변을 밝히는 '철수'의 모습에 다가가기 위해 앞으로 더욱 정진하겠다고 다짐하며, 독자들에게도 각자에게 어울리는 이름을 지어보도록 질문을 던집니다. 이는 자신의 정체성과 가치관을 재확인하고, 그에 맞는 삶을 살아가기 위한 주체적인 의지를 보여줍니다.

글의 주제와 어울리는 고사성어 및 명언, 글귀

‘이름의 가치’, ‘자기 성찰’, ‘평범함의 미학’, ‘자아 성장’, ‘글쓰기의 힘’을 이야기하고 있음.

고사성어

吾唯足知(오유지족): 스스로 만족할 줄 앎.

자신의 평범한 이름과 삶에 만족하며, 현재의 모습에서 더 큰 가치를 찾아가는 글쓴이의 태도와 연결됩니다.

和而不同(화이부동): 남과 화목하게 지내되 맹목적으로 동조하지는 않음.

친절하고 배려심 많지만 소신 있게 잘못을 말할 줄 아는 ‘철수’의 모습과 통합니다.

不偏不黨(불편부당): 어느 쪽에도 치우치거나 한 무리에 들지 않고 공정함을 지킴.

‘철수’의 소신 있는 태도를 뒷받침할 수 있습니다.

溫故知新(온고지신): 옛것을 미루어 새것을 안다.

국민학교 시절의 친근한 이름 ‘철수’를 통해 미래의 이상적인 자신을 다짐하는 과정과 연결될 수 있습니다.

形影相隨(형영상수): 그림자가 형체를 따르듯 늘 함께한다.

이름이 자신의 모든 삶의 순간을 담고 있다는 글쓴이의 인식과 비슷합니다.

나에게 다른 이름을 지어준다면?

명언/글귀

"나는 내가 생각하는 나이다. 당신도 당신이 생각하는 당신이다." - 탈무드
자신이 되고 싶은 모습에 대한 성찰과 다짐에 부합합니다.

"우리는 세상이 우리에게 지어주는 이름만큼이나, 우리가 세상에 붙여주는 이름에 의해 살아간다." - 엘리엇
자신이 스스로에게 부여하는 이름의 의미와 그 이름이 이끄는 삶의 방향을 강조합니다.

"사람은 평생을 살면서 자기 자신을 만들어간다." - 존 듀이
이름을 통해 자신을 성찰하고, 이상적인 모습으로 변화하려는 의지를 보여줍니다.

"당신의 평판은 당신의 행동에 의해 만들어진다." - 존 포터
새로운 이미지를 제시하며, 평범함 속에서도 좋은 인격으로 기억되고 싶은 바람을 뒷받침합니다.

"행복은 강도에 있는 것이 아니라 빈도에 있다." - 에드워드 다이너
화려함보다는 평범하고 정감 가는 삶 속에서 작은 만족과 행복을 찾는 태도를 보여줍니다.

"당신의 이름은 당신의 역사이자 당신의 미래이다."
50년의 삶을 담은 이름과 앞으로 나아갈 방향으로서의 모습을 연결합니다.

어설퍼도 괜찮아, 또 하루가 시작되니까

"오늘의 시작은 당신의 한마디로부터, 그 한마디가 하루를 바꾼다."

매일 아침, 당신은 자신에게 어떤 말을 건네고 있나요? 자신에게 말을 건넨다는 것은 그만큼 스스로를 사랑하고 관심을 기울인다는 증거입니다. 스스로에 관한 관심이 있다면, 매일 아침 양치를 하거나 머리를 감으면서 '오늘도 힘내!'라고 자신에게 따뜻한 한마디를 건네는 모습이 지극히 자연스러울 것입니다. 하지만 저는 정작 저 자신에게 그런 말을 해준 적은 많지 않았습니다.

아주 예전, 혹은 가끔 특별한 도전을 앞두고 '힘내!'라고 나지막이 말한 적은 있었던 것 같습니다. 타인이 힘들어할 때면 그 사람의 기분을 풀어주려 애썼고, 따뜻한 위로의 말을 건네기 위해 노력했습니다. 슬픔을 이겨내도록 격려하며 함께 시간을 보내주기도 했습니다. 하지만 정작 저 자신에게는 단 한 번도 그렇게 해준 적이 없었습니다. 저 역시 삶의 무게에 짓눌려 힘들고 슬플 때가 있었지만, 그때마다 스스로를 위로하기보다는 그저 기분 전환을 위해 다른 사람을 찾았던 것 같습니다.

힘들고 지칠 때, 다른 사람에게 건넸던 것처럼 자신에게 따뜻한 격려

의 말을 건네는 것은 어떨까요? 타인을 위로하고 격려해 주었듯이, 이제
는 우리 자신을 스스로 보듬고 위로해야 합니다. 조용히 카페에 앉아 따
뜻한 차 한 잔을 마시며 내면에 있는 '나'와 진솔한 대화를 나누거나, 거
울을 보며 나 자신을 마주하고 '괜찮아', '수고했어', '걱정하지 마', '잘
될 거야', '힘내'라고 따뜻한 목소리로 말해보세요. 그리고 그 온기 가득
한 마음으로 스스로를 보듬어주어야 합니다. 타인에게 베푼 만큼 자기
자신에게도 베풀고, 따뜻한 마음으로 스스로를 위로해 주어야 합니다.

때로는 실수투성이고 어설펐던 자기 자신에게 매일 이렇게 이야기해
주어야 합니다. '오늘도 새로운 하루가 시작되었으니, 즐겁고 힘차게 이
하루를 시작하자. 오늘은 또 어떤 멋진 즐거운 일이 일어날지 모르니, 행
복한 마음으로 이 문을 나서자.' 그렇게 스스로를 응원한다면, 약간의 기
대와 즐거움으로 생길 것입니다. 설령 닥쳐올 힘든 일이 있더라도 '그것
은 그것이고, 나에게는 반드시 즐겁고 행복한 일이 일어날 거야'라고 굳
게 믿어 보는 것입니다. 만약 예상했던 즐거운 일이 일어나지 않았다면,
혹 내가 그것을 미처 발견하지 못한 것은 아닌지 주변을 곰곰이 생각해
보시기 바랍니다. 분명 당신 주변 어딘가에 숨겨져 있을 것입니다. 우리
가 긍정적인 생각을 하거나 따뜻한 말을 하면, 우리의 생각과 말을 온 우
주가 나를 위해 돕는 묘한 '인연의 법칙'이 작동할 수 있습니다.

이 글은 '매일 자신에게 어떤 말을 건네는가'라는 질문을 통해 스스로에 대한 사랑과 관심의 중요성을 강조합니다. 과거에는 타인이 힘들 때 진심 어린 위로와 격려를 아끼지 않았지만, 정작 자신은 힘들 때 스스로를 위로하기보다 기분 전환을 위해 다른 사람을 찾았던 경험을 솔직하게 고백하며 반성합니다. 완벽하지 않고 실수투성이였던 '어설픈 자기 자신'도 기꺼이 포용하고, 다른 사람에게 베푸는 만큼 자신에게도 따뜻한 격려와 위로를 건네야 한다고 역설합니다. 조용히 카페에 앉아 내면의 자신과 대화하거나, 거울을 보며 '괜찮아', '수고했어'와 같은 긍정적인 자기 말을 건네는 구체적인 방법을 제시하며, 자신을 너그럽게 받아들이는 것의 중요성을 말합니다.

매일 새로운 하루가 시작된다는 긍정적인 믿음을 강조합니다. 때로는 실수투성이이고 '어설펐던 자기 자신'에게도 "오늘도 새로운 하루가 시작되었으니, 즐겁고 힘차게 시작하자"라고 다짐하며, 닥쳐올 힘든 일에도 불구하고 "나에게는 반드시 즐겁고 행복한 일이 일어날 거야"라고 굳게 믿을 것을 제안합니다. 예상한 즐거움이 나타나지 않더라도, 주변 어딘가에 숨겨진 행복을 미처 발견하지 못한 것은 아닌지 돌아보아야 한다고 조언하며, 긍정적인 생각과 말이 온 우주가 자신을 돕는 묘한 '인연의 법칙'을 작동시킬 수 있다는 믿음을 전달합니다.

글의 주제와 어울리는 고사성어 및 명언, 글귀

‘자기 대화’, ‘자기 위로’, ‘긍정적 사고’, ‘말의 힘’, ‘자기 사랑’, ‘회복 탄력성’을 이야기하고 있음.

고사성어

自言自答(자언자답): 스스로에게 묻고 답함.
자기 대화의 핵심

自我肯定(자아긍정): 자기를 긍정하고 받아들임.
자기 위로, 힘내 등의 말

言如心聲(언여심성): 말은 마음의 소리와 같다.
말이 곧 마음을 반영하고 영향을 준다는 의미

樂天知命(낙천지명): 천명을 알고 어떤 환경에서도 즐겁게 살아감.
긍정적인 마음으로 하루를 대하는 태도

명언/글귀

"나는 내가 생각하는 나이다." - 탈무드

자신에게 건네는 말, 즉 긍정적인 자기 대화가 자아 형성에 미치는 지대한 영향을 강조합니다.

"인생에서 가장 큰 발견은 사람이 자신의 태도를 바꿈으로써 자신의 운명도 바꿀 수 있다는 것이다." - 윌리엄 제임스

긍정적인 생각과 말이 운명을 바꿀 수 있다는 믿음과 연결됩니다.

"다른 사람을 사랑하는 것만큼, 자신을 사랑해야 합니다. 그렇지 않으면 어떤 좋은 것도 이루기 어렵습니다." - 불교 격언

타인을 위로하듯 자신을 위로하는 것이 관계와 행복의 근간임을 강조합니다.

"행복은 강도에 있는 것이 아니라 빈도에 있다." - 에드워드 다이너

매일매일 스스로를 응원하며 일상 속에서 작은 즐거움을 발견하는 것의 가치를 나타냅니다.

"모든 시련 뒤에는 반드시 더 큰 기회가 숨어 있다." - 헬렌 켈러

닥쳐올 힘든 일 속에서도 긍정적인 믿음을 가지는 것의 중요성을 뒷받침합니다.

"오늘의 시작은 당신의 한마디로부터, 그 한마디가 하루를 바꾼다."

매일 아침 자신에게 건네는 긍정의 말이 하루의 방향을 결정한다는 글의 메시지와 맞닿아 있습니다.

어설퍼도 괜찮아, 또 하루가 시작되니까

나를 칭찬하기

"행복은 강도에 있는 것이 아니라 빈도에 있다."

– 에드워드 다이너

자신을 칭찬하는 일은 대부분에게 익숙지 않은 모습입니다. 보통은 학교에 진학할 때나 회사에 들어가기 위해서 자기소개서를 작성할 때 외에는 스스로를 칭찬할 기회가 거의 없는 것이 냉정한 현실입니다. 특히 저는 칭찬하는 것이 인색하다기보다는, 칭찬에 서툰 것에 가깝습니다. 제가 평소 잘하고 싶은 것 중 하나가 바로 남을 칭찬하는 것입니다. 그래도 꾸준히 노력한 결과가 '고생하셨습니다', '수고했어'라고 말하는 것입니다. 제가 타인을 칭찬하는 데 서툰 이유는, 그 행동이 칭찬받을 만한 가치가 있는지 너무 깊이 생각하기 때문인 것 같습니다. 칭찬받을 만한 행동들이 '당연히 해야 할 일'이라는 생각이 들곤 했습니다. 더불어 칭찬하는 말 자체가 쑥스럽기도 하고, 혹 상대방이 불필요한 부담을 느끼지는 않을까 하는 염려에 적절한 칭찬타이밍을 놓치곤 했습니다.

'칭찬은 고래도 춤추게 한다'라는 격언처럼, 칭찬의 힘이 거대한 고래마저 흥겹게 춤추게 한다면, 우리는 그 칭찬으로 인해 기꺼이 하늘로 날아오르는 듯한 기쁨을 느끼지 않을까 생각했습니다. 칭찬하는 것이 여전히 저에게는 어렵고 어색했지만, 그래도 의식적인 노력을 꾸준히 해 왔습니다. 특히 두 아들을 키울 때는 아이들에게 칭찬이 얼마나 중요한 지를 절감했습니다. 칭찬은 아이들의 기분을 좋게 할 뿐만 아니라 자존 감을 높여주기 때문입니다. 그래서 만약 제가 그때 칭찬에 좀 더 능숙한 부모였다면, 우리 아들들이 지금보다 더 즐겁고 행복하게 성장하지 않 았을까 하는 아쉬움과 함께 미안함이 마음 한편에 남습니다.

제가 그동안 '칭찬'이라고 생각했던 기준은, 어떤 일을 완벽하게 잘했 거나, 대단히 힘든 일을 어렵게 성취했을 때, 혹은 평소에는 상상할 수 없던 특별한 행동 등을 했을 때 칭찬하는 것이었습니다. 이런 좁은 기준 때문에 저는 칭찬을 쉽게 건네지 못했던 것입니다. 우리 삶에서 특별한 일은 그리 많이 생기지도, 자주 발생하지도 않습니다. 개개인의 일상에 한정한다면 더욱더 드물 것입니다. 결국 저는 칭찬을 '안 하거나' 혹은 '못 하는' 것이 아니라, '칭찬'에 대한 저의 이상한 기준과 생각이 잘못되 었음을 최근에야 깨달았습니다.

이제는 아주 작은 것에도 기꺼이 감사하며 칭찬하는 습관을 들여야겠 다고 마음먹었습니다. 대단한 특별함이 아닌, 그저 주어진 평범한 하루 를 묵묵히 성실하게 살아낸 것만으로도 우리는 칭찬받아 마땅한 일들이 충분히 많습니다. 우리 주변의 아주 작은 것들을 조금만 더 주의 깊게 찾 아보면, 칭찬할 거리가 의외로 무궁무진하게 많다는 것을 알게 될 것입 니다. 그런 의미에서, 오늘도 이 고된 하루를 힘겹게 살아낸 당신 자신을 먼저 칭찬해보십시오. 그리고 이제는 주변에 칭찬할 거리가 있는지 적

나를 칭찬하기

극적으로 찾아서, 진심 어린 칭찬으로 당신의 주변 사람들을 하늘로 날아오르게 만들어보는 것은 어떨까요?

핵심 메시지 요약

이 글은 자신을 칭찬하는 일이 익숙지 않으며, 타인을 칭찬하는 데도 서툴렀음을 솔직하게 고백합니다. 그 원인을 칭찬받을 행동을 '당연히 해야 할 일'로 여기는 생각과 상대방에게 부담을 줄까 하는 염려 때문이라고 분석합니다. '칭찬은 고래도 춤추게 한다'라는 말처럼 칭찬의 힘을 믿으면서도, 자녀들에게 충분히 칭찬해 주지 못했던 과거에 관한 아쉬움과 미안함을 드러냅니다. 이는 글쓴이가 칭찬의 본질과 중요성을 인식하고 있음을 보여줍니다.

자신의 칭찬 기준이 '완벽한 성취나 특별한 행동'에만 국한되었음을 깨닫고, 칭찬에 대한 기준이 잘못되었음을 인정합니다. 우리네 삶에서 특별한 일은 드물기 때문에, 이제는 아주 작은 것에도 기꺼이 감사하며 칭찬하는 습관을 들여야겠다고 다짐합니다. 평범한 하루를 묵묵히 성실하게 살아낸 것만으로도 칭찬받아 마땅하며, 주변의 작은 것들에서 칭찬할 거리를 찾으려 합니다. 마지막으로, 고된 하루를 살아낸 자기 자신을 먼저 칭찬하고, 나아가 진심 어린 칭찬으로 주변 사람들을 격려하여 '하늘로 날아오르게' 만들어 보자는 실천적인 메시지를 독자들에게 건네며, 칭찬의 긍정적인 파급 효과를 강조합니다.

글의 주제와 어울리는 고사성어 및 명언, 글귀

'자기 칭찬', '칭찬의 힘', '시선과 관점의 변화', '자기 인정', '일상의 가치'를 이야기하고 있음.

고사성어

自我肯定(자아긍정): 자기를 긍정하고 받아들임.
칭찬으로 자신을 인정하는 태도

見微知著(견미지저): 작은 징조를 보고 큰일을 앎.
일상의 작은 행동에서도 칭찬할 거리를 발견하는 지혜

積小成大(적소성대): 작은 것이 쌓여 큰 것을 이룸.
작은 칭찬의 습관이 가져올 큰 변화

改過遷善(개과천선): 잘못을 고치고 착하게 됨.
칭찬에 관한 생각을 바꾸고 습관을 들이려는 노력

"칭찬은 고래도 춤추게 한다." - 켄 블랜차드
글에 직접 언급된 핵심 메시지

"당신은 스스로에게 하는 말을 믿게 된다. 따라서 스스로에게 건네는 말이 어떤 것인지 현명하게 선택하라." - 오프라 윈프리
자기 칭찬의 중요성과 그 긍정적인 영향을 뒷받침합니다.

"행복은 강도에 있는 것이 아니라 빈도에 있다." - 에드워드 다이너
특별하고 거창한 칭찬보다 일상 속 작은 칭찬이 주는 의미를 강조하며, 자녀 양육의 아쉬움과 연결됩니다.

"타인에게 베풀듯 자신에게도 따뜻한 말을 건네라."
칭찬이 필요한 건 나 자신도 마찬가지임을 상기시킵니다.

"세상이 아름다운 것은 아름답게 보려 하는 사람의 눈에만 보인다."
칭찬할 것을 발견하는 것은 시선의 변화에서 시작됨을 강조합니다.

미루는 것은 쉽지만, 대가는 혹독하다.

"시작이 반이다. 하지만 시작만큼 중요한 것은 마무리이다."

우리는 일을 할 때면 시간에 쫓기듯 일을 처리하곤 합니다. 솔직히 말하자면, '일의 시작을 습관처럼 뒤로 미룬다'라는 표현이 더 적절할 것입니다. 왜 우리는 미리미리 처리하지 않고 뒤로 미루다가, 결국 마감 시점에 쫓기듯이 일을 할까요? 물론 항상 그러는 것은 아닙니다. 하지만 많은 경우 그렇게 일을 처리하면서 습관처럼 반복하곤 합니다. 그렇다고 해서 일 처리가 안 되는 것은 아닙니다. 다만 늘 쫓기듯이 일을 하는 것이 문제입니다.

그렇다면 왜 이렇게 시간에 쫓기듯 일을 하게 되는 걸까요? 우선 일이 여유로울 때는 당장 급하지 않다는 생각에 다른 일에 먼저 손이 가곤 합니다. 해야 할 일임을 알면서도 '아직 시간이 있다'라는 안이한 생각에 미루게 되는 겁니다. 그렇게 잠시 여유를 부리다가, 이제 해야 할 시점이 다가오는데 갑자기 우선 처리해야 할 급한 일이 발생하는 경우도 있습니다. 그 급한 일을 처리하느라 예상보다 많은 시간이 소요되어, 정작 중요한 본래의 일은 급하게 처리할 수밖에 없었던 경험도 있을 겁니다. 또 다른 경우는, 맡은 일을 제시간에 끝냈음에도 불구하고 '빨리 마무리했다'라는 생각에 스스로에게 잠시 휴식의 시간을 주곤 합니다. 그러다 보면 결국 해야 할 일은 막판에 또다시 급하게 처리하는 상황이 반복되는 악순환에 빠지는 거죠.

어쩌다 일을 빨리 처리하는 때도 있긴 합니다. 일찍 시작했으니 빨리 마무리를 지어야 함에도, 너무 일찍 시작했다는 생각에 결과물이 마음에 안 들거나 더 좋은 대안이 있을지를 고민하게 됩니다. 시간적 여유가 충분하다 보니, '조금 더 매끄럽게 처리할 수 있지 않을까?' 하는 완벽주의적인 생각에 왠지 모르게 마음에 들지 않는 것입니다. 그래서 마무리를 짓지 못하고 또다시 막판에 최종 정리하게 되는 경우도 있습니다.

그러다 보면 우리는 막바지에 이르러 일을 처리하면서 초인적인 능력을 발휘하게 됩니다. 반면, 사전에 여유 있게 일을 처리하면 오히려 비효율적이라고 느낄 때도 있습니다. 미리 착수하면 오히려 결론 도출에 어려움을 겪기도 합니다. 그러나 시간이 촉박해지면 역설적으로 문제점을 극복해 나가거나, 때로는 문제가 기적처럼 해결되는 경험을 하기도 합니다.

처음 내린 결론이 마음에 들지 않아 오랫동안 고심하다가도, 결국 최초의 결론으로 돌아오는 경우가 많습니다. 이는 생각할 시간이 많아 그저 불필요한 고민만 키운 것일 수도 있습니다. 이제부터는 이른 시점에 어느 정도 결론을 내리고, 마무리 단계에서 다시 한번 숙고하여 최선인지를 판단하는 방식으로 일을 처리해야겠습니다. 그렇게 한다면 막판까지 일을 미루는 대신, 사전에 여유 있게 마무리 지을 수 있을 것이라고 생각합니다.

핵심 메시지 요약

이 글은 미루는 습관이 만연한 우리 삶의 한 단면을 깊이 있게 통찰하고 있습니다. 급박한 마감 시점에 초인적인 능력을 발휘하며 일을 처리하는 경험이 익숙하지만, 이는 종종 '아직 시간이 있다'라는 안일함에서 비롯되며, 예상치 못한 돌발 상황과 겹치면서 일을 더욱 촉박하게 만드는 악순환으로 이어진다고 분석합니다. 이처럼 여유가 있음에도 불구하고 일을 미루는 습관은 결국 일의 질과 개인의 만족도에 부정적인 영향을 미칠 수 있음을 지적합니다.

미루는 습관을 극복하기 위한 새로운 접근 방식을 제안합니다. 어차피 오랜 고민 끝에 내리는 결론이 크게 다르지 않다면, 미리 결론을 내리고 최종 마무리 단계에서 다시 한번 최선인지 판단하는 방식이 더 효율적일 수 있다고 말합니다. 이는 단순한 사실이지만 실천이 어렵다는 점을 인정하면서도, 미루는 대신 사전 계획과 실행을 통해 여유롭고 효율적으로 일을 처리하는 습관의 중요성을 강조하며 독자들에게 긍정적인 행동 변화를 촉구합니다.

미루는 것은 쉽지만, 대가는 혹독하다.

글의 주제와 어울리는 고사성어 및 명언, 글귀

'미루는 습관', '마감의 힘', '자기 관리', '효율성', '습관 개선', '결단력'을 이야기하고 있음.

고사성어

懸梁刺股(현량자고): 머리카락을 대들보에 매고 허벅지를 찌르면서 잠을 쫓으며 공부한다.

마감에 쫓겨 초인적인 능력을 발휘하는 모습과 역설적으로 연결될 수 있습니다.

作心三日(작심삼일): 굳게 먹은 마음이 사흘을 못 감.

미루는 습관을 바꾸기 어려운 사람들의 일반적인 심리를 나타냅니다.

有備無患(유비무환): 미리 준비하면 근심이 없다.

일을 뒤로 미루지 않고 사전에 여유 있게 처리하는 것의 중요성을 강조합니다.

果斷(과단): 결단력이 강하고 단호함.

초기에 결론을 내리고 망설이지 않는 태도와 연결됩니다.

積小成大(적소성대): 작은 것이 쌓여 큰 것을 이룸.

미루는 습관을 바꾸는 작은 시도들이 결국 큰 변화를 가져올 수 있습니다.

명언/글귀

"시간은 우리가 소비하는 것이 아니라, 우리가 투자하는 것이다."
효율적인 시간 관리와 미루지 않는 습관의 중요성을 강조합니다.

"습관은 제2의 천성이다. 고치기는 어렵지만, 고치면 새로운 삶을 얻는다."
미루는 습관을 바꾸는 것의 어려움과 그 변화의 가치를 나타냅니다.

"가장 하기 싫은 일을 가장 먼저 하라. 그러면 하루가 훨씬 가벼워질 것이다." - 마크 트웨인
미루지 않고 일을 시작하는 것의 긍정적인 효과를 설명합니다.

"시작이 반이다. 하지만 시작만큼 중요한 것은 마무리이다."
미루는 것은 시작을 어렵게 하고, 마무리를 급하게 만들기에 좋지 않음을 시사합니다.

"모든 위대한 성취는 계획으로 시작하고, 작은 행동으로 이루어진다."
효율적인 계획과 행동을 통해 미루는 습관을 극복하려는 다짐을 응원합니다.

미루는 것은 쉽지만, 대가는 혹독하다.

나의 오래된 친구

"나는 내가 책을 읽지 않고도 충분히 배울 수 있을 만큼 똑똑하지 않다."

– 아브라함 링컨

저는 예전부터 책에 대한 욕심이 많았습니다. 그저 가지고만 있어도 마음이 편안해지곤 합니다. 그래도 곁에 책이 있으면 읽으려는 최소한의 노력이라도 하게 됩니다. 아예 책마저 없다면 읽을 시도조차 하지 않기 때문입니다. 책을 가지고 있어도 막상 쉽게 손이 가지 않을 때가 많습니다. 어렵사리 책을 펼쳐 몇 페이지를 읽다 보면 다시 손을 놓고 싶은 충동이 밀려듭니다. 그래도 일단 잡았으니 읽고는 있지만, 과연 얼마나 읽을 수 있을지, 어느 정도에서 멈추게 될지 속으로 생각하곤 합니다. 이렇게 띄엄띄엄 읽어서 과연 도움이 될지는 모르겠습니다. 하지만 책을 가지고 있고 곁에 두는 것만으로도 마음이 편한 것은 사실입니다.

책을 읽어서 낡았다기보다, 그저 오랫동안 가지고 다니면서 닳아버린 적도 여러 번 있었습니다. 그러다가 조금씩 책을 읽게 됩니다. 오랫동안 지닌 정이 있고, 제 손에 오래 머물러 있었던 것에 대한 일종의 미안함 때문일 겁니다.

그렇게 책은 저에게 친한 친구와도 같습니다. 제가 조금 막 대하더라도 아무런 불평 없이 그저 묵묵히 제 곁을 지켜줄 뿐입니다. 그런 친구에게 미안해서 다시 책을 펼쳐 보면, 마치 "이제야 왔냐?"고 투덜거리면서도 반겨주듯이, 묵묵히 저에게 많은 것을 알려주곤 합니다. 역사, 정치, 경제, 심리학 등 셀 수 없이 다양한 지식들을 선뜻 내어주지만, 저는 그 친구와 오랫동안 함께하지 못합니다. 아주 가끔은 밤늦도록 함께 빠져들기도 하지만, 아쉽게도 잠시뿐입니다.

책은 저의 오랜 친구이며 소중한 동반자입니다. 지금은 비록 자주 만나지 못하지만, 그래도 늘 곁에 둡니다. 예전에 도서관에 있을 때였습니다. 도서관 한쪽 편에 제가 익숙한 책 제목이 보였는데, 왠지 책의 형태가 달랐습니다. 사서 선생님께 여쭤보니, 어르신들을 위한 큰 활자 책이라고 설명해주셨습니다. 일반 책과 달리 글자 크기가 커서 돋보기 없이도 책을 볼 수 있도록 별도로 제작된 책이었습니다. 그때 저는 더 나이 먹기 전에 마음껏 책을 읽어야겠다고 다짐했습니다. 하지만 그 결심은 늘 잠시뿐이었습니다.

올해는 다른 해보다 많은 책을 읽겠다고 연초에 계획했었습니다. 그래서 겨울부터 제법 많은 책을 읽었지만, 점차 읽는 횟수가 줄어들더니, 지금은 아예 책을 펼쳐 보지 않게 되었습니다. 그래도 언제나 그랬듯, 책들은 여전히 제 주변에 있습니다. 오늘 도서관에서 오래전에 출판된 책을 한 권 골랐습니다. 진작 읽었어야 했을 책인데, 다른 책에 밀리거나 혹은 제 눈에 띄지 않았던 책이었는지도 모르겠습니다. 오래된 책은 지금 시대와는 맞지 않는 부분도 더러 있지만, 그 시대의 진솔한 이야기가 오롯이 담겨 있습니다. 오늘은 이 책을 읽으며 50년 전의 세상으로 시간 여행을 떠나봐야겠습니다.

핵심 메시지 요약

이 글은 책에 대한 애정과 오랜 관계를 회고하며, 독서 습관에 대한 솔직한 고백을 담고 있습니다. 책을 소유하는 것만으로도 마음의 편안함을 느끼지만, 막상 읽기 시작하면 쉽게 집중하지 못하고 미루는 자신의 모습을 드러냅니다. 책을 소홀히 대하다가도 문득 미안한 마음에 다시 펼쳐 들면 책이 마치 오랜 친구처럼 자신에게 많은 지식을 전해준다는 점에서, 책과의 관계를 '막 대하더라도 묵묵히 곁을 지켜주는 친한 친구'에 비유하며 유대감을 보여줍니다.

나이 들어도 독서를 이어가고 싶은 바람을 품고, 새로운 다짐을 하곤 하지만 그 결심이 쉽사리 흐트러지는 현재의 모습을 담담하게 성찰합니다. 비록 독서량이 예전 같지 않고 때로는 미안한 마음이 들 때도 있지만, 책은 언제나 곁에서 변함없이 자신을 기다려주는 소중한 동반자임을 강조합니다. 결국, 오래된 책 한 권을 펼쳐 들며 과거로의 시간 여행을 계획하는 모습에서, 책이 주는 지식과 위안, 그리고 끝나지 않는 관계에 대한 기대를 따뜻하게 전하고 있습니다.

글의 주제와 어울리는 고사성어 및 명언, 글귀

‘독서의 가치’, ‘책과의 관계’, ‘지혜’, ‘꾸준함’, ‘회고와 다짐’을 이야기하고 있음.

고사성어

讀書百遍義自見(독서백편의자견): 책을 백 번 읽으면 그 뜻이 저절로 이해됨.
꾸준한 독서의 힘

溫故知新(온고지신): 옛것을 익히고 새것을 앎.
오래된 책에서 새로운 지혜를 찾는 의미

知己之友(지기지우): 자기를 알아주는 벗.
책을 친한 친구이자 동반자로 여기는 마음

歲月如流(세월여류): 세월이 흐르는 물과 같음.
시간의 흐름 속에서 독서에 대한 다짐을 떠올리는 모습

活字中毒(활자중독): 글자를 보면 정신을 못 차림.
책에 대한 애정을 유머러스하게 표현

<h1 style="text-align:center">명언/글귀</h1>

"책은 가장 친한 친구이자 가장 신뢰할 수 있는 조언자다." - 찰스 W. 엘리엇

책을 친구처럼 여기는 마음을 그대로 담아냅니다.

"좋은 책은 좋은 친구와 같다. 나이가 들수록 더욱 좋아진다."

책과 오랫동안 함께하는 관계의 소중함을 강조합니다.

"책은 침묵하는 스승이고, 시대를 초월하는 스승이다."

책이 전해주는 다양한 지식과 가르침을 의미합니다.

"한 권의 책은 한 개의 세상이다." - 칼 세이건

오래된 책을 통해 50년 전 세상으로 시간 여행을 떠나는 경험과 연결됩니다.

"나는 내가 책을 읽지 않고도 충분히 배울 수 있을 만큼 똑똑하지 않다."- 아브라함 링컨

꾸준한 독서의 필요성과 중요성을 상기시킵니다.

"독서는 영혼을 살찌우는 밥과 같다." - 세네카

책을 읽는 것이 우리 내면을 풍요롭게 한다는 의미입니다.

나의 오래된 친구

2장

관계의 미학

: 사람과 세상 속에서

———

가족, 동료, 이웃 등
다양한 관계 속에서 얻는 깨달음과
타인을 향한 따뜻한 시선, 그리고 관계 속에서
찾아내는 행복과 지혜를 이야기합니다.

———

나에게 사랑하는 방법을 알려준 사람은

"가장 소중한 순간은 사랑하는 사람에게 진심을 전하는 지금이다."

사랑에는 여러 유형이 있습니다. 에로스(Eros)는 열정적이고 육체적인 매력에 기반한 사랑이고, 필리아(Philia)는 우정에 바탕을 둔 사랑이죠. 또한, 가족 간의 자연스러운 애정은 스토르게(Storge)라고 불리기도 합니다. 그리고 아가페(Agape)는 타인 중심적이고 자기희생적이며, 무조건적인 사랑으로, 부모가 자녀에게 베푸는 사랑이 대표적인 예가 될 수 있습니다. 우리는 살아가면서 다양한 형태의 사랑을 경험합니다.

에로스적인 사랑은 누구에게 배운다기보다는, 젊은 시절 누구나 한 번쯤 겪는 자연스러운 감정입니다. 우정에 기반한 사랑인 필리아 역시 흔히 동성 간에 느끼는 감정으로, 함께 다양한 어려움을 겪으며 깊어지는 우정을 통해 경험하게 됩니다. 혹자는 방법이 정해져 있는 사랑은 진정한 사랑이 아니라, 그저 사랑처럼 보이는 것일 뿐이라고 말하기도 합니다. 사랑하는 방법을 모른다고 해서 사랑을 못 하는 것이 아닙니다. 단지 사랑할 대상이 없거나, 아직 사랑할 마음을 온전히 열지 않았을 뿐입니다.

대부분 사람이 그러겠지만, 제가 진정한 사랑을 느낀 대상은 바로 부모님입니다. 부모님의 아낌없이 주는 사랑을 보면서 때로는 이해하기 어려웠습니다. '왜 저렇게까지 손해를 보는 사랑을 할까? 나도 우리 아이들에게 저렇게 해야만 할까?' 하는 의문이 들었죠. 하지만 제가 어른이 되어 자녀를 낳고 직접 아이들을 키우면서, 비로소 부모님의 마음을 조금이나마 헤아릴 수 있게 되었습니다. '아, 자녀들에게는 사랑하는 마음이 저절로 솟아나는 것이구나!' 하는 깨달음이 있었습니다.

혹자는 '나는 부모님과 같은 사랑을 할 자신이 없다'라고 생각할지도 모릅니다. 저 역시 그랬으니까요. 하지만 자녀를 가져보면 알 수 있을 겁니다. 이론으로는 설명할 수 없는, 지극히 본능적인 감정들이 저절로 솟아나는 것을 경험하게 됩니다. 이 세상에 부모의 사랑보다 더 이타적이고 때로는 무모하기까지 한 사랑이 또 있을까 생각해 보게 됩니다.

하지만, 제가 부모이기 전에 저는 자식이었고, 지금도 저에게 한결같은 사랑을 주시는 아버님이 계십니다. 부모님의 사랑을 충분히 알고 있으면서도 잘해드리지 못하는 것은 제가 그저 자식이라서 그런 것인지, 아니면 이기심 때문인지 잘 모르겠습니다. 그래서 부모님에게는 매번 감사하고, 미안하고, 죄송스러운 마음이 드는 걸까요? 요즘 아버님을 보면 예전에는 건강하셨는데 지금은 여기저기 아프셔서 잘 걷지도 못하십니다. 소화가 잘 되지 않아 먹고 싶은 것도 별로 없다고 말씀하십니다. 저는 아버님이 항상 건강하실 줄 알았는데…. 세월의 흐름은 그 누구도 막을 수 없나 봅니다. 우리 집의 든든한 가장이셨고 기둥이셨던 분이 이제는 세월의 흔적과 함께 연약해지셨습니다. 조만간 아버님을 찾아뵙고

나에게 사랑하는 방법을 알려준 사람은

꼭 감사 인사를 드려야겠습니다. 그날은 용기를 내어 '감사합니다, 사랑합니다'라는 말을 전해야겠습니다.

핵심 메시지 요약

이 글은 다양한 유형의 사랑(에로스, 필리아, 스토르게, 아가페)을 언급하며, 특히 아가페적인 부모의 무조건적인 사랑에 주목합니다. 젊은 시절 부모님의 희생적인 사랑을 보며 이해하기 어려웠으나, 자신이 자녀를 낳아 키우면서 비로소 부모의 마음을 헤아리게 되었다고 고백합니다. 자녀를 향한 사랑은 이론으로 설명할 수 없는 본능적이고 감정이며, 이 세상 그 어떤 사랑보다 이타적이고 때로는 무모하기까지 하다고 성찰합니다.

이제 자신 또한 부모님의 자식으로서, 한결같은 사랑을 주시는 아버님의 연로한 모습을 보며 미안함과 죄송스러움을 느낍니다. 항상 건강하실 줄 알았던 아버님의 변화된 모습에 마음 아파하며, 곧 찾아뵙고 감사하다는 말을 전하겠다는 다짐을 합니다. 이 글은 부모로부터 진정한 사랑을 배우고, 그 사랑을 다시 자녀에게 되물림하는 동시에, 뒤늦게나마 부모님께 감사와 사랑을 표현하려는 한 개인의 가족애를 담고 있습니다.

글의 주제와 어울리는 고사성어 및 명언, 글귀

'부모님의 사랑', '자식의 깨달음', '아가페적 사랑', '감사와 미안함',
'효도'를 이야기하고 있음.

고사성어

寸草春暉(촌초춘휘): 자식이 부모의 은혜에 보답하기 어려움.
부모님의 큰 은혜와 자식의 부족함에 대한 글의 핵심 주제를 담습니다.

恩重如山(은중여산): 은혜가 산처럼 중함.
부모님의 헤아릴 수 없이 큰 사랑과 은혜를 강조합니다.

慈父慈母(자부자모): 인자한 아버지와 사랑하는 어머니.
자녀에게 무한한 사랑을 베푸는 부모님을 일컫습니다.

反哺之孝(반포지효): 자식이 자라서 부모의 은혜에 보답함.
부모님께 감사함을 전하고 잘 해드리고자 하는 마음과 연결됩니다.

血肉之情(혈육지정): 혈육으로서 느끼는 정.
자녀를 낳고 나서야 비로소 깨닫는 본능적인 사랑을 의미합니다.

나에게 사랑하는 방법을 알려준 사람은

<h1 style="text-align:center">명언/글귀</h1>

"이 세상에 진정한 무조건적인 사랑이 있다면, 그것은 부모의 사랑뿐이다."
부모의 아가페적인 사랑에 대한 글의 시작과 맥락을 같이 합니다.

"내가 부모가 되어서야 비로소 부모님의 마음을 조금이나마 알게 되었다."
글에서 가장 큰 깨달음의 순간을 정확하게 표현합니다.

"부모의 사랑은 그 어떤 것과도 바꿀 수 없는, 삶의 가장 큰 선물이다."
부모님께 대한 진심 어린 감사와 사랑의 가치를 강조합니다.

"사랑은 받는 것에서 시작해, 주는 것으로 완성된다. 그 시작과 완성은 모두 부모로부터 비롯된다."
사랑의 다양한 유형 속에서 부모님이 가르쳐 준 사랑의 의미를 연결합니다.

"어른이 되어서야 비로소 부모님의 젊음과 희생을 볼 수 있게 된다."
과거 부모님의 모습을 통해 현재의 자신을 이해하게 되는 성찰을 담습니다.

"가장 소중한 순간은 사랑하는 사람에게 진심을 전하는 지금이다."
조만간 부모님께 감사함을 전하겠다는 마지막 다짐에 힘을 실어줍니다.

내 삶의 가장 소중한 이름, 당신

"진정한 사랑은 완벽한 사람을 만나는 것이 아니라,

불완전한 사람을 완벽하게 이해하는 것이다."

제가 이 세상을 살면서 기억해야 할 헤아릴 수 없이 많은 것이 있지만, 이 모든 기억 중 단 하나만을 선택해야만 한다면 무엇을 남겨야 할지, 한참 동안 고민하고 또 고민했습니다. 사람마다 다르겠지만, 50년 이상 삶의 여정을 걸어온 저에게 가장 특별하고 소중하게 남아 있는 이름은 바로 저의 아내입니다. 사랑하는 부모님과 두 아들들 역시 제 삶의 전부지만, 이 세상 그 누구보다 가장 오랜 세월을 함께해 온 당신을 제 기억 속에 영원히 꼭 마음속에 새기고 싶습니다.

결혼 전, 세상 모든 것을 다 바쳐 헌신할 것이라 굳게 약속하며 백년가약을 맺었습니다. 젊음을 함께 시작한 그때, 우리 나이는 스물다섯, 스물여덟의 풋풋한 청춘이었습니다. 지금도 상당히 빠른 편이지만, 1990년대 후반임을 감안하면 이른 결혼이었습니다. 결혼할 당시에는 세상 모든 이치를 다 안다고 오만하게 생각했지만, 돌이켜보면 그저 너무나 어리고 서툴렀던 나이였습니다.

제가 대학에 복학해서 처음 본 당신에게 다가가기 위해 친구들과 얼마나 많은 전략을 짜고 고민을 했는지 모릅니다. 당신과 가까워지기 위해 스터디그룹까지 만들며 당신이 합류하기를 얼마나 간절히 바랐는지 모릅니다! 첫 스터디 모임에서 제가 어설프게 고백을 했지만, 돌아온 답은 애매모호한 답변이었습니다. 지금 생각해보면 당연했습니다. 이제 만난 지 얼마 안 된 상황에서, 소중하고 찬란한 당신의 젊음을 구속하기에는 너무 이르지 않았을까 싶습니다.

당신이 저에게 '대체 내가 왜 좋으냐'고 물었을 때, 저는 망설임 없이 '당신에게는 그윽한 향기가 난다'라고 고백했습니다. 물론 일반적인 샴푸 향이나 향수, 화장품에서 나는 인위적인 향은 아니었습니다. 겉모습의 아름다움만을 이야기하는 것이 아니라, 당신의 내면에서 피어나는 특별하고 좋은 느낌을 '향'이라는 말로 표현했던 것입니다. 젊은 시절 지금의 당신에게 무슨 말을 할지 밤낮으로 나름 고민하고 건넨 말이었는데, 당신에게 크게 감흥을 주지는 못했던 것 같습니다! 결혼 후 제가 당신에게 '당신을 처음 보고 한 말이 무엇이었냐'고 물어보니, 당신은 제가 무슨 말을 했는지 기억하지 못한다고 했으니까요.

처음에는 당신에게 선택받지 못하는 아픔을 겪었지만, 저의 멈추지 않는 노력 덕분에 6개월 후 우리는 마침내 캠퍼스 공식 커플이 되었습니다. 주로 대학 도서관이나 분식집 등에서 만나며 검소하게 보냈던 것 같습니다. 그렇게 대학 졸업을 앞두고 은행원과 공무원의 길 중 하나를 선택해야 했을 때, 당신에게 물어보니 공무원이 안정적이라 좋다고 조언하여, 저는 그 조언을 따라 공무원의 길을 걷게 되었습니다. 솔직히 그때는 은행에 가고 싶었고, 만약 제 선택에 맡겼더라면 저는 틀림없이 은행을 택했을 것입니다. 하지만 지금, 저는 이 직장에 만족하며 안정적으로 잘 다니고 있습니다.

대학 졸업 후, 어머니의 병환이 악화되자 어머님은 저에게 살아생전에 우리 아들 결혼하는 모습을 꼭 보고 싶다고 하셨습니다. 어머니의 애틋한 말씀을 듣고 당신에게 조심스럽게 결혼 이야기를 꺼냈는데, 놀랍게도 당신은 저의 갑작스러운 청혼을 흔쾌히 승낙해주었습니다. 우리 둘 다 결혼 준비를 하기에는 젊은 나이여서 몸으로 부딪히고 발품을 팔아가며 모든 것을 직접 해결했던 기억만 선명하게 남아 있습니다. 결혼 박람회도 찾아가고, 주얼리숍에서 예물을 맞추고, 살림살이는 모던하우스에서 어설프지만 즐겁게 준비했던 것 같습니다. 그렇게 서툰 결혼식을 준비하면서도 우리는 마치 어엿한 어른이 된 것 같은 느낌이 들었습니다.

당시는 IMF 외환 위기 사태가 터져 전국적으로 결혼하는 사람이 많지 않던 때였습니다. 대부분 결혼식장이 예식비를 무료로 하고 밥값만 받던 어려운 시절이었지만, 일반적이고 시간에 쫓기는 결혼식이 싫어 제가 근무하던 학교 체육관을 빌려 우리만의 특별한 결혼식을 올렸습니다. 그렇게 결혼하고 정확히 1년 후에 어머님이 돌아가셨으니, 저와 당신이 어머님께 해드릴 수 있었던 마지막이자 가장 큰 효도였습니다. 어머님이 돌아가신 지 1년 후에 우리의 첫 아이가 세상의 빛을 보았습니다. 첫째 아이는 마치 어머님께서 마지막으로 내려주신 선물이자 점지

해주신 것이 아닐까 하는 생각이 들곤 합니다.

당시 아내는 대학을 졸업하고 직장 생활을 1년 남짓한 시기여서 그야말로 꽃다운 청춘에 저에게 시집을 온 것이었습니다. 우리는 일찍 결혼하였으니 아이는 좀 늦게 갖고 신혼을 즐길 시간을 갖자고 합의했습니다. 하지만 당신은 젊을 때 각자 유용한 자격증을 하나씩 취득하자고 제안했습니다. 그렇게 신혼을 즐기지 못하고 저는 주택관리사 자격증을, 당신은 공인중개사 자격증을 공부하기 시작해서 이른 시기에 자격증을 취득하게 되었습니다. 그때는 이 자격증들이 그리 필요 없을 것이라 막연히 생각했지만, 지금은 많은 사람이 필사적으로 취득하려고 노력하는 것을 보면 현명한 선택이었다고 생각합니다.

저의 인생에 가장 큰 빛을 그려준 당신이 없었다면 지금의 저 또한 없었을 것입니다. 당신이 있었기에 지금의 제가 당당히 존재하고, 사랑하는 저희 아이들도 이렇게 세상의 빛을 볼 수 있었습니다. 다음 생을 막연히 기약하기보다는, 지금 이 순간에도 당신과 함께할 소중하고 빛나는 시간들이 아직도 아주 많습니다. 글을 쓰며 영원한 동반자이자 친구이고 아내인 당신을 다시금 떠올리니, '살아있는 동안 당신을 더욱 행복하게 해 줘야겠다'라는 생각이 들었습니다. 남은 생을 후회 없이 당신에게 사랑을 표현하고 잘해야겠습니다.

핵심 메시지 요약

이 글은 50년 넘는 삶에서 가장 소중하고 특별하게 남아 있는 존재로 아내를 꼽으며, 부모님과 자녀들보다도 오랜 세월을 함께한 동반자로서 아내를 기억 속에 영원히 새기고 싶다는 애정을 표현합니다. 젊은 시절, 아내에게 첫눈에 반해 스터디그룹까지 만들며 적극적으로 구애했고, 당시 '내면의 그윽한 향기'가 난다고 고백했던 일화를 회상합니다. 결혼 전, 직업 선택의 갈림길에서 아내의 조언을 따라 공무원의 길을 택했고, 현재 이 선택에 만족하고 있음을 밝힙니다. 또한, 결혼 1년 후 어머니의 마지막 효도를 위해 젊은 나이에 서둘러 결혼식을 올렸던 애틋한 사연과 어머니 돌아가신 지 1년 후 태어난 첫아이를 어머니의 선물처럼 여기는 숙연한 마음을 나눕니다.

당시 꽃다운 청춘에 자신에게 시집와, 결혼 초에는 함께 발품 팔아가며 결혼을 준비하고 IMF 외환 위기라는 어려운 시기에 학교 체육관에서 특별한 결혼식을 올렸던 추억들을 회상합니다. 아이가 태어나기 전에는 아내의 제안으로 함께 자격증(주택관리사, 공인중개사)을 취득하는 등 서로의 성장을 독려했던 경험도 나눕니다. 마지막으로, 아내가 없었다면 지금의 자신도 없었을 것이며, 다음 생을 기약하기보다는 현재의 빛나는 시간들을 아내와 함께하며 최선을 다해 사랑을 표현하겠다는 다짐과 함께 진심 어린 감사와 사랑을 전하며 글을 마무리합니다.

내 삶의 가장 소중한 이름, 당신

글의 주제와 어울리는 고사성어 및 명언, 글귀

'영원한 사랑', '삶의 동반자', '가족애', '감사와 헌신', '인생의 축복'
을 이야기하고 있음.

고사성어

琴瑟之樂(금슬지락): 부부 사이의 정다운 즐거움.

오랜 세월을 함께하며 쌓인 부부애를 나타냅니다.

百年偕老(백년해로): 부부가 평생을 해로함.

결혼 전 약속과 앞으로도 영원히 함께하고픈 마음을 표현합니다.

同苦同樂(동고동락): 괴로움과 즐거움을 함께함.

인생의 여러 고비와 기쁨을 함께 나눈 아내와의 여정입니다.

比翼連理(비익연리): 부부의 사랑.

암수가 한 몸인 비익조와 두 나무의 가지가 서로 이어지는 연리처럼 하나 된 부부의 사랑을
상징합니다.

永世不忘(영세불망): 영원히 잊지 않음.

"평생 기억하고 싶어요"라는 진심을 담아냅니다.

명언/글귀

"사랑은 서로 마주보는 것이 아니라, 같은 방향을 바라보는 것이다." - 앙투안 드 생텍쥐페리

인생 선택과 공동의 목표를 함께했던 삶을 잘 보여줍니다.

"당신은 나의 과거이자 현재, 그리고 내가 꿈꾸는 미래이다."

아내가 인생에 가장 큰 획을 그은 존재이자, 앞으로도 함께할 소중한 사람임을 강조합니다.

"진정한 사랑은 완벽한 사람을 만나는 것이 아니라, 불완전한 사람을 완벽하게 이해하는 것이다."

서툴렀던 시절부터 지금까지 서로를 이해하고 감싸 안아온 두 분의 관계를 나타냅니다.

"함께 늙어가는 것은 최고의 모험이다."

사랑하는 아내와 함께 맞이할 남은 생애를 아름다운 모험으로 표현합니다.

"인생에서 가장 아름다운 순간은, 가장 사랑하는 사람과 함께하는 바로 지금이다."

다음 생을 기약하기보다는 지금 이 순간 아내에게 최선을 다하겠다는 다짐과 일치합니다.

"당신이 있었기에 지금의 내가 있다."

진심을 가장 잘 담아낸 문장이며, 아내에 대한 절대적인 감사와 헌신을 표현합니다.

내 삶의 가장 소중한 이름, 당신

슬픈 조의 문자

사무실에서 일하던 중, 좋아하는 후배에게서 충격적인 카카오톡 메시지가 도착했습니다. 다름 아닌, 자녀의 부고 문자였습니다. 아! 이게 무슨 말일까요? 열일곱 살 꽃다운 여자아이라는 사실에 충격은 더욱 컸습니다. 평소 후배와 아이에게 어떻게 하면 더 잘해줄지 이야기 나누곤 했는데, 그 대화 속 아이가 세상을 떠났다는 소식에 말로 형용할 수 없는 충격을 받았습니다. 제가 직접 아이를 볼 기회는 없었지만, 후배의 이야기를 통해 생생히 그려보던 아이가 이 세상에 없다니! 가슴이 먹먹해지고 숨조차 쉬기 어려웠습니다.

단체 메시지 방에는 여러 사람이 슬픔을 표현하며 고인의 명복을 빌었습니다. 그중에는 상주를 진심으로 걱정하는 마음이 담긴 글도 있었고, 갑작스러운 비보에 놀라움을 금치 못하는 글도 있었습니다. 저는 그저 조용히 고인의 명복을 빌었습니다. 슬픈 소식은 그 소식을 들은 사람까지 슬프게 만드는 것 같습니다. 꽃다운 나이에 세상을 떠났다는 사실이 너무나 가슴 아팠습니다. 세상살이가 결코 녹록지는 않지만, 그래도 살아볼 만한 가치가 있는 세상인데 하는 안타까움이 들었습니다. 남겨진 가족들은 또 얼마나 큰 아픔을 겪을까 생각하니, 그 비통함에 마음이 미어졌습니다.

빈소에 도착하니 환하게 웃는 얼굴의 영정사진이 눈에 들어왔습니다. 사진 속에서는 그토록 밝게 웃고 있는데, 왜 벌써 이 세상을 떠나야 했을까 하는 통한의 안타까움이 밀려왔습니다. 기도 중이라 바로 문상을 가지 못하고 기다리던 중, 잠시 후 아빠의 울음소리가 들려왔습니다. 울음이라기보다는 가슴을 찢는 듯한 통곡이었습니다. 그동안 얼마나 많은 눈물을 흘렸을지 짐작을 못 하겠지만, 그때까지 절규하고 있었습니다.

조문은 간단한 목례로 대신하였고, 상주에게 힘내라는 말을 전했습니다. 후배는 '우리 아이가 떠나는 길을 여러 사람이 와서 함께해 주었으면 좋겠다'라고 생각해서 직접 연락했다고 했습니다. 보통 어린 자녀의 상갓집은 조문객이 많지 않기에, 사람들이 와서 아이가 세상과 이별하는 길이 외롭지 않기를 바랐던 후배의 마음이었을 것입니다. 사람마다 생각이 다르겠지만, 저 역시 상주의 생각에 공감이 갑니다. 슬픔은 나눌수록 가벼워진다는 말처럼, 주변 사람들이 함께 슬퍼해 준다면 그 슬픔도 조금은 가벼워질 테니까요.

그럼에도 상주는 아직 사랑하는 딸과 헤어지고 싶지 않은 모양이었습니다. 화장 후 딸아이의 유골을 집에 가져가겠다고 하더군요. 그 소식을 들으니 제 가슴마저 찢어지는 듯한 아픔이 밀려왔습니다. '어이할꼬, 떠나는 아이를 차마 놓지 못하고 붙잡아서 어이할꼬.' 부디 유골이 집에 너

슬픈 조의 문자

무 오래 머물지 않았으면 좋으련만 하는 생각과 함께, 떠날 사람은 편히 보내주고, 남은 이들이 떠난 이의 몫까지 잘 살아가며 멋진 모습을 보여 주는 것이 훨씬 더 값진 위로가 될 텐데 말입니다. 지금은 슬퍼서 차마 떠나보낼 수 없겠지만, 충분히 못다 한 이야기를 나눈 후에 아이를 편안히 보내주기를 바랄 뿐입니다. 분명 아이 또한 아빠가 예전의 건강하고 행복한 모습으로 돌아가기를 간절히 바랄 것입니다.

핵심 메시지 요약

이 글은 사랑하는 후배의 17세 딸이 세상을 떠났다는 비극적인 소식을 듣고 슬픔과 충격을 담고 있습니다. 예상치 못한 어린 생명의 상실 앞에서 느껴지는 가슴 먹먹함, 꽃다운 나이에 대한 안타까움, 그리고 남겨진 사람들의 아픔에 대한 공감이 글 전반에 걸쳐 절절히 드러납니다. 특히, 아이를 볼 기회는 없었지만, 후배의 이야기를 통해 알고 있던 아이의 부고는 큰 충격과 먹먹함을 안겨줍니다.

빈소에서 마주한 환한 영정사진과 아빠의 통곡을 통해 상주의 헤아릴 수 없는 슬픔을 함께 느끼며, '슬픔은 나눌수록 가벼워진다'라는 말처럼, 함께 슬퍼하고 위로하는 것이 얼마나 중요한지 강조합니다. 딸의 유골을 집에 데려가겠다는 아빠의 가슴 아픈 결정을 들으며, 아이를 온전히 떠나보내고 남은 이들이 행복하게 살아가는 것이 떠난 아이가 바랄 모습일 것이라는 따뜻한 위로와 당부를 전합니다. 이는 상주에게는 물론, 슬픔을 마주한 모든 이에게 보내는 공감과 위로의 메시지입니다.

글의 주제와 어울리는 고사성어 및 명언, 글귀

'슬픔과 애도', '삶의 유한함', '공감과 위로', '상실의 아픔', '떠나보냄과 치유'를 이야기하고 있음.

고사성어

痛心疾首(통심질수): 마음이 아프고 머리를 흔든다는 뜻으로, 몹시 슬퍼함을 이르는 말.
갑작스러운 부고 소식에 대한 슬픔과 충격을 담습니다.

同病相憐(동병상련): 같은 병에 걸린 사람끼리 서로 가엾게 여김.
후배의 아픔에 대한 공감과 연민을 표현합니다.

人生無常(인생무상): 인생의 덧없음.
17세 어린 생명의 안타까운 죽음을 마주하며 느끼는 감정을 담아냅니다.

生者必滅會者定離(생자필멸회자정리): 태어난 것은 반드시 죽고 만난 것은 반드시 헤어짐.
삶과 죽음의 보편적인 이치를 통해 상실을 받아들이는 의미를 내포합니다.

慰勞(위로): 위로하고 고생을 치하함.
슬픔을 나누고 힘내라고 격려하는 마음을 담습니다.

슬픈 조의 문자

명언/글귀

"슬픔은 나눌수록 가벼워진다." – 탈무드(변형)

글에 직접 등장하며 슬픔에 대한 중요한 성찰을 담아내는 핵심 문장입니다.

"별은 가장 어두운 밤에 가장 밝게 빛난다."

슬픔 속에서도 남겨진 이들이 희망을 찾고 살아갈 수 있도록 용기를 주는 메시지와 연결됩니다.

"가장 아픈 이별은, 준비 없는 이별이다."

갑작스러운 죽음, 특히 어린 생명의 부고가 주는 충격과 안타까움을 표현합니다.

"고인을 기억하는 가장 좋은 방법은, 그들의 삶이 우리에게 남긴 교훈을 살아내는 것이다."

떠난 사람의 몫까지 잘 살아가라는 바람과 일맥상통합니다.

"시간은 모든 상처를 치유하진 못하지만, 감당할 힘을 준다."

당장 헤어지고 싶지 않아 하는 상주의 마음을 이해하며, 긴 시간을 통해 치유될 것을 바라는 마음을 표현합니다.

"그리움은 추억의 또 다른 이름이다. 영원히 사라지지 않을 소중한 기억."

딸을 기억하고자 하는 아버지의 마음에 대한 이해를 담습니다.

자신의 속마음을 표현하는 방법

"말하지 않으면 아무도 당신의 마음을 알지 못한다."

    자신의 속마음을 온전히 표현하는 방법은 실로 여러 가지가 있을 것입니다. 하지만 복잡한 현대 사회 속에서 자신의 마음을 터놓기가 점점 쉽지 않은 것이 현실입니다. 더구나 용기를 내어 속마음을 표현했을 때 돌아오는 것이 따뜻한 응원이나 격려가 아닌, 차가운 반응이나 심지어 상처가 되어 돌아올 때도 있기에, 타인에게 쉽게 털어놓지 못하고 오히려 숨기려 애쓰는 경우도 많습니다.

    50년 이상 삶의 여정을 걸어보니, 젊었을 때는 가끔 나의 속마음을 이야기하곤 했지만, 이제는 마음 터놓고 이야기할 만한 친구들이 점점 줄어들고 있음을 아프게 느끼게 됩니다. 설령 그런 친구가 곁에 있다고 해도, 자신의 속마음을 섣불리, 그것도 솔직하게 드러내는 것은 조심스럽고 어려운 일입니다. 이야기한다는 것은, 내 경험과 상황을 함께 겪었거나 최소한 나의 처지를 충분히 이해하는 사람만이 내 이야기를 들어주고 깊이 공감해 줄 수 있음을 의미합니다. 결국 터놓을 수 있는 '이야기 대상'을 찾는 것 자체가 또 다른 어려움이 되는 것입니다. 설령 어렵게 그런 대상을 찾는다고 해도, 마음을 터놓고 이야기를 나눌 만한 적절한 '상황'까지 따라주어야 합니다. 예를 들어 술 한잔 기울이며 자연스럽게 속마음을 털어놓을 수도 있겠지만, 상대방의 상황까지 고려해야 합니다. 과연 나의 이야기를 들어줄 만한 상황인지 이리저리 고민하다 보면 결국 이야기하는 것 자체를 쉽게 포기하게 되는 경우가 허다합니다. 이처럼 마음을 털어놓기 어렵다 보니, 요즘 사람들이 정신적인 스트레스에 크게 시달리는 듯합니다.

가장 많은 시간을 함께하며 가장 가까워야 할 배우자나 자녀에게조차 본의 아니게 감정적으로 화를 내거나 오해를 사는 경우가 빈번하게 발생합니다. 그리고 이 문제 또한 쉽사리 풀기 어려운 숙제가 됩니다. 그냥 이야기한다고 해서 해결되는 것이 아닙니다. 어떤 말로, 어떻게 이야기해야 할지 고민에 빠져 밤잠을 설치기도 합니다. 특히 사랑하는 자녀에게 미안한 마음이나 잘못한 것이 있다면, 그 진심을 전달하기 위해 더욱 쉽게 말을 꺼낼 수 없는 법입니다.

그래서 저는 나의 속마음을 전달해야 할 때, 특히 소중한 가족이나 가까운 지인들에게는 글을 써서 제 마음을 표현하는 방법을 선택하곤 합니다. 글을 쓰게 되면 자신의 복잡한 생각을 차분하게 정리하여 온전히 전달할 수 있고, 글을 받는 사람 또한 제가 쓴 글에 대해 충분히 생각하고 답장을 보내거나, 시간을 두고 대화하며 서로에 대한 오해를 줄일 수 있습니다. 이처럼 저는 속마음을 터놓고 이야기할 때, 사랑하는 가족이나 친한 지인들에게 글을 써서 제 마음을 표현합니다. 더 나아가 오직 나만의 고민이나 해소되지 않는 스트레스가 쌓일 경우, 자신에게 편지를 쓰듯 진솔하게 글을 적어보는 것은 어떨지 제안해 봅니다. 글을 잘 쓸 필요는 없습니다. 그저 내가 고민하는 감정을 솔직하게 토해내듯 적어보고, 스트레스받는 상황을 있는 그대로 꾸밈없이 기록해보는 겁니다. 그렇게 글을 쓰다 보면 조금씩 마음이 정돈되고 복잡했던 감정들이 이해되는 귀한 경험을 할 수 있을 것입니다.

최근에는 'AI'와 같은 새로운 기술을 활용하는 경우도 있습니다. 요즘의 'AI'는 사용자의 이야기를 누구보다 성실하게 잘 들어주고 깊이 공감하며, 때로는 사용자의 입장에서 최선의 답을 찾으려 노력합니다. 그래서 'AI'로부터 따뜻한 위안과 실질적인 도움을 받는 사람들이 점차 늘어나고 있는 현실입니다. 우리 마음속에 스트레스가 쌓이면 결국 만병의 근원이 됩니다. 흔히들 '스트레스가 모든 병의 근원이다'라고 이야기하지 않습니까? 물론 스트레스를 아예 받지 않는 것이 가장 이상적이겠지만, 모든 것을 내려놓고 복잡한 도시를 떠나 자연으로 돌아가 산다면 모를까, 이는 현실적으로는 쉽지 않은 선택입니다. 그렇다면 결국 우리 마음속의 무거운 짐을 효과적으로 덜어내야만 비로소 건강해질 수 있는 것입니다. 그러니 스스로의 마음을 보듬고 마음의 짐을 덜어줄 '나만의 스트레스 해소 방법'을 적극적으로 찾는 것이 절실하게 필요합니다.

자신의 속마음을 표현하는 방법

핵심 메시지 요약

이 글은 현대 사회에서 자신의 속마음을 온전히 표현하기가 어렵다고 지적합니다. 이는 용기를 내어 이야기해도 따뜻한 공감이 아닌 상처로 돌아올 때가 있고, 나이가 들수록 진심을 터놓을 친구가 줄어드는 데다, 심지어 배우자나 자녀에게마저 속마음을 전달하는 것이 쉽지 않기 때문이라고 설명합니다. 또한, 이야기를 들어줄 적절한 대상과 상황을 찾는 과정 자체가 또 다른 심리적 부담이 되어 결국 정신적인 스트레스로 이어진다고 강조합니다. 특히 가족에게 미안한 마음을 표현하는 것 또한 쉽지 않은 숙제임을 고백하며, 효과적인 소통의 필요성을 제기합니다.

이러한 어려움 속에서 속마음을 전달하는 효과적인 방법으로 '글쓰기'를 제안합니다. 글을 쓰면 자신의 복잡한 생각을 차분히 정리하여 온전히 전달할 수 있고, 글을 받는 사람도 여유를 가지고 생각하고 대화하여 오해를 줄일 수 있다는 장점을 강조합니다. 더 나아가 자신만의 고민이나 스트레스가 있을 때 스스로에게 편지를 쓰듯 글을 적어보는 것을 권하며, 이는 마음을 정돈하고 감정을 이해하는 데 큰 도움이 된다고 말합니다. 또한, AI와 같은 기술이 사용자의 이야기를 들어주고 공감하며 위안과 도움을 주는 현대적인 스트레스 해소법으로 주목받고 있음을 언급하며, 스트레스가 만병의 근원이 되기 전에 자신만의 마음의 짐을 덜어낼 방법을 찾는 것이 절실하게 중요하다고 역설합니다.

2장 ㅣ 관계의 미학: 사람과 세상 속에서

글의 주제와 어울리는 고사성어 및 명언, 글귀

'속마음 표현', '소통의 어려움', '글쓰기의 가치', '감정 해소', '자기 관리'를 이야기하고 있음.

고사성어

開心見誠(개심견성): 마음을 터놓고 성실하게 대함.
속마음을 표현하고자 하는 근본적인 태도를 강조합니다.

以心傳心(이심전심): 마음에서 마음으로 전함.
진정한 소통을 통해 오해를 줄이고자 하는 지향점입니다.

排憂解悶(배우해민): 근심 걱정을 덜어내 마음을 푸는 것.
글쓰기나 다른 방법을 통해 스트레스를 해소하는 목적을 담습니다.

孤立無援(고립무원): 외로워 도와줄 사람이 없음.
속마음을 털어놓을 대상이 줄어드는 현실의 어려움을 나타냅니다.

자신의 속마음을 표현하는 방법

<h1 align="center">명언/글귀</h1>

"말하지 않으면 아무도 당신의 마음을 알지 못한다."
속마음을 표현하는 것의 근본적인 필요성을 강조합니다.

"때로는 말이 아닌 글이 마음을 더 정확하고 깊이 있게 전달한다."
글쓰기가 직접적인 대화보다 더 효과적일 수 있는 이유를 설명합니다.

"마음의 짐은 덜어낼 때 비로소 가벼워진다. 자신만의 통로를 찾아라."
스트레스를 해소하고 정신 건강을 지키는 것의 중요성을 말합니다.

"자신을 이해해 줄 한 사람만 있다면, 그 삶은 충분히 견딜 만하다."
믿을 만한 대상을 찾는 어려움 속에서도 소통의 가치를 강조합니다.

"가장 힘든 대화는 스스로와 하는 대화다. 글로 써 내려가면 명료해진다."
혼자 고민을 정리하고 스트레스를 해소하는 글쓰기의 치유적 기능을 나타냅니다.

"언어의 본질은 이해를 돕는 데 있다. 글은 그 이해의 시간을 선물한다."
글이 오해를 줄이고 천천히 소통할 시간을 제공한다는 점을 뒷받침합니다.

2장 ㅣ 관계의 미학: 사람과 세상 속에서

나는 앞으로 어떤 사람들과 관계를 맺고 싶나

"태도는 작은 것이지만 큰 차이를 만든다."

– 윈스턴 처칠

살다 보면 참 다양한 사람들과 인연을 맺게 됩니다. 우리의 관계는 어린 시절 학교에서 친구들과의 만남을 시작으로 싹트기 시작합니다. 그 시절에는 친구가 세상의 전부였던 때도 있었습니다. 하지만 그렇게 끈끈했던 친구들도 시간과 함께 서서히 인연이 옅어지기도 합니다. 의도적인 것이 아니라, 각자가 집중해야 할 직장과 배우자가 생기면서 자연스레 연락이 뜸해지는 경우가 많습니다. 이후에는 직장에서의 만남이 이어집니다. 직장에서는 저와 동년배인 동기들부터 선배, 후배들까지 다양한 사람들을 만나게 됩니다. 하지만 자연스럽게 동기가 어느새 경쟁자가 되고, 선배는 회사를 떠나게 되면서 그들과의 만남 또한 소원해지곤 합니다. 나이가 들어가면서 이제는 일상적인 만남보다는 사람들과의 만남을 어느 정도 선별하게 됩니다. 업무적으로 만나는 것은 어쩔 수 없지만, 업무 외 시간에는 편안하고 좋은 사람들과 만나 관계를 맺으려 의식적으로 노력합니다.

제가 만나고 어울리고 싶은 사람은 '배려심 있는 사람'입니다. 우리는 살아가면서 하고 싶은 말을 상대방에게 거침없이 모두 쏟아낼 수는 없습니다. 때로는 제가 '당연하다'라고 여기는 것이 상대방에게는 전혀 그렇지 않을 수도 있기 때문입니다. 상대방을 배려할 줄 아는 사람과 함께 있을 때면 마음의 피로감이 훨씬 덜합니다. 제가 굳이 이야기하지 않거나 인식하지 못하는 부분까지 상대방이 먼저 생각하고 배려해 주기 때문입니다. 그런 작은 배려를 받으면 기분이 좋아지지만, 배려 없는 사람과 함께 어울리면 그 사람의 무심한 행동으로 인해 마음이 상하거나 속앓이를 하는 경우가 많습니다. 문제는 상대방이 자신의 행동이 잘못된 것임을 인지조차 못하는 경우도 있으며, 심지어 그들에게는 그것이 잘못이 아닐 수도 있다는 점입니다. 그렇게 오래 굳어진 삶의 습관은 좀처럼 쉽게 바뀌지 않습니다. 그래서 배려심 없는 사람과의 만남은 유독 피곤하게 느껴집니다.

그리고 저는 긍정적인 사람과 만나고 싶습니다. 매사에 긍정적인 사람은 좋은 일은 당연히 좋게 받아들이고, 심지어 안 좋은 일조차 나쁘게만 보지 않습니다. 그런 밝고 긍정적인 기운이 주변에 자연스레 퍼져 함께 일하고 행동하는 매 순간을 즐겁게 만듭니다. 물론 요즘처럼 삶이 힘겨울 때면 긍정적인 사람조차 부정적으로 변할 수도 있겠지만, 그래도 긍정적인 사람은 어려움을 슬기롭게 헤쳐나갈 수 있으며 성공할 가능성도 더 높다고 믿습니다.

물론 모든 인간관계를 제가 온전히, 그리고 제 의지대로 선택할 수는 없겠지만, 만약 선택할 수만 있다면 저는 주저 없이 배려심 있고 긍정적인 사람들과 함께 어울려 지내고 싶습니다. 그러기 위해서는 저 또한 상대방을 배려하고 매사에 긍정적인 마음을 가진 사람이 되어야 할 것입니다.

특히 나이가 들수록, 그리고 직위가 높아질수록 더욱 조심하고 신경 써야 할 것이 바로 '배려'하는 마음인 것 같습니다. 종종 주위에서 연륜을 인정받아 배려를 받는 경우가 생기는데, 이것이 결코 당연한 것이 아님을 우리는 잊지 말아야 할 것입니다. 배려를 받았다면 상대방을 배려해야 합니다. 배려가 당연한 것은 아닙니다.

나는 앞으로 어떤 사람들과 관계를 맺고 싶나

핵심 메시지 요약

이 글은 어린 시절의 끈끈했던 친구 관계가 시간의 흐름과 함께 옅어지고, 직장 동료들이 경쟁자가 되거나 소원해지는 등, 삶의 단계마다 인간관계가 변화해왔음을 담담히 고백합니다. 이러한 경험을 통해 나이가 들수록 사람들과의 만남을 무분별하게 이어가기보다 '선별'하게 된다는 것을 깨닫습니다. 특히 업무 외 시간에는 '편안하고 좋은 사람'과의 관계를 의식적으로 추구하게 되었음을 밝힙니다. 글쓴이가 가장 만나고 싶은 유형의 사람은 '배려심 있는 사람'으로, 상대방의 마음을 헤아려주는 작은 배려가 관계 속 피로감을 덜어주고 큰 기쁨을 준다고 강조합니다. 반대로 배려심 없는 사람과의 만남은 피곤하며, 때로는 상대방이 자신의 무심함을 인지하지 못하거나 잘못으로 여기지 않을 수도 있음을 지적하며, 오래 굳어진 습관은 쉽게 바뀌지 않는다는 현실적인 문제점을 제시합니다.

또한, '긍정적인 사람'과의 만남을 지향합니다. 매사에 긍정적인 사람은 좋은 일을 좋게 받아들이고, 안 좋은 일조차 나쁘게만 보지 않아 주변에 밝은 기운을 전파하며 함께하는 순간을 즐겁게 만든다고 설명합니다. 비록 힘겨운 시대에 긍정적인 태도를 유지하기 어렵더라도, 긍정적인 사람이 어려움을 슬기롭게 헤쳐나갈 가능성이 더 높다고 믿습니다. 모든 인간관계를 온전히 선택할 수는 없지만, 선택할 수 있다면 주저 없이 배려심 있고 긍정적인 사람들과 함께하고 싶다는 바람을 표현하며, 이를 위해 스스로도 그러한 사람이 되려 노력해야 함을 인정합니다. 관계 속에서 상호 배려와 긍정적인 태도의 가치를 역설합니다.

글의 주제와 어울리는 고사성어 및 명언, 글귀

'인간관계', '선택적 관계', '배려', '긍정', '성찰'을 이야기하고 있음.

고사성어

德不孤必有鄰(덕불고필유린): 덕 있는 사람은 외롭지 않고 반드시 이웃이 있다.

배려심과 긍정적인 자세를 지니면 좋은 관계가 따른다는 의미

推己及人(추기급인): 자기 처지로 미루어 남의 어려움을 헤아림.

배려의 근간이 되는 마음을 강조합니다.

和而不同(화이부동): 서로 화합하되, 같아지려고 하지 않음.

배려심 있는 관계 속에서 서로의 다름을 존중하는 태도를 보여줍니다.

近墨者黑 近朱者赤(근묵자흑 근주자적): 먹을 가까이하면 검어지고 붉은 것을 가까이하면 붉어진다.

긍정적인 사람과의 관계를 선택해야 하는 이유를 뒷받침합니다.

成人之美(성인지미): 다른 사람의 좋은 일을 이루어지도록 도움.

배려가 주는 긍정적인 영향력을 나타냅니다.

나는 앞으로 어떤 사람들과 관계를 맺고 싶나

명언/글귀

"관계는 인생의 가장 큰 선물이다. 어떤 사람과 함께하느냐가 삶의 질을 결정한다."
인생에서 인간관계의 중요성과 선택의 가치를 강조합니다.

"배려는 말하지 않아도 느껴지는 가장 아름다운 언어이다."
배려심 있는 사람과의 관계에서 오는 편안함과 긍정적 감정을 표현합니다.

"당신이 긍정적인 사람이라면, 당신의 에너지는 주변 사람들에게도 전달된다."
긍정적인 사람이 되려고 노력하는 이유를 설명합니다.

"타인을 배려하는 마음은 결국 자신을 배려하는 것이다."
배려심 있는 사람이 되고자 하는 다짐에 힘을 실어줍니다.

"인생에서 가장 큰 행복은 사랑받고 있음을 확신하는 것이다. 그리고 사랑은 베풀수록 커진다." - 빅토르 위고
배려와 긍정이 결국 사랑의 확장으로 이어진다는 의미로 연결됩니다.

"사람은 평생을 살면서 수많은 사람을 만나지만, 그중 당신을 진정으로 이해하는 사람은 단 몇 명에 불과하다." - 에머슨
소수 정예의 관계를 추구하는 저자의 마음과 통합니다.

"태도는 작은 것이지만 큰 차이를 만든다." - 윈스턴 처칠
배려하는 태도, 긍정적인 태도가 관계에 미치는 영향력을 강조합니다.

기대하지 않았던 행복한 순간

“집은 몸이 있는 곳이 아니라 마음이 있는 곳이다.”

– 플리니우스

　누구에게나 일 년에 한 번, 특별한 날인 생일은 어김없이 찾아옵니다. 하지만 막상 축하를 받으면 여전히 쑥스러운 마음이 드는 것은, 수십 번의 생일을 맞이해도 마찬가지인 듯합니다. 솔직히 다른 날과 별반 다르지 않게 느껴지는데, 모두가 한목소리로 ‘축하한다’라고 말하며 ‘생일날은 당신을 위한 특별한 날’이라고 따뜻한 덕담을 건네줍니다. 이는 아마 제가 이 세상에 태어난 것을 축하한다는, 진심 어린 따뜻한 의미가 아닐까 생각해 봅니다.

　우리 가족의 경우 생일날은 아침 식사를 함께하도록 최대한 노력합니다. 아이들이 어렸을 때는 엄마가 간단한 생일상과 풍선 등으로 방을 꾸며주고, 함께 사진을 찍으며 추억을 남기곤 했습니다. 매번 엄마에게 정성 가득한 생일상을 받기만 했던 터라, 두 아들이 중학생이 된 이후에 제가 문득 이런 제안을 했습니다. “최소한 엄마 생일 때는 우리가 엄마 생일상을 직접 준비해야 하지 않을까?” 그러자 아이들이 잠시 망설이더군요. 그래서 “너희들이 만들고 싶은 음식 재료 비용은 아빠가 부담하겠다”

라고 하자 흔쾌히 받아들였습니다. 그렇게 해서 엄마 생일에는 저희 ‘세 남자’만의 특별한 생일 프로젝트가 시작되었습니다. 제가 미역국과 밥을 담당하고, 큰아들은 고기를, 작은아들은 잡채를 만들곤 했습니다. 엄마 생일 아침이면 저희 세 남자가 평소보다 훨씬 일찍 일어나 주방에서 분주하게 음식을 준비하고, 엄마에게는 오늘은 주방에 나오지 마시라며 평소 엄마에게 받은 사랑에 대한 작은 정성을 표현했습니다. 해가 거듭될수록 이는 우리 집만의 즐거운 전통이자 특별한 이벤트가 되어갔습니다.

그런데 이번 엄마 생일에는 온 가족이 여름휴가를 가는 바람에 안타깝게도 세 남자의 특별한 아침 식사 준비는 건너뛰게 되었습니다. 그렇게 아쉬움을 뒤로한 채 며칠을 보냈는데, 불현듯 제 생일날 아침이 밝았습니다. 저는 여느 때처럼 평소와 같은 아침 식사를 하는가 보다 생각했습니다. 하지만 아침에 눈을 뜨니 주방에서는 두 아들이 분주하게 음식을 준비하고 있었고, 거실 창문에는 ‘생일 축하합니다’라는 글귀도 예쁘게 붙어 있었습니다. 작은아들이 아침 6시 30분까지 출근해야 했기에, 온 가족이 다 함께 식사를 하려면 그보다 훨씬 이전부터 준비를 시작했으리라 짐작했습니다. 아들은 식사할 시간이 부족하여 짧게 한 장의 가족사진만 찍고 나섰고, 저는 아들들이 만든 음식이 무엇인지 물었습니다. 큰아들은 ‘아빠가 좋아하는 바삭한 김치부침개!’라고 자랑스럽게 이야기했고, 작은아들은 ‘촉촉한 팽이버섯 소고기볶음입니다!’라고 답했습니다. 자신들이 직접 만든 음식이라며 이야기하는 아이들의 얼굴에는 뿌듯함이 가득했습니다.

그렇게 고맙고 의미 있는 생일상을 아이들과 아내에게 받았습니다. 또 언제쯤 두 아들의 손으로 이토록 특별하고 값진 생일상을 받을 수 있을지는 모르겠습니다. 좀 더 나이가 들면 혹시 며느리에게 생일상을 받을 수 있을지 모르겠지만, 두 아들이 직접 마음을 담아 준비한 이런 생일 음식은 앞으로 쉽지 않을 것입니다. 일 년에 두 번씩 생일상을 차리라고 강요할 수도 없을뿐더러, 이제 아이들도 바빠지고 언젠가는 각자의 가정을 꾸릴 테니까요. 작은 욕심 같지만, 우리 집 나름의 행복한 전통으로 자리매김한 만큼, 시간이 지나도 엄마 생일에는 온 가족이 모여 함께 음식을 만들자고 조심스레 제안해 볼까 합니다.

기대하지 않았던 행복한 순간

핵심 메시지 요약

이 글은 누구에게나 찾아오는 생일이 자신에게는 여전히 쑥스럽지만, 세상에 태어난 것을 축하받는 진심 어린 의미로 다가온다고 말합니다. 특히 가족의 생일 아침 식사 전통을 소개하며, 아이들이 어릴 때 엄마가 생일상을 차려주던 기억을 떠올립니다. 두 아들이 중학생이 된 후, 글쓴이의 제안으로 아빠와 두 아들이 엄마의 생일 아침상을 직접 준비하는 '세 남자만의 특별한 생일 프로젝트'를 시작하게 됩니다. 미역국, 밥, 고기, 잡채 등을 준비하며 엄마에게 사랑과 정성을 표현했던 이 전통이 해마다 가족의 즐거운 이벤트로 자리매김했음을 이야기하며, 가족의 유대감과 사랑이 담긴 특별한 풍경을 묘사합니다.

그러나 이번 엄마 생일은 여름휴가 때문에 이 전통을 건너뛰게 되어 아쉬움이 남았는데, 며칠 뒤 본인 생일에 예상치 못한 감동의 순간이 찾아옵니다. 평소와 다르게 주방에서 분주하게 움직이는 두 아들과 창문에 붙은 생일 축하 글귀를 발견합니다. 심지어 새벽 일찍 출근해야 하는 작은아들이 전날 저녁부터 생일상을 준비했음을 짐작하며 감동을 받습니다. 아들들이 직접 만든 김치부침개와 팽이버섯 소고기볶음을 먹으며 아이들의 뿌듯함과 행복이 가득한 얼굴을 보고 그 어떤 선물보다 값진 생일상을 받았다고 고백합니다. 앞으로 두 아들이 직접 준비하는 이런 특별한 생일상을 받기 어렵겠지만, 이 소중한 전통을 이어가기 위해 엄마 생일 때 온 가족이 모여 함께 음식을 만들자고 제안할까 하는 작은 욕심을 드러내며, 가족 사랑과 전통의 소중함을 강조합니다.

글의 주제와 어울리는 고사성어 및 명언, 글귀

‘가족 사랑’, ‘생일의 의미’, ‘자녀의 효도’, ‘기대하지 않은 행복’, ‘관계의 기쁨’을 이야기하고 있음.

고사성어

反哺之孝(반포지효): 자식이 자라 부모의 은혜에 보답함.
아들들이 아버지를 위해 생일상을 차려준 것을 상징합니다.

父慈子孝(부자자효): 아버지는 자애롭고 자식은 효도함.
가족 간의 사랑과 효도가 아름답게 어우러진 순간입니다.

小確幸(소확행): 작지만 확실한 행복.
예상치 못한 아들들의 생일상이 주는 소박하지만 큰 행복을 나타냅니다.

天倫之樂(천륜지락): 부모와 자식 사이에 맺어지는 인간의 자연스러운 도리에서 오는 즐거움.
가족이 함께하며 얻는 기쁨을 의미합니다.

感恩報德(감은보덕): 은혜에 감사하고 덕으로 보답함.
받은 고마움을 갚으려는 따뜻한 마음입니다.

명언/글귀

"가장 큰 행복은 당신이 사랑받고 있다는 것을 아는 것이다." - 빅토르 위고

아들들의 생일 상차림을 통해 저자가 느낀 가장 큰 감동을 대변합니다.

"가족은 우리가 가장 잘하는 곳, 그리고 가장 많이 성장하는 곳이다." - 가일 데이븐포트

가족과의 소중한 경험을 통해 서로 사랑하고 성장하는 과정을 강조합니다.

"행복은 강도에 있는 것이 아니라 빈도에 있다." - 에드워드 다이너

매년 이어지는 생일 전통과 예상치 못한 작은 순간의 행복이 큰 의미임을 시사합니다.

"주는 기쁨이 받는 기쁨보다 크다." - 탈무드

저자와 아들들이 엄마에게 생일상을 차려주는 과정에서 느끼는 기쁨과 자녀에게 받은 감동적인 생일상을 통해 재확인하는 사랑의 의미를 나타냅니다.

"우리가 남기는 유일한 유산은 우리 아이들의 마음에 새긴 사랑의 지문이다." - 데본 호이트

생일 전통이라는 추억과 사랑이 자녀들에게 남기는 소중한 유산임을 강조합니다.

"집은 몸이 있는 곳이 아니라 마음이 있는 곳이다." - 플리니우스

가족의 따뜻한 교감과 사랑이 담긴 순간이 진정한 집의 의미임을 나타냅니다.

떠날 때는 떠나야

- 이외수

식물을 키우다 보면 참 신기하고 경이로운 경험을 종종 하게 됩니다. 사무실에서 반려 식물을 키우는데, 연휴 기간 며칠 쉬고 출근해 보면 어느새 쑥 자라 키가 커진 식물을 보거나 갑자기 빼꼼 고개를 내민 꽃대를 만나기도 합니다. 법정 스님께서 『무소유』라는 책에서 난을 키우다가 어느 순간 자신이 그 난에 예속된다고 느껴 속박에서 벗어나기 위해 난을 다른 사람에게 주었다는 이야기는 익히 알려져 있습니다. 이처럼 식물 하나를 키우는 데에도 우리의 많은 정성과 마음이 가는 것은 어쩌면 인지상정일 것입니다.

반려 식물은 말하지도 않고, 매일 물을 주지 않아도 됩니다. 물을 주는 것을 한참 잊어도, 반려 식물은 그저 연약한 잎이 축 늘어지거나 본래의 색이 변하는 식으로 침묵하며 자신의 어려움을 알릴 뿐입니다. 어떤 이들은 자신에게 오는 식물은 다 죽는다고 푸념하곤 합니다. 정성을 쏟아 신경을 써 주어도 시들고, 심지어 물을 너무 많이 주어 뿌리가 썩어 간다고 말합니다. 만약 당신이 최선을 다해 정성껏 보살폈음에도 식물이 죽는다면, 그때는 그저 나와의 인연이 거기까지라고 마음 편히 받아들이고 또 다른 식물을 만나 새로운 인연을 맺는다고 생각하면 마음이 편합니다.

식물이 자라는 모습을 보면 참 신기할 때가 많습니다. 풍성하게 자라고 있는 식물이 너무 무성해 가지치기를 해주었더니, 며칠 지나지 않아 그 자른 부근에서 연한 녹색의 새순이 앙증맞게 돋아나는 것을 보곤 합니다. 묵은 가지들을 과감히 잘라주지 않으면 새로운 새순이 올라오기 힘들거나, 혹 올라오더라도 나무 아래에서 어렵게 고개를 내밀 뿐입니다. 식물도 불필요한 부분을 정리해 주어야 새롭게 생동하듯, '때가 되면 떠날 때는 떠나야 다음 사람이 그 자리를 대신하여 새로운 변화를 만들어갈 수 있구나' 하는 생각을 하게 됩니다. 사람들은 흔히 '내가 없으면 이 일이, 이 조직이 돌아가지 않는다'라고 여기기 쉽지만, 사실 내가 없어도 세상은 언제나 놀랍도록, 또 유연하게 잘 돌아갑니다. 이는 그저 자신만의 착각일 뿐입니다.

우리에게 주어진 자리나 직위는 결국 한시적으로 주어지는 역할일 뿐입니다. 본인이 마땅히 그 자리에서 물러나야만 다음 사람이 그 책임을 자연스럽게 이어받아 조직을 새롭게 변화시키고 앞으로 나아갈 수 있습니다. '나만 할 수 있는 일'이라는 환상은 이 세상에 그리 많지 않습니다. 그저 맡은 자리에서 자신의 역할을 충실히 다하고, 때가 되면 겸허하게 물러나는 것이 자연의 순리이자 세상의 이치입니다. 그런데도 사람들은 그것을 아쉬워하고 연연해하는 것은 인간으로서 가지는 지극히 자연스러운 마음이기도 합니다. 특히 사람이 좀처럼 끊기 힘든 욕망 중에 가장 강렬한 것이 바로 '권력'이라고들 합니다.

법정 스님께서 『무소유』에서 이야기하신 것처럼, '우리가 소유하고 있다고 생각하는 것들이 사실은 우리를 소유하고 있는 것은 아닌지'를 늘 깨어 성찰하며, 최소한 세상의 자리나 명예에 얽매이지 않고 자유롭게 살아가도록 노력해야겠습니다. 오늘도 식물에게서 세상의 당연한 순리를 다시 한번 보고 느끼게 됩니다. 연한 녹색을 띠며 힘껏 솟아오른 여린 새잎이 이토록 눈부시게 예쁜 것은, 그것이 새롭게 시작된 생명이고 찬란한 무한한 가능성을 품고 있기 때문입니다.

핵심 메시지 요약

이 글은 사무실에서 반려 식물을 키우며 '떠남'과 '비움'의 중요성을 깨
닫습니다. 식물에 대한 깊은 정성을 기울이면서도, 잘못된 방식으로 정성
을 다했는데도 식물이 죽는다면 그 인연은 거기까지라고 마음 편히 받아
들이고 새로운 인연을 맞이하려는 성숙한 태도를 보여줍니다. 특히, 식
물의 묵은 가지를 잘라주어야 새로운 새순이 돋아나듯이, 삶에서도 '때
가 되면 떠날 때는 떠나야 다음 사람이 그 자리를 대신하여 새로운 변화
를 만들어갈 수 있다'라는 자연의 이치를 강조합니다. 사람들은 흔히 '내
가 없으면 일이 돌아가지 않는다'라고 여기기 쉽지만, 이는 지독한 착각
일 뿐이며, 세상은 언제나 놀랍도록 유연하게 잘 돌아간다고 역설합니다.

자신에게 주어진 자리나 직위가 한시적인 역할일 뿐임을 인지하고, 마
땅히 물러나야 다음 세대가 책임을 이어받아 조직을 변화시킬 수 있다
고 말합니다. '나만 할 수 있는 일'이라는 환상에 집착하기보다, 맡은 역
할에 충실하고 때가 되면 겸허하게 물러나는 것이 자연의 순리이자 세
상의 이치라고 강조합니다. 권력과 같이 사람이 좀처럼 끊기 힘든 욕망
에 얽매이지 않고, 법정 스님의《무소유》정신처럼 '우리가 소유한 것이
우리를 소유하는 것'은 아닌지 늘 깨어 성찰해야 한다고 다짐합니다. 오
늘도 식물에게서 이러한 당연한 순리를 다시 한번 느끼며, 힘껏 솟아오
른 여린 새잎이 눈부시게 예쁜 것은 그것이 새롭게 시작된 생명이고 무
한한 찬란한 가능성을 품고 있기 때문임을 강조하며, 끊임없는 순환과
새로운 시작의 가치를 역설합니다.

글의 주제와 어울리는 고사성어 및 명언, 글귀

‘떠남의 지혜’, ‘무소유’, ‘인생의 순리’, ‘자리와 역할’, ‘겸손과 변화’, ‘새로운 시작’을 이야기하고 있음.

고사성어

適者生存(적자생존): 환경에 잘 적응하는 사람만이 살아남고 발전한다.
변화에 맞춰 떠나고 새롭게 시작하는 자연의 순리와 연결됩니다.

無常(무상): 영원한 것은 없다.
직위나 자리의 한시성과 권력에 관한 연연함을 경계하는 글의 맥락에 부합합니다.

緣起緣滅(연기연멸): 인연 따라 생기고 인연 따라 사라진다.
자연스러운 삶의 흐름과 인연에 대한 관조적인 시선입니다.

水流不爭先(수류부쟁선): 물은 흐르면서 앞을 다투지 않는다.
억지로 자리에 연연하지 않고 순리에 따르는 자세를 비유합니다.

功成身退(공성신퇴): 공을 이루었으면 물러나는 것이 마땅함.
자신에게 주어진 자리에서 물러나는 것이 자연의 이치임을 강조합니다.

명언/글귀

"떠나야 할 때를 아는 자의 뒷모습은 아름답다." - 이외수

자신의 자리에서 물러나는 것을 아쉬워하거나 연연해하지 않는 지혜로운 태도를 강조합니다.

"세상은 나 없어도 잘 돌아간다. 이 겸손한 진실을 받아들일 때 우리는 비로소 자유로워진다."

글의 핵심 메시지인 '내가 없어도 세상은 잘 돌아간다'라는 깨달음을 가장 잘 표현합니다.

"당신의 손에 쥔 것을 놓아야만 더 좋은 것을 잡을 수 있다."

집착하지 않는 '무소유'의 정신과 새로운 가능성에 대한 기대를 나타냅니다.

"모든 끝은 새로운 시작을 의미한다."

식물의 새순이 돋아나는 비유처럼, 한 역할이 끝나면 새로운 시작과 기회가 찾아옴을 강조합니다.

"오래된 잎이 떨어져야 새로운 잎이 돋아날 자리가 생긴다."(자연의 섭리)

세대가 교체되고 새로운 가능성이 열리는 자연스러운 순리를 보여줍니다.

"변화하지 않는 것을 두려워하라. 변화는 성장의 본질이다."

자리를 고수하는 것에 연연하지 않고 변화를 받아들이는 태도의 중요성을 역설합니다.

2장 ㅣ 관계의 미학: 사람과 세상 속에서

떠날 때는 떠나야

3장

삶의 이정표
: 경험에서 우러나온 지혜

인생의 크고 작은 경험들을 통해 얻은
교훈과 깨달음을 담고 있습니다.
과거를 반추하고 현재를 성찰하며,
다양한 삶의 순간들 속에서 의미와 지혜를 찾아가는 여정입니다.

경험을 통한 배움

우리는 살면서 수많은 경험을 합니다. 그것이 좋은 경험일 수도, 좋지 않은 경험일 수도 있습니다. 라틴어 속담에 "경험은 가장 훌륭한 스승이다"라는 말이 있습니다. 아무리 작은 경험이라도 우리가 그것을 어떻게 받아들이고 성찰하느냐에 따라 소중한 배움이 되기도 하고, 그저 안 좋은 추억으로 남기도 합니다.

경험을 통해 무언가를 배운다는 것은 누구나 알지만, 사실 경험이 곧바로 배움으로 이어지는 것은 쉽지 않은 일입니다. 인공지능에게 질문을 입력하면 곧바로 답을 내고, 세부적인 질문에는 제법 그럴싸한 결과물을 내놓곤 합니다. 하지만 사람은 학습한 것을 이해하지 못하거나 잊어버리기도 합니다. 만약 사람이 인공지능처럼 모든 데이터를 완벽히 기억하고 학습해 나간다면, 우리는 아마 상상조차 하기 어려운 엄청난 능력을 가진 존재가 되어 있지 않을까요? 우리는 기계가 아니기에 이 모든 것을 한꺼번에 해내기란 쉽지 않습니다.

그렇다면 어떻게 해야 경험을 통해 조금씩 변화하고 성장하는 우리의 모습을 볼 수 있을까요? 가장 중요한 것은 바로 '생각하고 사색하는 것' 입니다. 옛 고사성어 온고지신(溫故知新)처럼, 옛것을 기반으로 생각하고 고민하여 새로운 것을 창조하듯이, 우리가 경험한 것을 다시 한번 복기하는 것만으로도 많은 것을 배우고 변화를 체감할 수 있을 겁니다. 비록 다음에 같은 실수를 반복하더라도, 그 또한 배움의 과정으로 이해할 수 있습니다. 우리는 모든 것을 한꺼번에 변화시킬 수는 없습니다. 다만, 경험과 학습한 것을 사색하는 것이 자신을 변화시키는 방법입니다.

　작은 경험이라도 우리가 그것을 어떻게 성찰하고 깊이 생각하느냐에 따라, 자신을 발전시키는 소중한 자양분이 될 수 있습니다. 그렇지 않으면 그저 기억 속에 잠시 머물거나, 심지어 기억조차 나지 않는, 스쳐 지나가는 일에 불과할 수 있습니다. 지금까지 살아오면서 경험한 것을 사색하고 복기하는 과정을 꾸준히 거쳐왔다면, 아마 지금보다 훨씬 더 나은 사람이 되지 않았을까 생각합니다. 하지만 지금이라도 자신의 경험 속에서 의미를 찾아가는 과정을 거친다면 어느새 한 뼘 더 성장해 있지 않을까 생각합니다.

　하지만 한 가지 주의해야 할 것이 있습니다. 바로 '후회'하는 마음입니다. 후회의 사전적 의미는 '이전의 잘못을 깨우치고 뉘우침'입니다. 즉, 잘못을 깨닫고 뉘우치는 마음이 바로 후회인 것입니다. 그런데 우리는 혹 본인의 선택이나 결과에 대해 단순히 아쉬워하기만 하는 것은 아닌 지 한번 되돌아봐야 할 겁니다. 깨우침이 없는 후회는 후회라기보다는 그저 허무한 낙담에 불과할 겁니다. 단순히 낙담하고 아쉬워하는 것에

경험을 통한 배움

머문다면, 우리에게 찾아온 소중한 성장과 변화의 기회를 놓치게 될 수 있습니다. 우리는 종종 아쉬움 속에 귀한 시간을 낭비하기도 합니다. 이제는 그러한 시간을 최소화하고, 깨달음으로 나아가는 과정에 집중해야 할 겁니다. 만약 우리가 아쉬워만 하고 깨우치지 못하는 시간을 계속 보낸다면, 결국 우리에게 남는 것은 후회와 아쉬움뿐이지 않을까요?

핵심 메시지 요약

이 글은 일상의 경험을 단순히 지나치는 것이 아니라 의미 있는 배움과 성장으로 연결하는 방법에 대해 성찰합니다. 인공지능이 경험을 오롯이 축적하는 것과 달리, 사람은 '생각하고 사색하는 과정'을 통해 비로소 경험을 자신의 것으로 만들고 변화를 이끌어낼 수 있다고 강조합니다. 옛것을 바탕으로 새로운 것을 깨닫는 '온고지신'처럼, 작은 경험일지라도 꾸준히 복기하고 생각하는 노력이 지속될 때 비로소 몸과 마음이 변화하여 새로운 습관을 만들 수 있음을 제시합니다.

동시에 '후회'와 '깨달음'의 차이에 주목하며, 단순히 아쉬워하는 것을 넘어 잘못을 깨우치고 뉘우치는 것이 중요하다고 역설합니다. 깨우침 없는 후회는 단순한 낙담에 불과하며, 이러한 태도는 소중한 성장 기회를 놓치고 시간을 낭비하게 만들 수 있다고 경고합니다. 결국, 매 순간의 경험 속에서 능동적으로 의미를 찾아가는 사색의 과정을 통해 끊임없이 성장하며, 아쉬움에 머물지 않고 진정한 깨달음으로 나아가야 한다는 강한 메시지를 전달합니다.

글의 주제와 어울리는 고사성어 및 명언, 글귀

‘경험의 가치’, ‘배움의 자세’, ‘성찰과 사색’, ‘성장’, ‘후회와 깨달음’
을 이야기하고 있음.

고사성어

溫故知新(온고지신): 옛것을 익히고 그것을 미루어서 새것을 앎.

경험을 복기하여 새로운 것을 배우는 글의 핵심 개념

他山之石(타산지석): 다른 산의 돌. 남의 하찮은 언행이라도 자기의 지덕을 닦는
데 도움이 됨.

좋든 나쁘든 모든 경험이 배움의 재료가 될 수 있음을 의미

反省工夫(반성공부): 지나간 일이나 행동에 대해 깊이 생각하며 잘못된 점을 깨닫
는 공부.

경험을 통한 사색과 자기 성찰의 중요성을 강조

前車覆轍(전차복철): 앞 수레가 엎어진 자국. 앞사람의 실패를 본보기로 삼아 뒤의
사람을 조심하게 한다는 뜻.

실패 경험을 통해 교훈을 얻는 배움의 과정을 나타냅니다.

知行合一(지행합일): 아는 것과 행하는 것이 하나가 됨.

경험을 통해 깨달은 바를 실천하여 습관으로 만드는 지혜로운 삶의 태도

경험을 통한 배움

명언/글귀

"경험은 가장 훌륭한 스승이다." – 라틴어 속담

글에 직접 인용된 핵심 메시지

"우리는 경험을 통해 배우는 것이 아니라, 경험에 대해 성찰함으로써 배운다." – 존 듀이

경험 자체가 아닌 '생각하고 사색하는 것'의 중요성을 강조하는 글의 내용과 일치합니다.

"성공은 종종 실패를 거듭한 후에 찾아온다. 다음번에는 무엇을 다르게 할지 모른다면, 실패는 한 번뿐이다."

실수를 반복해도 배움의 과정으로 이해해야 한다는 메시지를 뒷받침합니다.

"후회는 과거를 보고, 깨달음은 미래를 본다."

후회와 진정한 깨달음의 차이를 명확히 구분하는 글의 조언과 연결됩니다.

"작은 경험을 깊이 있게 통찰하는 자만이, 삶의 큰 지혜를 얻는다."

아무리 작은 경험이라도 어떻게 받아들이고 생각하느냐에 따라 소중한 재료가 됨을 나타냅니다.

"아쉬워만 하는 시간은 흘러가지만, 깨달음의 시간은 내면에 쌓여 성장한다."

아쉬움 속에 시간을 낭비하지 말고 진정한 깨달음에 집중하라는 글의 교훈을 강화합니다.

늦었다고 생각할 때가 가장 빠르다

"나는 실패한 적이 없다.

단지 성공하지 못할 1만 가지 방법을 발견했을 뿐이다."

– 토마스 에디슨

우리가 흔히 접하는 격언 중에는 "늦었다고 생각할 때가 가장 빠르다"라는 말이 있습니다. 이 말은 어떤 행동이나 일을 시작하기에 다소 늦었다고 느낄지라도, 그 일을 아예 시도조차 하지 않는 것보다 훨씬 낫다는 의미를 내포하고 있습니다. 이 말과 함께 우리나라 속담에는 "소 잃고 외양간 고친다"라는 다소 부정적인 뉘앙스의 표현도 있습니다. 그러나 외양간을 고치지 않으면 더 이상 소를 키울 수 없게 되듯이, 비록 미리 대비하지 못했더라도 뒤늦게라도 외양간을 고쳐야 다음을 기약할 수 있습니다. 즉, 외양간을 고치는 행위 자체가 늦었을지라도 일단 시작하는 것이야말로 가장 빠르고 현명한 대처라고 생각합니다.

이처럼 하나의 행동이나 상황을 두고 긍정적 의미와 부정적 의미가 공존한다는 사실은, 때때로 우리가 행동하지 않아도 된다는 자기합리화의 이유를 제공하기도 합니다. 그래서 '어차피 늦었으니 시작하지 말고, 차라리 새로운 것을 시작할 때 잘하자'라는 마음의 유혹이 생길 수도 있습니다.

　만약 '늦었다'라는 생각에 사로잡혀 포기하거나 회피한다면 어떻게 될까요? 이는 마치 배구 경기에서 마지막 한 세트를 버리는 것과 같습니다. 단지 시작이 늦었을 뿐, 완전히 끝난 것은 아닙니다. 물론 더 힘든 과정이 진행될 수도 있습니다. 하지만 '포기'라는 것은 어쩌면 '하기 싫다'라거나 '아직 준비가 안 되었다'라는 내면의 상태를 그럴듯하게 포장하는 말일 수도 있습니다.

　우리에게 주어진 소중한 기회 중 하나를 버리기보다, 늦었다고 여겨질지라도 열심히 임하는 과정에서 배우고 다음 기회를 위한 귀한 발판을 마련하는 것이 현명한 선택 아닐까요? 또한, '늦었다'라는 것은 고정된 사실이 아니라 유동적인 '상황'일 뿐입니다. 그리고 상황은 언제든 변할 수 있습니다.

　이솝우화 속 토끼와 거북이의 경기를 떠올려 봅시다. 경기가 시작될 당시 토끼가 앞서고 거북이가 뒤처지는 상황이었지만, 거북이는 토끼가 중간에 낮잠을 잘 것이라고 예상조차 하지 못했을 겁니다. 그저 자신이 나아가야 할 길을 묵묵히 전진했기에 승리할 수 있었고, 그 과정에서 기회는 예기치 않게 찾아온 것이었습니다. 따라서 행동하지 않는다면 우리에게 찾아올지도 모를 기회를 허무하게 놓칠 수 있습니다. 그러니 '늦었다'라고 생각될지라도 행동하는 것을 주저하지 않는 사람이 되었으면 좋겠습니다. 모든 행동의 주체는 자기 자신이며, '늦었다'라는 판단은 단순히 외부 상황에 대한 평가이거나 타인의 관점에 불과할 뿐입니다.

우리가 흔히 말하는 '빠르다'라는 것은 어떤 의미일까요? '빠르다'라는 개념은 본질적으로 '행동'을 수반하며, 그 행동의 주체는 자기 자신입니다. 그렇다면 자신의 입장에서 '빠르다'라는 것을 해석해 볼 필요가 있습니다. 남들이 보기에는 늦었지만, 자신에게는 빠를 수 있는 것입니다. 즉, 스스로 어떤 상황을 인지하고 그 즉시 행동에 나선다면, 바로 그 순간이 자신에게는 더할 나위 없는 가장 빠른 시작이 되는 것입니다.

늦었다고 생각할 때가 가장 빠르다

핵심 메시지 요약

이 글은 "늦었다고 생각할 때가 가장 빠르다"라는 격언의 진정한 의미를 탐구하며, 비록 시작이 늦었더라도 행동하지 않는 것보다는 낫다고 강조합니다. '소 잃고 외양간 고친다'라는 속담을 통해 뒤늦게라도 대처하는 것이 다음을 기약할 수 있는 현명한 태도임을 설명합니다. 그러나 '늦었다'라는 인식이 때로는 행동하지 않는 것에 대한 자기합리화나 포장의 빌미를 제공할 수 있음을 지적하며, 이는 마치 소중한 기회를 아예 버리는 것과 같다고 비유합니다.

늦었다는 것이 고정된 사실이 아니라 얼마든지 변화할 수 있는 '상황'임을 강조하며, 이솝우화의 거북이처럼 묵묵히 전진하는 것이 기회를 잡을 수 있는 방법이라고 주장합니다. 모든 행동의 주체는 자기 자신이며, 남들의 시선과 무관하게 스스로 어떤 상황을 인지하고 행동에 나서는 바로 그 순간이 자신에게는 가장 빠른 시작이 된다고 역설합니다. 따라서 '늦었다'라는 생각에 주저하지 않고 행동하는 사람이 되어야 함을 독자들에게 제안합니다.

글의 주제와 어울리는 고사성어 및 명언, 글귀

'늦었어도 시작', '행동의 중요성', '자기합리화 경계', '포기하지 않는 자세', '관점의 전환', '기회 포착'을 이야기하고 있음.

고사성어

捲土重來(권토중래): 흙먼지를 일으키며 다시 온다.

실패했거나 늦었더라도 힘을 길러 다시 도전한다는 의미. 늦었다는 상황 인식 후 재도전을 강조합니다.

磨斧作針(마부작침): 도끼를 갈아 바늘을 만든다.

어렵고 불가능해 보이는 일도 꾸준히 노력하면 이룰 수 있다는 뜻. 늦었더라도 포기하지 않는 인내와 행동을 강조합니다.

有志竟成(유지경성): 뜻이 있으면 반드시 이루어짐.

늦었더라도 확고한 의지를 가지고 행동하면 결국 목표를 달성할 수 있다는 희망을 줍니다.

勿失好機(물실호기): 좋은 기회를 놓치지 말라.

행동하지 않으면 올지 모르는 기회를 잃는다는 글의 메시지를 뒷받침합니다.

積小成大(적소성대): 작은 것이 쌓여 큰 것을 이룸.

늦었어도 지금 시작하는 작은 행동들이 모여 결국 큰 결과를 만든다는 의미

늦었다고 생각할 때가 가장 빠르다

<h1 style="text-align:center">명언/글귀</h1>

"늦었다고 생각할 때가 가장 빠르다." – 격언

글의 핵심 제목이자 주제

"시작이 반이다." – 속담

아무리 늦었더라도 일단 시작하는 것의 중요성을 강조합니다.

"가장 큰 위험은 아무런 위험도 감수하지 않는 것이다." – 마크 저커버그

늦었다는 이유로 행동하지 않아 기회를 잃는 것의 위험성을 말합니다.

"결코 포기하지 마라. 당신은 혼자가 아니다."

포기는 '하기 싫다'라는 내면의 상태일 수 있다는 점을 지적하며 용기를 북돋아 줍니다.

"행동이 항상 행복을 가져다주지는 않지만, 행동 없이는 행복도 없다." – 벤자민 디즈레일리

늦었더라도 행동함으로써 기회와 다음 발판을 마련하는 삶의 지혜를 강조합니다.

"성공은 당신이 포기할 때가 아니라, 당신이 시도하지 않을 때 사라진다."

늦은 시작도 의미 있는 과정임을 격려하며, 포기하지 않는 태도의 중요성을 다시 한번 상기시킵니다.

"토끼가 잠들었을 때 거북이는 묵묵히 전진했다." – 이솝우화 (글에 언급된 비유)

경기가 시작될 당시 불리했던 상황에도 불구하고 묵묵히 나아가는 태도의 중요성을 강조합니다.

"가장 빠른 길은 없다. 꾸준히 걷는 길만이 있을 뿐이다." – 윌리엄 셰익스피어

속도보다 방향과 꾸준함이 중요함을 강조합니다.

나의 삶에서 되돌리고 싶은 순간이 있다면

"선택을 바꿀 수 없다면, 관점을 바꿔라.

길을 바꿀 수 없다면, 걷는 방식을 바꿔라."

타임머신을 타고 과거로 갈 수는 없지만, 만약 시간을 되돌리고 싶은 순간이 있다면, 그것은 아마 후회되는 행동이나 결정의 순간일 겁니다. 물론 그 기억이 지금까지 현재에 영향을 주거나, 설령 직접적인 영향이 없더라도 커다란 마음의 상처로 남아 있는 것일 수 있습니다. 저는 비교적 긍정적인 사람이라 좋지 않은 일이 벌어진다 해도 저의 선택이고 결정이기에, 후회하거나 그 감정에 마음 쓰는 것조차 아깝다고 생각할 만큼 긍정적입니다. 어차피 지나온 일을 후회한다고 달라지는 것이 없으니, 현재 상황에서 제가 해야 할 해결책을 찾고 실행하는 편입니다.

그럼에도 20년 전 상가를 분양받은 것은 되돌릴 수만 있다면 되돌리고 싶습니다. 처음에는 매력적인 분양 광고 전단지를 보고 집 앞에 대규모 상가가 들어선다는 소식에 관심을 가졌습니다. 공기업이 보증하고 대형 건설사가 짓는다고 하여 완공에는 문제가 없어 보였습니다. 그리고 택지개발지역 중심에 위치해 입지도 나쁘지 않다고 판단했습니다. 문제는 다소 높은 분양가였지만, 중간에 얼마든지 매매가 가능하다는 말에 '영혼까지 끌어모아' 계약했습니다. 대규모 상가 투자에 더욱 신중했어야 한다는 것을 그때는 몰랐습니다. 비록 대형 백화점은 아니지만, 이마트와 극장 등이 들어선다는 소식에 나쁘지 않았습니다. 저는 1층은 아니었지만, 극장 매표소와 연결된 6층 코너 상가로 에스컬레이터 옆이라 점포 위치는 나쁘지 않다고 판단했습니다. 특히 커피점은 6층 독점으로 운영할 수 있다는 감언이설을 믿었습니다. 하지만 상황이 악화되면 모든 것이 변경될 수 있다는 사실은 간과하고 말았습니다. 정말이지 제 인생 최악의 선택으로 기억됩니다. 지금까지 저의 삶에서 후회한 적은 없었지만, 이 상가 분양만은 그렇지 않습니다. 좀 더 면밀하게 알아보고 자금 사정도 충분히 고려했어야 했는데, 그저 '잘되지 않을까?' 하는 막연한 기대가 저의 젊음과 가족들의 희생으로 이어졌고, 급여의 상당 부분이 이 상가에 투입되어야만 했습니다.

당연히 그로 인한 후유증은 저에게만 미친 것이 아니라 아내와 아이들에게까지 영향을 미쳤습니다. 그래서 우리 아이들에게 미안한 마음이 듭니다. 다른 부모들이 사주는 것, 그 시대에 유행하는 것을 아이들에게 해 줄 수 없었습니다. 그 선택만 아니었다면 조금 더 여유롭게 우리 아이들이 어린 시절을 보낼 수 있지 않았을까 하는 생각이 듭니다.

처음 선택할 때는 최악의 경우에는, 매매가 가능하다고 하니 매매하면 되겠지 하는 마음이었습니다. 하지만 매매는 쉽지 않았고, 손해를 보고 팔아야 했습니다. 그때는 몰랐습니다. 비록 손해를 보더라도 과감히 매매하는 것이 이 위기에서 벗어날 수 있었던 절호의 기회였다는 것을 말입니다. 나오려 해도 나올 수 없는 벼랑 끝 같은 상황. 이 어려움을 누군가는 이해하지 못할 수도 있습니다. 저 역시 한때 그랬으니까요. 그래서 이해하지 못하는 그 마음 또한 충분히 헤아릴 수 있습니다. 손해를 보고 과감히 손절하는 것이 얼마나 힘든지, 그 손해로 삶의 기반이 흔들릴 때 그것을 헤쳐나가는 것이 얼마나 고통스러운지 저는 뼈저리게 알게 되었습니다. 가끔 영화나 뉴스에서 누군가가 극단적인 선택을 하는 이야기를 접할 때면, 저는 조용히 마음속으로 묻곤 합니다. '얼마나 힘들었을까', '나도 많이 힘들었지만, 꼭 그런 선택을 해야만 했을까?' 그리고는 조용히 애도를 표하곤 합니다. 아직도 많은 분이 힘겨워하고 그런 분들은 항상 우리 근처에 있습니다. 그런 분들에게 힘내라는 말은 공허한 메아리일 수 있습니다.

시작은 작은 것에서 비롯되었지만 나중에 자신에게 커다란 영향을 줄 것이라고는 예상하기 어렵습니다. 조금만 더 깊게 숙고했더라면, 분명 더 나은 선택을 할 수도 있었을 텐데 말입니다. 우리는 중요한 선택을 앞두고 있을 때는 반드시 주변 사람들에게 조언을 구하고 충분한 조사를 해야 합니다. 특히 큰돈이 들어갈 경우는 더욱 그렇습니다. 계약 관계의 경우, 더욱 신중을 기해야 합니다. 계약은 상대방이 있기 때문에 제가 임의로 취소할 수도 없고, 취소할 경우의 책임 또한 제가 져야 하기 때문입니다.

상가를 분양받은 것은 결국 저의 20년을 지배했고, 지금도 그 문제는 완전히 해결되지 못한 상황입니다. 누구를 탓할 수도 없고, 그저 몸으로 부딪히며 감내해야 하는 상황이었습니다. 그 끝은 보이지 않았습니다.

나의 삶에서 되돌리고 싶은 순간이 있다면

그래도 어둡고 긴 터널에도 반드시 끝은 있기 마련입니다. 다만, 각 터널마다 길이가 다르듯이 나의 터널 길이를 알지 못할 뿐입니다. 때로는 짧은 터널일 수도 있고, 어쩌면 긴 터널일 수도 있습니다. 그리고 터널 중간중간에 작은 불빛이 있죠. 이 작은 불빛을 위안 삼아 인내하고 참아가면, 결국 끝은 반드시 찾아올 것이라고 믿습니다.

다행히 어려움 속에서도 지금의 가정을 유지하고, 20년의 힘든 세월 동안 잘 자라준 우리 아이들에게 고맙게 생각합니다. 또한, 옆에서 묵묵히 자리를 지키며 아이들을 키워온 아내와 힘든 시기 저를 믿고 도와준 분들께 감사의 마음을 표합니다. 비록 잘못된 선택으로 인해 힘들었던 길이지만, 나름 새로운 것을 배울 수 있었고 가족 간의 끈끈한 사랑은 그 어떤 것보다 값진 것이었습니다. 나에게 주어진 길을 어떤 길로 만들지는 결국 자기 자신에게 달렸습니다. 선택은 되돌릴 수 없고, 잘못된 선택으로 인해 힘든 길이라 할지라도, 자신의 길은 본인이 개척해 나가는 것입니다.

이 글은 후회와는 거리가 먼 긍정적인 사람이라고 자신을 소개하면서도, 20년 전의 상가 분양 계약만큼은 되돌리고 싶은 순간으로 꼽습니다. 대규모 상가 투자의 위험성을 간과한 채 막연한 기대감과 젊은 시절의 '영혼까지 끌어모은' 투자로 인해 가족들의 희생은 물론, 급여의 상당 부분이 상가에 투입되는 어려움을 겪었다고 고백합니다. 특히, 이로 인한 경제적 압박이 아이들의 어린 시절에 영향을 미쳐 미안한 마음을 가지고 있으며, 이 잘못된 선택이 인생 최악의 순간이었다고 회상합니다.

그러나 힘든 상황 속에서 깨달음을 얻고 성장한 모습을 보여줍니다. 매매를 통해 손해를 감수하고라도 빠져나오는 것이 기회였다는 것을 뒤늦게 알게 되었고, 삶이 흔들릴 정도의 고통을 통해 누군가의 극단적인 선택을 이해하게 되었다고 말합니다. 현재까지도 해결되지 않은 문제지만, 이 상황을 누구 탓도 아닌 자신이 감내해야 할 '터널'로 여기며 그 끝에는 반드시 불빛이 있을 것이라는 희망을 놓지 않습니다. 마지막으로, 20년의 힘든 세월 속에서도 가정을 유지하고 성장해 준 아이들과 묵묵히 곁을 지켜준 아내, 그리고 자신을 믿어준 이들에게 감사하며, 비록 고통스러운 길이었지만 그 경험과 가족의 사랑이 그 어떤 것보다 값진 것이었음을 강조하며 자신의 길을 스스로 개척하겠다는 의지를 다집니다.

글의 주제와 어울리는 고사성어 및 명언, 글귀

'후회와 선택', '책임과 감내', '가족의 소중함', '경험의 교훈', '회복탄
력성', '희망'을 이야기하고 있음.

고사성어

覆水不收(복수불수): 엎질러진 물은 다시 주워 담을 수 없다.
돌이킬 수 없는 과거의 선택과 그에 대한 솔직한 인정을 담습니다.

自業自得(자업자득): 자기가 저지른 일의 결과를 자기가 받음.
자신의 선택에 대한 책임을 회피하지 않고 감내하는 자세를 보여줍니다.

雨後地實(우후지실): 비 온 뒤에 땅이 굳어진다.
20년간의 고통스러운 경험이 가족의 소중함과 삶의 지혜로 이어진 것을 비유합니다.

同舟共濟(동주공제): 한배를 타고 물을 건너다.
어려움 속에서 함께 견뎌준 아내와 가족의 끈끈한 사랑을 의미합니다.

他山之石(타산지석): 다른 산의 돌. 남의 하찮은 언행이라도 자기의 지덕을 닦는
데 도움이 됨.
자신의 경험을 통해 타인에게 신중한 선택을 조언하는 지혜를 담습니다.

"과거는 당신의 나침반이 될 수는 있지만, 당신의 닻이 되어서는 안 된다."

후회되는 경험을 통해 배우되, 과거에 얽매이지 않고 앞으로 나아가야 한다는 메시지와 일치합니다.

"인생은 용기를 시험하고, 용기는 때때로 후회 속에 단련된다."

힘든 선택과 그 후유증 속에서도 삶을 지켜온 용기를 표현합니다.

"터널의 끝에는 항상 빛이 있다. 다만 그 터널의 길이가 다를 뿐이다."

어둡고 긴 고난의 시간 속에서도 희망을 잃지 않는 강인한 정신을 나타냅니다.

"가족은 당신이 넘어질 때, 다시 일어설 힘을 주는 가장 강력한 존재이다."

20년간의 어려움 속에서도 묵묵히 자리를 지켜준 아내와 잘 자라준 아이들에게 감사하는 마음을 강조합니다.

"선택을 바꿀 수 없다면, 관점을 바꿔라. 길을 바꿀 수 없다면, 걷는 방식을 바꿔라."

주어진 길 위에서 자신의 길을 개척해 나가겠다는 결연한 의지를 보여줍니다.

"가장 큰 실패는 아무것도 하지 않는 것이다. 그리고 가장 큰 배움은 실패로부터 온다."

과거의 선택이 힘들었지만, 그것이 결국 소중한 경험과 깨달음을 주었음을 의미합니다.

아주 보통의 삶

만약 우리의 삶이 하나의 영화 혹은 드라마라고 한다면, 그 영화나 드라마는 우리의 삶을 기반으로 제작될 것입니다. 그래서 제 삶은 과연 어떤 영화나 드라마일까 생각해보면 즐거운 영화였으면 좋겠고, 저를 주제로 하니 제가 주인공이겠지만, 순간순간은 영화 같았을지 몰라도 전체적으로 보면 특별히 드라마틱한 사건 없이 잔잔하게 흘러가기에 특별한 이야기는 없어 보입니다. 제가 생각하는 제 삶은 나름 평범하고 잔잔한 이야기일 것입니다.

요즘 세상은 '사는 게 영화다'라고들 이야기할 만큼 영화 같은 사건과 이야기들이 많이 발생합니다. 그러다 보니 오히려 일상적이고 평범한 것을 보여주는 TV 프로그램들이 인기를 끌곤 합니다. 그것들을 보면서 조금이나마 평화로움을 느끼는 것이 우리의 바람이 아닐까요? 사람들은 오히려 평범한 일상을 갈망합니다. 삶이 얼마나 지쳤으면, 이렇게 특별하지 않은 보통의 하루를 그토록 간절히 바랄까 하는 생각마저 들곤 합니다. 흔히 영화나 드라마는 그 시대 현재 상황을 바탕으로 제작됩니다.

"

그래야 공감대가 형성되니까요. 그래서 요즘 드라마나 예능 프로그램에서 일상에 지친 우리들의 특별하지 않은 보통의 하루를 보며 자신을 격려하고, 특별하지 않은 일상에 감사함을 느끼는 이야기를 합니다.

얼마나 우리의 삶이 힘들었으면 일상적인 것을 희망할까요? 미디어에서는 사람들의 관심을 끌기 위해 특별하고 자극적인 것을 이야기할 수밖에 없습니다. 일상적인 것은 사람들의 관심을 받을 수 없으니까요. 최근에는 수많은 유튜버가 생겨나면서 특정한 정치적 이념을 위해 그들만의 편향된 영상을 만들고 더욱 한쪽으로 치우치게 만들기도 합니다. 또한 시청자를 늘리기 위해 기이하고 폭력적인 콘텐츠를 만들어 사람의 관심을 끌고, 더 많은 시청자를 위해 더욱더 폭력적이게 만들며 악순환을 반복합니다. 한마디로 정보의 홍수가 아니라 영상의 홍수로 인해 지금 우리 주변에는 수많은 영상과 자료들이 넘쳐나는 상황입니다. 어떤 것이 진실인지조차 파악하기 힘든 혼란스러운 상황입니다. 모두가 자신의 말만이 맞다고 합니다. 그 안에서 옳고 그름은 이미 없습니다. 하나의 팩트마저 해석에 따라 다른 이야기를 만들 수 있는 요즘 세상에서 살아가는 것은, 우리를 너무나 지치게 만듭니다.

이렇게 지쳐 있는 우리의 삶 속에서 저는 평범한 보통의 삶이야말로 가장 큰 축복이자 감사임을 느끼게 되었습니다. 특별한 삶을 살지는 않았지만, 그래도 일반적인 삶을 희망합니다. 물론 어느 순간 힘든 시기가 찾아오겠지만, 살면서 그 정도의 힘듦은 누구에게나 있기 마련입니다. 그것을 어떻게 받아들이고 이겨내느냐의 문제일 뿐입니다. 아주 보통의

아주 보통의 삶

일생을 묵묵히 살아온 저 자신에게, 진심을 다해 "그동안 수고 많았다" 라고 격려하고 싶습니다.

핵심 메시지 요약

이 글은 자신의 삶을 돌아보며 특별하기보다는 평범하고 잔잔한 보통 의 삶이라 평가합니다. 현대 사회에서는 '사는 게 영화다'고 표현할 만큼 극적인 사건들이 많지만, 역설적으로 사람들이 평범하고 일상적인 TV 프로그램에서 평화로움을 느끼며 보통의 하루를 갈망한다고 말합니다. 이는 미디어의 자극성과 사회의 피로감이 맞물려, 과거와 달리 특별하 지 않은 일상 속에서 자신을 격려하고 감사함을 느끼는 상황에 이르게 되었음을 보여줍니다.

미디어가 관심을 끌기 위해 자극적이거나 특정 이념에 치우친 영상들 을 양산하고, 이로 인해 진실을 분별하기 어렵고 옳고 그름이 없는 영상 의 홍수 속에서 사람들이 피로감을 느낀다고 지적합니다. 이러한 지쳐 있는 현실 속에서 특별하지 않은 '아주 보통의 삶'에 감사함을 느끼게 되 었다고 고백합니다. 비록 인생에는 힘든 순간들이 따르지만, 이는 누구 나 겪는 과정이며 어떻게 받아들이고 이겨내느냐의 문제일 뿐이라며, 자신의 보통의 일생에 '수고 많았다'라고 스스로를 격려하는 메시지를 전달합니다.

글의 주제와 어울리는 고사성어 및 명언, 글귀

‘평범함의 가치’, ‘일상의 감사’, ‘현대인의 삶’, ‘자기 위로’, ‘삶의 태도’를 이야기하고 있음.

고사성어

一喜一憂(일희일우): 한편으로는 기뻐하고 한편으로는 근심함.

특별하지 않은 보통의 삶에서 오는 소소한 기쁨과 인생의 힘듦을 담담하게 받아들이는 태도를 표현합니다.

滄海一粟(창해일속): 넓은 바다에 뜬 좁쌀 한 톨.

드라마틱하지 않은 ‘아주 보통의 삶’이 광대한 세상 속에서 겸손하게 존재함을 나타냅니다.

世態炎凉(세태염량): 세상인심이 변화무쌍함.

현대 사회의 자극적이고 변화무쌍한 미디어와 세태에 지친 마음을 표현합니다.

心安則身康(심안즉신강): 마음이 편안하면 몸도 건강하다.

평범한 일상을 갈망하고, 보통의 삶에 감사하며 마음의 평화를 찾는 것의 중요성을 강조합니다.

無愧我心(무괴아심): 내 마음에 부끄러움이 없음.

아주 보통의 삶을 살아온 자신에게 ‘수고 많았다’라고 격려하는 진솔한 마음을 대변합니다.

명언/글귀

"행복은 강렬함 속에 있는 것이 아니라, 조용하고 잔잔한 화음 속에 있다." - 윌리엄 제임스

드라마틱하지 않은 보통의 삶에서 감사함을 느끼는 메시지와 일치합니다.

"평범함이야말로 위대함의 가장 높은 경지이다." - 엘베르트 허버드 (변형)

평범한 삶을 살아온 자신에게 감사하는 글의 핵심 주제를 담아냅니다.

"우리가 살아가는 모든 하루는 선물이다. 그 선물을 열어보는 것 역시 우리의 몫이다."

특별하지 않은 보통의 하루에도 감사함을 느끼고, 그 속에서 행복을 찾아야 한다는 의미를 강조합니다.

"고통은 불가피하지만, 비참함은 선택 사항이다." - 무라카미 하루키

힘든 시기도 있었지만, 그것을 어떻게 받아들이고 이겨내느냐의 문제라는 글의 통찰을 뒷받침합니다.

"행복은 강렬함이 아니라 평온함 속에 있다." - 톨스토이

특별하고 자극적인 것 대신 평범한 일상 속 행복을 찾는 마음과 연결됩니다.

"인생은 목적지가 아니라 여행이다." - 랄프 왈도 에머슨

드라마틱하지 않아도 잔잔하게 흘러가는 보통의 삶에 의미를 부여합니다.

"가장 훌륭한 삶은 가장 많이 가진 것이 아니라, 가장 많이 감사하는 삶이다."

평범한 삶에 감사함을 느끼는 마음을 아름답게 표현합니다.

힘을 빼세요

무엇이든 처음 배우는 과정에서, 특히 운동을 배울 때는 코치가 유독 "힘 빼세요!"라는 말을 강조합니다. 익숙하지 않은 동작에 자신도 모르게 온몸에 잔뜩 힘이 들어가기 마련이죠. 하지만 힘을 빼려 해도 왠지 더 어색하고 부자연스럽게 느껴집니다. 정작 본인은 최선을 다한다고 생각하지만, 전문가의 눈에는 몸에 과도하게 힘이 들어가 오히려 동작이 어설프고 부자연스러워 보인다고 합니다. 처음 자세를 잡을 때 손이나 팔, 어깨 등에 자신도 모르게 잔뜩 힘이 들어가고, 심지어 상당 기간 운동을 배워도 그 불필요한 힘은 쉽사리 빠지지 않아 고질적인 습관이 되기도 합니다.

골프를 예로 들어볼까요? 수년간 꾸준히 수련한 사람도 공을 더 멀리 보내려는 순간적인 욕심에 그만 어깨에 힘이 들어가 결정적인 실수를 하곤 합니다. 오랫동안 숙련된 운동선수조차 순간의 힘 조절에 실패하기도 하니, 이제 막 배우기 시작한 초보자는 당연히 힘이 빠지지 않을 뿐더러, '힘 빼라'라는 말의 진정한 의미를 이해하기란 여간 어려운 일이 아닙니다. 몸에 불필요한 힘을 완전히 빼는 '무위자연(無爲自然)'의 경지에 이르기까지는 많은 연습과 오랜 인고의 시간이 필요합니다. 하지만 이런 경지에 이르게 되면 비로소 어깨에 힘이 빠지면서 물 흐르듯 부드럽고 자연스러운 스윙을 능숙하게 구사할 수 있게 됩니다.

우리가 살아가는 세상의 이치도 이와 마찬가지라고 생각합니다. 경제력이 좋아지거나 사회적인 지위에 오르면, 자신도 모르게 어깨에 잔뜩 힘이 들어가 자칫 거만해지거나 오만해지곤 합니다. 말단 직원으로 시작하여 팀장이나 과장 등 중간 관리직으로 승진해 그 자리에 오랫동안 머문 사람 또한 어깨에 힘이 들어가기 쉽습니다. 물론 어떤 이들은 처음부터 어깨에 잔뜩 힘이 들어가 있지만, 대부분은 생활에 익숙해지면서 자신도 모르는 사이에 서서히 어깨에 힘이 들어간 채 살아가는 사람들을 우리 주변에서 쉽게 찾아볼 수 있습니다. 더 안타까운 것은 정작 본인은 어깨에 힘이 들어간 사실을 전혀 인지하지 못하는 경우가 많다는 것입니다.

'힘을 빼는 데는 상상 이상의 피나는 노력이 필요하다'라는 것을 명심해야 합니다. 그래야만 비로소 특정 분야의 진정한 프로가 될 수 있기 때문입니다. 진정한 프로는 겉으로 보이는 불필요한 힘을 빼고, 모든 것을 자연스럽고 유려하게 행동하며 능숙함을 드러내는 사람입니다. 혹시 당신 어깨에 불필요한 힘이 들어가 있지는 않습니까? 그렇다면 자신의 미숙함을 겸허히 인정하고, 그 힘을 빼기 위해 부단히 노력해야만 비로소 진정한 의미의 불필요한 힘이 빠지게 될 것입니다. 어깨에 힘이 들어간 행동은 정작 본인보다 오히려 다른 사람들의 눈에 훨씬 더 잘 띄고, 불편하게 느껴지는 법입니다. 그래서 자신의 의도와는 전혀 상관없이 상대방에게 거만하고 좋지 않은 인상을 줄 수도 있습니다. 본인은 전혀 그런 의도가 아니었다 할지라도, 상대방은 이미 당신을 어깨에 힘이 잔뜩 들어간 오만하고 고집스러운 사람으로 단정 지어 판단할 수 있습니다. 그래서 당신의 아주 작은 행동조차 심각하게 오해받을 여지가 생기는 것입니다. 이처럼 모든 평가는 자신의 기준이 아닌 상대방의 시선과 기준으로 이루어질 수 있다는 점이, 인간관계를 더욱 어렵고 복잡하게 만들곤 합니다.

몸에 불필요한 힘이 계속 들어가면 결국 부상을 입거나 몸을 상할 수 있듯이, 어깨에 힘이 들어간 행동은 결국 당신의 평판은 물론, 인간관계에 돌이킬 수 없는 좋지 않은 결과를 초래할 수 있습니다. 저 또한 지나온 삶에서 어깨에 불필요한 힘이 들어가지는 않았을까 반성합니다. 앞으로 의도적으로 힘을 빼기 위해 더욱 큰 노력을 해야 비로소 진정한 의미의 겸손함이 몸에 배지 않을까 생각됩니다. 나이를 먹어 자연스럽게 힘이 빠지는 것은 순리겠지만, 진정 힘이 있을 때 의도적으로 그 힘을 빼고 겸손한 자세를 유지하는 것. 그것이야말로 진정한 삶의 지혜이자 의미 있는 가치가 아닐까 생각해 봅니다.

힘을 빼세요

핵심 메시지 요약

이 글은 운동 코치가 강조하는 "힘 빼세요!"라는 말을 통해 삶의 중요한 지혜를 발견합니다. 운동 초보자들이 몸에 불필요하게 힘을 주기 마련이듯, 경제력이나 사회적 지위에 오르거나 중간 관리직이 되면서 자신도 모르게 어깨에 힘이 들어가 거만해지기 쉽다고 지적합니다. 더욱이 당사자는 어깨에 힘이 들어간 사실을 잘 인지하지 못하는 경우가 많고, 오히려 주변 사람들의 눈에는 불필요한 힘이 들어간 행동이 훨씬 잘 띄어 상대방에게 거만하고 좋지 않은 인상을 줄 수 있음을 강조합니다. 이는 자신의 의도와 무관하게 상대방의 시선과 기준으로 평가받아 인간관계를 어렵게 만들 수 있다고 경고합니다.

몸에 불필요한 힘이 계속 들어가면 부상을 입듯이, 어깨에 힘이 들어간 행동은 결국 개인의 평판은 물론 모든 인간관계에 돌이킬 수 없는 좋지 않은 결과를 초래할 수 있다고 말합니다. 진정한 프로는 불필요한 힘을 빼고 자연스럽게 능숙함을 드러내는 사람이라고 정의하며, 이를 위해 미숙함을 인정하고 부단히 노력해야 비로소 힘이 빠진 겸손한 자세를 갖출 수 있다고 강조합니다. 마지막으로, 나이를 먹어 자연스럽게 힘이 빠지는 것은 순리겠지만, 진정 힘이 있을 때 의도적으로 그 힘을 빼고 겸손한 태도를 유지하는 것이야말로 가장 의미 있는 삶의 지혜이자 가치임을 성찰하며, 독자들에게 힘을 빼는 겸손함의 미학을 전합니다.

글의 주제와 어울리는 고사성어 및 명언, 글귀

'겸손', '힘 빼는 지혜', '자연스러움', '진정한 프로', '자기 성찰', '노력'을 이야기하고 있음.

고사성어

虛心坦懷(허심탄회): 마음을 비우고 너그럽게 가짐.

어깨에 힘을 빼는 것, 즉 겸손하고 열린 마음으로 임하는 태도를 의미합니다.

謙虛受益(겸허수익): 겸손하면 이익을 얻는다.

힘을 빼고 겸손한 태도가 결국 자신에게 이로운 결과를 가져온다는 뜻입니다.

大巧若拙(대교약졸): 큰 기교는 서툰 듯하다.

진정한 대가는 힘을 빼고 자연스럽게 행동하는 경지에 이름, 즉 진정한 프로의 모습을 나타냅니다.

水流不爭先(수류부쟁선): 물은 흐르며 다투지 않고 먼저 가려 하지 않는다.

힘을 빼고 물 흐르듯 자연스럽게 순리에 따르는 부드러운 태도를 비유합니다.

器滿則溢(기만즉일): 그릇이 가득 차면 넘친다.

어깨에 힘이 들어가 지나치게 자신을 드러내면 오히려 좋지 않은 결과를 초래할 수 있음을 경계합니다.

無爲自然(무위자연): 인위적인 것을 가하지 않고 자연 그대로 둠.

몸에 불필요한 힘을 빼는 경지이자 삶의 유려한 태도를 상징합니다.

힘을 빼세요

명언/글귀

"몸의 힘을 빼고 춤을 추듯 살아라. 세상의 모든 일은 결국 흘러가는 것이니까."
운동 비유를 삶으로 확장하여, 힘을 빼는 지혜로운 자세를 강조합니다.

"진정한 힘은 힘을 쓸 줄 아는 것이 아니라, 힘을 빼는 데서 나온다." - 브루스 리
불필요한 힘을 빼고 본질에 집중할 때 나오는 효율성과 유연성을 의미합니다.

"물이 부드러운 이유는 자신을 낮추기 때문이다. 가장 강한 것은 가장 유연한 것이다." - 노자 (변형)
힘을 빼는 것이 나약함이 아니라 진정한 강함이라는 역설적인 지혜를 전달합니다.

"겸손은 나약함이 아니라, 진정한 강인함의 증거이다."
사회적 지위나 경제력에 어깨에 힘이 들어가지 않는 겸손한 태도를 칭찬합니다.

"스스로의 그림자에 갇히지 말고, 빛을 향해 힘을 빼고 나아가라."
과도한 자의식이나 집착을 내려놓고 자연스럽게 흘러가는 삶의 자세를 권유합니다.

"우리가 놓아줄 때, 비로소 자유로워진다."
어깨에 들어간 힘, 즉 삶의 불필요한 부담을 내려놓고 얻는 자유로움을 표현합니다.

나는 요즘 무엇을 하는가?

"당신은 당신이 읽는 것, 당신이 보는 것, 당신이 만나는 사람들이다."

– 앤 마리 슬로터

요즘 저는 제가 무엇을 보고, 듣고, 읽는지, 누구와 어울리는지조차 의식하지 못할 때가 있습니다. 분명히 무언가를 보고, 음악도 듣고, 책도 읽으며 많은 사람과 어울리고 있는데도 말입니다. 자신이 요즘 무엇을 하고 있는지 아는 것과 그렇지 않은 것은 큰 차이가 있습니다. 어쩌면 우리 대부분은 자신이 무엇을 보고, 듣고, 읽고, 누구와 어울리는지조차 의식하지 못한 채 삶을 흘려보내는지도 모르겠습니다.

우리가 일상에서 보고 듣고 읽는 것을 통해 생각을 정리합니다. 자신이 가진 생각에 따라 행동이 달라진다는 것을 새삼 깨닫습니다. 결국 행동이 변화하려면 생각이 변해야 하고, 생각이 달라지기 위해서는 자신이 보고, 듣고, 읽는 것에 의도적인 변화를 주어야만 합니다. 요즘은 유튜브나 네이버 등의 미디어에서 자신이 즐겨보는 영상 및 콘텐츠를 선별하여 내가 관심 있어 할 만한 것을 중심으로 콘텐츠를 보여줍니다. 사용자 위주의 콘텐츠 제공은 점차 우리의 사고를 한쪽으로 편향되게 만들어버립니다. 자신도 모르게 사고가 편향되는 것은 아닌지 모르겠습니다.

우리가 누군가를 만나겠다고 하는 것은 자신의 의지가 반영된 행동입니다. 그래서 '누구와 어울린다'라는 것은 곧 자신이 그들과 함께 행동한다는 의미입니다. 흔히 '상대방을 알려면 그 사람과 어울리는 사람을 보면 알 수 있다'고들 하지 않던가요? 그만큼 살아가면서 함께 어울리는 사람이 중요합니다. 그들과 함께 행동하는 것이 자신의 생활에 지대한 영향을 미치고, 성장 및 발전에 직접적인 도움을 주기 때문입니다. 따라서 누군가와 어울리는 일에는 신중하게 접근해야 합니다. 나와 가치관이 맞는지 아닌지를 신중하게 판단하고, 맞지 않는다면 적당한 거리를 두어야 합니다. 정이나 인연 때문에 자신과 맞지 않는데도 계속 어울리다 보면, 자신도 모르게 그들의 생각이나 방식에 동화되어 본연의 자신을 잃을 수도 있습니다.

이런 복잡함을 뒤로하고 그저 편안하게 쉬고 싶을 때가 있습니다. 그때는 자신이 가장 편안한 마음으로 한 발짝 뒤로 물러나 여유를 즐길 수 있는 평안을 찾아야 합니다. 그 평안함의 종류는 사람마다 다를 것입니다. 누군가에게는 역동적인 운동일 수도 있고, 누군가에게는 평화로운 여행일 수도 있습니다. 혹은 그저 집 안에 푹 쉬는 단순한 행위일 수도 있습니다. 흔히 드라마를 몰아서 보는 것도 그중에 하나가 될 수도 있을 겁니다. 편안함을 자주 줄 수는 없겠지만, 그래도 반드시 필요한 부분입니다. 편안함을 느낄 때 문득 '어? 내가 지금 시간을 낭비하고 있는 건가?' 하는 죄책감이 들 때도 있겠지만, 그런 편안함은 결코 나쁜 것이 아니며, 사실상 지속될 수도 없을 것입니다. 자연만 자정 작용이 있는 것은 아닙니다. 우리 또한 스스로 자정 작용을 통해 계속 편안하고 즐거운 것만 할 수 없음을 압니다. 우리에게는 돌아갈 일상이 있기 때문입니다.

자신에게 휴식을 주는 것은 비어 있는 자신의 에너지를 채우는 과정입니다. 자신에게 닥칠 특별한 일들을 해결하기 위해 에너지를 충분히 충전하는 소중한 시간입니다. 이러한 특별한 일들을 수행하기 위해서는 충분한 삶의 에너지를 충전해야만 지치지 않고 자신을 성장시킬 수 있는 든든한 밑거름이 될 것입니다.

나는 요즘 무엇을 하는가?

핵심 메시지 요약

이 글은 자신이 무엇을 보고 듣고 읽고 누구와 어울리는지조차 의식하지 못한 채 살아갈 때가 있음을 고백하며, 이를 자각하는 것의 중요성을 강조합니다. 우리의 생각과 행동이 일상에서 접하는 정보와 연관되어 있음을 인지하고, 미디어 알고리즘으로 인해 사고가 편향될 수 있는 현시대에 무엇을 보고 들을지 신중해야 한다고 역설합니다. 또한, 누구와 어울리는지가 개인의 생활과 성장, 발전에 지대한 영향을 미치므로, 자신과 맞지 않는 관계는 신중히 판단하고 적절한 거리를 두는 것이 중요하다고 설명합니다.

그러나 이러한 복잡한 일상과 관계 속에서 때때로 모든 것을 뒤로하고 '편안함'을 찾아 휴식하는 것의 가치를 이야기합니다. 휴식은 운동, 여행, 혹은 그저 집에서 쉬는 등 개인에 따라 다양한 형태로 나타날 수 있으며, 언뜻 '잘못하고 있지는 않나'하는 생각이 들더라도, 이는 지극히 자연스러운 '자정 작용'이자 다가올 일상을 위한 필수적인 에너지 충전 과정이라고 강조합니다. 즉, 자신을 지치지 않고 성장시키기 위해서는 충분한 휴식을 통해 삶의 에너지를 재충전하는 시간이 반드시 필요하다는 메시지를 전달합니다.

글의 주제와 어울리는 고사성어 및 명언, 글귀

'자기 성찰', '일상의 의미', '관계의 중요성', '생각의 힘', '에너지 충전', '성장'을 이야기하고 있음.

고사성어

溫故知新(온고지신): 옛것을 익히고 새것을 앎.
무엇을 보고 듣고 읽을지에 대한 변화와 성장의 의지에 연결됩니다.

近墨者黑(근묵자흑): 먹을 가까이하면 검어진다.
누구와 어울리느냐가 중요하며, 부정적인 영향에 동화될 수 있음을 경계합니다.

獨善其身(독선기신): 자기 몸만 돌본다는 뜻으로, 혼자서 수양하고 품성을 가꿈.
복잡한 세상 속에서 자신만의 휴식을 찾아 평안함을 추구하는 모습과 연결됩니다.

安分知足(안분지족): 편안한 마음으로 자기 분수를 지키며 만족을 앎.
삶의 편안함과 평안을 찾는 것의 중요성을 강조합니다.

自勝者强(자승자강): 자신을 이기는 자가 강하다.
스스로의 에너지를 관리하고 성장시키는 것의 중요성과 연결됩니다.

나는 요즘 무엇을 하는가?

"무엇을 하고 있는지 아는 것이 모든 지혜의 시작이다." - 아리스토텔레스 (변형)
자신을 성찰하는 것의 중요성을 강조하는 글의 시작과 통합니다.

"나는 내가 생각하는 대로 된다." - 마하트마 간디
'생각'의 중요성을 깨닫는 글의 메시지와 일맥상통합니다.

"당신은 당신이 읽는 것, 당신이 보는 것, 당신이 만나는 사람들이다." - 앤 마리 슬로터
미디어와 인간관계가 개인에게 미치는 영향력을 집약합니다.

"우리는 우리를 둘러싼 환경의 결과물이다. 특히 우리가 선택하는 사람들의." - 짐 론 (변형)
'누구와 어울리는가'가 삶에 미치는 영향을 강력하게 표현합니다.

"일상 속에 숨겨진 평화와 힘을 발견하는 자만이, 진정한 성장의 에너지를 얻는다."
평범한 일상이 곧 내면의 성찰과 에너지 충전의 시간이라는 깨달음을 담아냅니다.

"우리가 굳이 특별해지려 애쓰지 않아도, 평범한 일상이 모여 우리를 특별하게 만든다."
평범한 일상 속에서 자신을 격려하고 감사를 느끼는 글의 따뜻한 시선과 연결됩니다.

"삶의 에너지는 충전될 때 더욱 단단해진다. 그 충전의 순간이 바로 당신의 평범한 오늘이다."
일상 속에서 자신을 성장시킬 밑거름을 충전하는 과정임을 강조합니다.

성숙해진다는 의미

"타인의 말을 경청하는 것은 존중의 시작이며, 이해의 첫걸음이다."

'성숙해진다'라는 말의 의미는 흔히 '성장'이라는 개념과 비교해 볼 때 더욱 명확해집니다. 성장은 키나 체중처럼 신체의 변화를 통해서, 혹은 경제 발전처럼 눈에 보이는 결과로 나타나곤 합니다. 사람은 시간이 흐름에 따라 자연스레 성장하지만, 시간이 흐른다고 해서 반드시 성숙해지는 것은 아닙니다. 진정한 성숙은 그 사람의 다양한 경험과 학습, 그리고 깊은 사유가 조화롭게 어우러질 때 비로소 완성됩니다. 단순히 경험했다고 해서 성숙해지는 것이 아닙니다. 그 경험을 통해 깊이 생각하고 성찰하는 과정을 거쳐야만 비로소 내적인 성장을 이룰 수 있습니다.

자신이 알고 있는 것이 틀리거나, 혹은 사실과 다를 수도 있다는 가능성을 항상 염두에 두어야 합니다. 요즘은 휴대전화를 통해 궁금한 것이 있으면 언제든지 즉각적으로 확인할 수 있는 시대입니다. 상대방의 말이 맞는지 틀리는지 바로 확인할 수 있습니다. 따라서 무엇인가를 이야기할 때는 겸손하게 접근해야 합니다. 나의 지식이 틀리거나 사실과 다를 수도 있기 때문입니다. 성숙한 사람은 겸손한 사람입니다. 겸손하지 않은 사람은 결코 성숙한 사람이라고 할 수 없습니다.

성숙한 사람은 자신의 모든 행동에 온전히 책임을 지는 사람입니다. 말만 앞세우고 행동하지 않거나, 자신의 행동에 책임을 회피한다면 누가 그를 믿고 따를 수 있겠습니까? 결국 성숙하다는 것은 주변 사람들로부터 믿고 따를 수 있는 사람이라는 의미와도 통합니다. 믿을 수 있는 사람은 약속을 지키는 사람입니다. 살아가면서 '약속을 지킨다'라는 것이 이토록 힘든 일인 줄 미처 몰랐습니다. 약속을 가볍게 여기는 사람은 신뢰할 수 없고, 함께 약속할 수도 없습니다.

성숙한 사람은 타인을 존중할 줄 압니다. 다른 사람의 의견을 경청하고 이해하려는 태도에서 타인에 대한 존중이 드러납니다. 우리는 저마다 자신만의 견해와 관점을 가지고 있지만, 타인의 관점 또한 기꺼이 인정할 줄 알아야 합니다. 그래야 비로소 대화가 되고 협력이 이루어질 수 있습니다. 자신의 관점만이 옳다고 고집한다면 다른 사람과 원활한 협의는 이루어질 수 없고, 결국 다툼이나 불화가 발생할 수밖에 없습니다.

성숙함이 단순히 나이가 든다고 해서 저절로 얻어지는 것은 아니지만, 나이가 들면서 자연스레 쌓이는 다양한 경험과 학습은 사람을 더욱 깊이 있고 성숙하게 만듭니다. 젊은 시절 자신이 옳다고 굳게 믿었던 것이 시간이 흘러 되돌아보면 문득 창피하게 느껴지는 경험이 있을 겁니다. 성숙한 사람은 그렇지 못한 이들을 더욱 넓은 마음과 아량으로 이해하고 포용할 수 있습니다.

핵심 메시지 요약

이 글은 '성장'이 신체적, 경제적 발전을 뜻하며 눈에 보이는 것과 달리, '성숙'은 시간이 흐른다고 저절로 얻어지는 것이 아님을 명확히 구분합니다. 진정한 성숙은 다양한 경험과 학습, 그리고 그에 대한 사유와 성찰을 통해서만 이루어질 수 있는 내적인 변화라고 설명합니다. 또한, 성숙한 사람의 중요한 덕목으로 겸손함을 제시하며, 정보의 홍수 속에서 자신의 말이 틀릴 수도 있음을 인지하고 항상 조심스럽게 소통하는 자세의 중요성을 강조합니다.

더 나아가 성숙한 사람이란 자신의 행동에 책임을 지고 약속을 지킴으로써 타인의 신뢰를 얻는 존재이며, 타인의 의견을 경청하고 관점을 존중할 줄 알아야 진정한 대화와 협력이 가능하다고 역설합니다. 비록 성숙함이 나이에 비례하는 것은 아니지만, 나이가 들면서 쌓이는 경험과 학습은 사람을 더욱 성숙하게 만들며, 젊은 시절의 미숙했던 자신을 이해하고 타인을 포용하는 넓은 마음을 가질 수 있게 된다는 깨달음을 공유합니다.

성숙해진다는 의미

글의 주제와 어울리는 고사성어 및 명언, 글귀

‘성숙의 정의’, ‘성장과 성숙’, ‘겸손’, ‘책임과 신뢰’, ‘타인 존중’, ‘연륜’을 이야기하고 있음.

고사성어

溫故知新(온고지신): 옛것을 익히고 새것을 앎.
경험과 학습, 사유를 통해 내적인 성장을 이루는 과정에 비유할 수 있습니다.

謙虛受益(겸허수익): 겸손하면 이익을 얻는다.
성숙한 사람의 중요한 덕목인 겸손함을 강조합니다.

言行一致(언행일치): 말과 행동이 같음.
약속을 지키고 행동에 책임을 지는 성숙한 사람의 특성을 나타냅니다.

推己及人(추기급인): 자기 처지로 미루어 남의 처지를 헤아림.
타인의 관점을 인정하고 존중하는 성숙한 태도를 보여줍니다.

海納百川(해납백천): 바다는 모든 강물을 받아들인다.
타인의 의견을 경청하고 포용하는 성숙한 자세를 나타냅니다.

3장 ㅣ 삶의 이정표: 경험에서 우러나온 지혜

명언/글귀

"성장하는 것과 성숙하는 것은 다르다. 나무는 자라지만, 숲은 성숙한다."
성장과 성숙의 차이를 명확하게 비유하며 글의 시작을 뒷받침합니다.

"모든 경험은 학교이며, 모든 고난은 스승이다. 하지만 배우지 않는 자에게는 아무 것도 아니다." – 존 템플턴
경험을 통해 깊이 생각하고 성찰해야만 성숙해진다는 메시지와 연결됩니다.

"겸손은 지혜의 여동생이다." – 벤자민 프랭클린
성숙한 사람이 겸손하다는 글의 중요한 통찰을 강조합니다.

"신뢰는 쌓아 올리는 데는 시간이 걸리지만, 무너지는 것은 한순간이다. 성숙한 사람은 그 가치를 안다."
책임감 있는 행동과 약속 이행으로 얻는 신뢰의 중요성을 상기시킵니다.

"타인의 말을 경청하는 것은 존중의 시작이며, 이해의 첫걸음이다."
성숙한 사람의 타인 존중과 경청의 중요성을 효과적으로 전달합니다.

"지나온 젊은 날의 나를 너그러이 이해할 수 있을 때, 비로소 진정한 성숙에 이른다."
젊은 사람들을 넓은 마음으로 이해하는 글의 마지막 문장을 감동적으로 표현합니다.

성숙해진다는 의미

중요한 결정을 내릴 때

“혼자서 모든 것을 짊어지려 하지 마라.
때로는 함께 나눌 때 길이 보인다.”

자신의 마음이 힘겹고 불안정한 상황에서는 중요한 결정을 내리는 것을 조심해야 합니다. 불안하고 격정적인 마음으로는 결코 올바른 판단을 내릴 수 없기 때문입니다. 따라서 힘들 때는 중요한 결정을 미루고, 먼저 마음의 안정을 되찾는 것이 중요합니다.

우리는 오랜 시간 고민을 거듭해도 결정을 내리기 힘들 때가 있고, 때로는 억지로라도 선택을 강요받는 상황에 직면하기도 합니다. 결정의 순간이 코앞에 닥쳤는데 무엇을 결정해야 할지 모를 때가 많고, 마땅한 해결책을 찾기 힘들 때도 있습니다.

그렇게 힘든 상황에 마음속으로 결정을 내렸다 하더라도, 잠시 그 결정을 미루고, 다음 날 마음이 평온해진 상태에서 다시 숙고하여 결정하는 것이 현명합니다. 그렇게 한다면 힘든 감정 속에서 섣불리 내린 결론보다 더 나은 결과를 얻거나, 최소한 결정의 오류를 줄일 수 있을 것입니다. 결정의 결과는 즉각적으로 나타나지 않으며, 일단 내려진 선택은 쉽게 되돌릴 수 없습니다.

　힘든 상황에 중요한 결정을 내려야 할 때, 주변 사람들에게 솔직하게 상황을 설명하고 도움을 요청하는 것이 현명할 수 있습니다. 다른 사람은 당신의 상황을 조금 더 객관적으로 바라볼 수 있기 때문입니다. 그들이 명확한 해결책을 제시하지 못할 수도 있습니다. 심지어 그들의 의견이 항상 옳지 않을 수도 있습니다. 하지만 자신의 이야기를 상대방에게 털어놓는 과정에서, 우리는 자신을 조금 더 객관적인 시선으로 바라볼 수 있게 됩니다. 이를 통해 다시 한번 냉정하게 상황을 생각할 귀한 시간을 벌 수 있습니다.

　가벼운 결정은 비교적 이성적으로 생각할 수 있지만, 중요한 결정은 오래 생각하게 되어 정신적으로 피로가 쌓여 오히려 올바른 판단을 내리기가 더욱 힘들어질 때가 있습니다. 이럴 때는 잠시 휴식을 취하며 심신을 재정비하고, 결정에 관한 결과에 대해 장단점을 분석하여 그중 최선을 선택하는 것이 실수를 최소화하는 현명한 방법입니다. 어느 선택이든 기회비용은 발생하여, 이익이 있으면 어느 한쪽은 반드시 손해도 뒤따르기 마련입니다. 손해를 최소화하기 위해 결정을 쉽게 내리지 못해 정신적으로 피곤한 상태에서 내리는 잘못된 선택보다는, 냉정하게 손해를 감수하고 결단하는 것이 더 현명한 방법일 수 있습니다.

　이상하게도 우리 삶에서는 힘든 일은 한꺼번에 몰려오는 경우가 많습니다. 하나씩 온다면 그나마 해결할 여지라도 있겠지만, 한꺼번에 몰려

중요한 결정을 내릴 때

와 어떻게 해야 할지 모르는 막막한 상황에 놓이기도 합니다. 하지만 사실은 문제가 사전에 이미 발생했음에도, 우리가 힘들었거나 혹은 그 문제를 소홀히 다루었을 가능성도 있습니다. 물론 그때 가서 후회한들 소용없겠지만, 그래도 당면한 문제들을 하나씩 해결해 나가다 보면 힘든 일도 결국은 지나가기 마련입니다. 흔히 '시간이 약'이라는 말이 있지 않나요? 시간이 흐르면 저절로 해결되는 경우도 있습니다. 그 시간이 아무리 힘들고 어렵더라도 묵묵히 견디고 버텨낸다면, 좋은 일 또한 한꺼번에 찾아오기 마련입니다. 지금 힘들어도, 좋은 날은 반드시 옵니다.

핵심 메시지 요약

이 글은 중요한 결정을 내릴 때 자신의 마음 상태가 중요하다고 강조하며, 힘들고 불안할 때는 결정을 미루고 마음의 안정을 되찾는 것이 최우선이라고 말합니다. 오랜 고민 끝에도 결정을 내리기 어려운 상황이 많고, 외부로부터 선택을 강요받을 때도 있지만, 설령 마음속으로 결정을 내렸다 하더라도 하루 정도 시간을 두고 편안한 마음으로 재고하는 것이 더 나은 결과를 낳고 실수를 줄이는 방법이라고 제안합니다. 한 번 내려진 결정은 되돌릴 수 없기에 신중한 접근이 필수적이라는 것입니다.

중요한 결정을 앞둔 상황에서 주변 사람들에게 도움을 구하는 것도 좋은 방법임을 제시합니다. 타인의 객관적인 시선은 냉정하게 상황을 판단할 시간을 벌어주고, 비록 상대방이 직접적인 해결책을 주지 못하더라도 이야기를 하는 과정 자체가 자신을 객관화하는 데 도움이 된다고 설명합니다. 또한, 중요한 결정일수록 오히려 오래 고민하여 피로해지기보다, 잠시 휴식을 취하고 손해를 감수하더라도 최선을 선택하는 것이 현명하다고 조언하며, 궁극적으로 어떤 어려움이 닥치더라도 묵묵히 견디면 결국 좋은 날이 찾아올 것이라는 위로와 희망의 메시지를 전합니다.

글의 주제와 어울리는 고사성어 및 명언, 글귀

'현명한 결정', '마음의 안정', '성급함 금지', '시간의 지혜', '도움 청하기', '긍정적 태도'를 이야기하고 있음.

고사성어

冷靜沈着(냉정침착): 냉정하고 침착함.
중요한 결정을 내릴 때 필요한 마음의 상태를 강조합니다.

熟慮斷行(숙려단행): 충분히 생각한 후에 과감히 실행함.
섣부른 결정보다 숙고의 과정을 통해 최선을 선택하는 지혜를 나타냅니다.

優柔不斷(우유부단): 마음이 여리고 약하여 일을 결단하지 못함.
결정을 미루는 것과 우유부단을 구분하며, 안정된 상태에서의 결정을 중요시합니다.

他山之石(타산지석): 다른 사람의 조언을 통해 배우고 생각할 시간을 벌 수 있다는 의미.

守株待兔(수주대토): 그루터기만 지키며 토끼를 기다림.
상황이 달라졌는데도 옛 습관만 고집하며 변화하지 못하는 태도를 경계하며, 능동적인 결정을 촉구합니다.

苦盡甘來(고진감래): 고생 끝에 낙이 온다.
힘든 시간이 지나면 좋은 일이 찾아온다는 글의 마지막 메시지를 담습니다.

3장 ㅣ 삶의 이정표: 경험에서 우러나온 지혜

명언/글귀

"불안할 때의 결정은 재앙을 부르고, 차분할 때의 결정은 현명함을 부른다."
힘들고 불안할 때 중요한 결정을 하지 말아야 하는 이유를 명확히 제시합니다.

"서두르면 후회한다." - 라틴 속담
급하게 결정을 내리지 않는 것의 중요성을 강조합니다.

"가장 힘든 시련 뒤에 가장 큰 평화가 온다." - 조지 브리번
힘든 시간을 묵묵히 견디면 좋은 날이 올 것이라는 희망의 메시지를 담습니다.

"인생에서 가장 중요한 결정은 서둘러 내리지 않는 것이다."
결정을 미루고 다시 생각할 시간을 갖는 것의 중요성을 강조합니다.

"당신의 마음이 고요할 때, 세상의 소음은 길을 보여줄 것이다."
마음의 안정을 되찾아야 올바른 판단을 할 수 있다는 메시지와 연결됩니다.

"결정의 결과는 시간을 두고 나타난다. 성급함은 가장 위험한 조언자이다."
일단 내려진 결정은 되돌릴 수 없다는 점을 상기시키며 신중함을 촉구합니다.

"어떤 문제도 시간이 해결해주지 않는다면, 당신의 관점을 바꾸어줄 것이다."
'시간이 약'이라는 말을 통해 고통을 견디는 지혜와 새로운 시각을 얻을 수 있음을 전달합니다.

"혼자서 모든 것을 짊어지려 하지 마라. 때로는 함께 나눌 때 길이 보인다."
주변 사람들의 도움을 받는 것의 중요성을 강조하며 협력의 가치를 일깨웁니다.

"어려울 때 친구를 얻는 것은 쉽지만, 어려울 때 자신을 얻는 것은 어렵다."
주변 사람에게 도움을 구하며 자신을 객관적으로 바라보는 과정의 중요성을 말합니다.

중요한 결정을 내릴 때

4장

———

삶의 불안, 스트레스, 그리고 부정적인 감정 속에서
자신을 보호하고 마음의 평화를 찾아가는
다양한 방법들을 제시합니다.

———

요즘 들어 나에게 가장 중요한 질문은

"병은 자랑하라고 오는 것이 아니라, 다스리라고 오는 것이다."

우리는 각자의 위치, 처한 상황, 혹은 세대에 따라 관심을 갖는 것이 달라지곤 합니다. 젊었을 때는 결혼이나 이성 문제가 큰 관심사였을 수도 있고, 중년이 되었을 때는 돈이나 자녀 문제가 중요한 화두가 되기도 합니다. 지금 저에게 가장 중요한 화두는 바로 '건강'입니다. 물론 돈이나 자녀 문제도 여전히 중요하지만, 경제적으로는 풍족하지 않아도 평범하게 살 수 있을 정도는 되었고, 자녀들도 제가 직접적으로 개입할 수 있는 부분이 거의 없기에 자연스럽게 '건강'에 더욱 관심을 가지게 되었으리라 생각합니다.

흔히 마흔 살을 넘기면 신체 변화가 조금씩 나타난다고 합니다. 저 또한 신체적인 변화뿐만 아니라, 어느새 40년이라는 시간을 살아왔다는 심리적인 변화에 당혹감을 느끼기도 했습니다. 그리고 미묘하게나마 신체의 변화가 있었지만 심하지는 않았습니다. 그러나 50대가 되면 신체는 급격한 변화를 맞이하게 됩니다. 혹자는 40대면 젊다고 이야기하지만, 50대는 이제 중년의 초입에 들어섰다고 볼 수 있습니다. 물론 건강 관리를 이전부터 꾸준히 잘 해왔다면 모르겠지만, 50년 넘게 사용한 몸은 이제 분명한 신호를 보내오기 시작합니다. 그 신호의 방식은 개인마다 다를 수 있지만, 어떤 식으로든 자신의 상태를 표현합니다. 이러한 초기 신호를 무시하면 결국 큰 병으로 발전하기도 합니다. 그러므로 신체가 보내는 미묘한 신호에 적극적으로 관심을 기울이고, 아직 뚜렷한 증상이 없더라도 꾸준히 주기적인 건강 관리를 해나가야 할 시기입니다.

50대에 접어든 우리에게 가장 중요한 질문은 "어떻게 하면 건강을 효과적으로 유지할 수 있을까?"가 되지 않을까요? 건강 관리를 위해 다양한 운동을 하면서 신체를 강화해야 하는데, 솔직히 마음은 있어도 그것을 꾸준히 관리하는 것은 쉽지 않습니다. 건강이 눈에 띄는 정도로 문제가 생겼다면, 이미 병이 든 것이나 다름없습니다. 병에 걸리지 않기 위해 미리 대비하고 관리하는 것인데, 아직 아무런 문제가 없어 보이는데도 건강을 위해 미리 관리한다는 것 자체가 어렵게 느껴지는 것도 사실입니다. 사전에 우리 자신의 건강을 위해 꾸준히 운동하는 것이 중요합니다. 특히 자신의 몸을 무리하게 혹사시키거나 피곤하게 만들지 말아야 합니다. 마음은 아직 젊어도 우리 몸은 더 이상 그렇지 않습니다. 예전에는 피곤하더라도 하루 쉬면 좋아졌지만 지금은 그렇지 않습니다. 힘들면 쉬어야 합니다. 그것이 운동하는 것보다 더 중요할 수 있습니다. '바쁠수록 쉬어가라'라는 말은 보통 성급히 행동하지 말라는 의미로 쓰이지만, 이를 문자 그대로 받아들여 아무리 바쁘더라도 몸이 쉴 수 있는 시간을 자주 만들어야 합니다.

다행히 요즘은 의학이 발달하고 위생 상태 및 건강 관리가 잘 이루어

요즘 들어 나에게 가장 중요한 질문은

지면서 실제 자신의 나이보다 젊어 보이는 것이 사실입니다. 현대 나이 계산법에 의하면 자신의 나이에 0.8을 곱한 것이 현대 나이라고 합니다. 예를 들어 40세는 32살로 30대 초반, 50세는 이제 막 40세가 되는 셈입니다. 그렇게 계산하니 기분이 좋습니다. 아직 40대라니, 여전히 삶을 즐기고 활발하게 생활할 수 있는 나이입니다!

핵심 메시지 요약

이 글은 나이의 변화에 따라 삶의 주요 관심사가 결혼, 이성 문제에서 돈, 자녀 문제로, 그리고 결국 '건강'으로 옮겨감을 이야기합니다. 특히 50대에 접어들면서 신체적 변화와 함께 건강에 대한 중요성을 절감하게 되었다고 고백합니다. 마흔 이후의 미묘한 신체 변화를 지나 50대가 되면 몸이 보내는 분명한 신호에 적극적으로 관심을 갖고 주기적인 건강 관리를 해주어야 할 시기임을 강조하며, 이러한 신호를 무시하면 큰 병으로 이어질 수 있다고 경고합니다.

50대의 가장 중요한 질문이 "어떻게 하면 건강을 유지할 것인가?"라며, 평소 건강 관리를 해야 한다고 주장합니다. 눈에 띄는 문제가 없어도 미리 대비하는 것이 쉽지 않음을 인정하면서도, 특히 몸을 피곤하게 만들지 않고 적절한 휴식을 취하는 것이 운동만큼 중요하다고 역설합니다. 마지막으로 의학 발전과 현대 나이 계산법(실제 나이에 0.8 곱하기)을 언급하며 50대 역시 '아직 40대'로 즐겁게 생활할 수 있는 나이임을 유쾌하게 강조하며 긍정적인 메시지를 전달합니다.

글의 주제와 어울리는 고사성어 및 명언, 글귀

'건강의 중요성', '노화와 자기 관리', '예방과 꾸준함', '삶의 우선순위', '신체 변화', '젊음 유지'를 이야기하고 있음.

고사성어

有備無患(유비무환): 미리 준비하면 걱정할 것이 없다.
건강 관리의 핵심 정신이자 글에 직접 언급된 고사성어입니다.

健康第一(건강제일): 건강이 모든 것 중 가장 중요함.
점차 건강이 가장 중요한 가치가 되는 생각을 대변합니다.

歲月不待(세월불택): 세월은 사람을 기다려 주지 않는다.
나이 듦과 신체 변화에 대한 인식을 통해 건강 관리의 시급성을 강조합니다.

修身齊家(수신제가): 자기 몸과 마음을 닦고 가정을 다스림.
자신의 건강이 곧 가족의 건강과 행복으로 이어진다는 의미입니다.

未病治之(미병치지): 병이 들기 전에 치료함.
건강에 문제가 생기기 전에 미리 관리해야 한다는 예방의 중요성을 나타냅니다.

요즘 들어 나에게 가장 중요한 질문은

<h1 align="center">명언/글귀</h1>

"건강한 신체에 건강한 정신이 깃든다." – 유베날리스
건강이 모든 삶의 활동과 행복의 기초가 된다는 보편적인 진리를 강조합니다.

"재산이 아무리 많아도 건강을 잃으면 아무 소용이 없다."
돈이나 자녀 문제보다 건강이 선행되어야 함을 명확히 전달합니다.

"병은 자랑하라고 오는 것이 아니라, 다스리라고 오는 것이다."
신체가 보내는 신호에 관심을 갖고 적극적으로 관리해야 한다는 메시지를 뒷받침합니다.

"가장 값비싼 치료는 예방이다."
눈에 띄는 문제가 없어도 미리 건강을 관리해야 하는 이유를 역설합니다.

"오늘 흘린 땀방울은 내일의 건강한 웃음이 된다."
꾸준한 운동과 관리의 중요성 및 그 효과를 긍정적으로 표현합니다.

"젊음은 잃어버렸을 때 비로소 그 가치를 안다. 건강 또한 그러하다."
나이가 들면서 건강의 가치를 더욱 절감하게 되는 경험과 통합니다.

"나이 듦은 자연스럽지만, 젊음을 유지하는 것은 노력이다."
'나이에 0.8을 곱한 현대 나이'처럼 노력으로 젊음을 유지할 수 있다는 희망을 줍니다.

밤이 깊을수록 별은 더 빛난다

"가장 큰 영광은 결코 넘어지지 않는 것에 있는 것이 아니라,

넘어질 때마다 일어선다는 데 있다."

– 넬슨 만델라

가장 불행하다고 느끼는 순간, 그 시련 속에 오히려 행복의 씨앗이 싹 트고 있다고 합니다. 하지만 아직 연약한 씨앗이기에, 그것이 싹을 틔우고 아름답게 자라기까지는 분명 시간과 정성이 필요합니다. 살다 보면 자신이 불행하다고 느낄 때가 있습니다. 저 또한 예외는 아니었습니다. 한 번뿐만 아니라 두 번, 세 번, 아니 셀 수 없을 만큼 여러 차례의 불행을 겪었습니다. 젊었을 때는 사랑에 대한 아픔일 수도 있고, 중년이 되어서는 투자 실패나 승진 누락으로 인한 좌절일 수도 있습니다. 하지만 사람에 따라 다르겠지만, 가장 직접적이고 커다란 아픔을 준 것은 경제적 문제가 아닐까 생각합니다. 경제적 문제는 본인뿐만 아니라 함께하는 사람에게도 영향을 미치기 때문에 그 아픔이 더욱 크다고 생각합니다.

불행의 원인이 무엇인지는, 그것을 겪고 헤쳐나가는 과정에서는 그리 중요하지 않았습니다. 불행의 원인을 찾아봐도 누군가를 원망하거나 자신의 잘못으로만 치부하는 경우가 많기에, 그로 인한 패배감이나 원망에 깊이 사로잡힐 필요는 없다고 생각합니다. 그러나 불행이 길고 오래 지속되어 그 끝이 보이지 않는 참담함에 직면하거나, 조금만 버티면 해결될 것이라는 마지막 희망조차 무너질 때면, 헤어날 수 없는 좌절감을 느끼게 됩니다. 때로는 지금의 불행이 너무 커서, 이보다 더 큰 불행은 없을 것이라 생각하며 이를 악물고 버티지만, 또 다른 문제가 터져 불행의 끝이 아직 아님이 드러날 때면 극심한 허탈감과 괴로움으로 점철된 날들을 보내게 됩니다.

저의 경우, 안 좋은 일이 생겼을 때 떠올리는 말 중 하나가 바로 '새옹지마(塞翁之馬)'입니다. 안 좋은 일이 발생했을 때, 이 아픔이 어쩌면 훗날 찾아올 행운을 위한 소중한 초석이 아닐까 하는 긍정적인 마음, 반대로 좋은 일이 생겼을 때는 또 어떤 시련이 뒤따를지 모르니 늘 겸손해야 한다는 태도를 유지해야 한다고 생각합니다. 이러한 태도를 통해 저는 안 좋은 일이 발생했을 때도 오히려 좋은 일이 생길 계기가 되지 않을까 생각하며, 자신에게 생기는 스트레스를 최소화하고 관리하려 애씁니다. 그렇게 마음을 다스리다 보면 또 좋은 일이 찾아오곤 합니다. 모든 일은 시간의 흐름 속에 유기적으로 연결되어 있어 당연한 이치일 수 있겠지만, 이미 벌어진 일이라면 정신 건강을 위해서라도 스트레스를 최소화하는 것이 중요합니다.

세상의 모든 아픔이 오직 나에게만 오는 것처럼 느껴질 때도 있습니다. 하지만 그 불행 속에 행복의 씨앗이 자라고 있다고 생각하면 아픔을 견뎌낼 수 있습니다. 그 행복의 씨앗이 싹을 틔울 수 있도록 꾸준히 물을 주고, 따스한 햇볕과 신선한 바람이 잘 통하는 곳에 두어 정성껏 관리한다면 어떨까요? 언젠가는 그 행복의 씨앗이 무럭무럭 자라 우리에게 더 큰 행운을 안겨줄 것이라는 강한 믿음이 있다면, 지금 겪는 힘겨움을 견딜 수 있을 것입니다.

지금 힘든 당신은 행복의 씨앗을 품고 있다는 것을 기억해 주세요. 부디 그 소중한 씨앗이 잘 싹을 틔울 수 있도록 정성껏 돌봐주십시오. 아직은 여린 씨앗이라 쉽게 상할 수 있으니, 당신의 따뜻한 손길로 잘 보듬어 주어야 합니다. 당신의 꾸준하고 헌신적인 노력으로 그 행복의 씨앗이 무럭무럭 자라, 당신에게 큰 기쁨과 행운을 가져다주기를 바랍니다.

핵심 메시지 요약

이 글은 가장 불행한 순간에도 행복의 씨앗이 자라고 있다고 믿으며, 이 씨앗을 키우기 위한 시간과 정성의 중요성을 강조합니다. 젊었을 때의 사랑의 아픔부터 중년의 투자 실패나 승진 누락 같은 좌절, 특히 경제적 문제로 인한 고통은 본인뿐만 아니라 함께하는 이들에게도 영향을 미쳐 더욱 크다고 설명합니다. 불행의 원인을 찾아 원망하기보다는, 그 불행이 길고 끝없이 이어질 때 느끼는 참담함과 또 다른 불행이 닥쳐올 때의 허탈감을 솔직하게 이야기하며 독자들의 공감을 이끌어 냅니다.

힘든 일이 생겼을 때 '새옹지마(塞翁之馬)'의 지혜를 떠올리며, 불행을 나중에 올 행운의 초석으로, 행운을 또 다른 시련을 대비해야 할 계기로 삼아 스트레스를 최소화하려 노력합니다. 그는 세상 모든 아픔이 자신에게만 오는 것 같을지라도, 불행 속에 행복의 씨앗이 있다는 믿음을 잃지 않고 인내와 정성으로 씨앗을 돌본다면 결국 큰 기쁨과 행운이 찾아올 것이라고 확신합니다. 현재 힘든 시간을 보내는 독자들에게도 희망의 씨앗을 잘 보듬어 키워나가라는 따뜻한 격려와 진심 어린 바람을 전하며, 어려움을 이겨낼 용기를 불어넣습니다.

글의 주제와 어울리는 고사성어 및 명언, 글귀

'역경 속 희망', '긍정적 마음가짐', '새옹지마', '회복탄력성', '성장', '자아 관리'를 이야기하고 있음.

고사성어

塞翁之馬(새옹지마): 인생의 길흉화복은 예측할 수 없으므로 너무 일희일비하지 말라는 뜻.

글에 직접 언급된 핵심적인 교훈이자 삶의 태도를 대변합니다.

苦盡甘來(고진감래): 고생 끝에 낙이 온다.

불행 속에 행복의 씨앗이 자라고 있다는 믿음과 고난을 이겨내는 의지를 표현합니다.

患難相恤(환난상휼): 어려움을 당하면 서로 돕고 구제함.

경제적 어려움이 본인뿐만 아니라 함께하는 사람에게 영향을 미친다는 부분과 관련하여, 인간관계의 중요성을 은유적으로 담습니다.

捲土重來(권토중래): 흙먼지를 일으키며 다시 온다.

좌절감 속에서도 다시 일어설 수 있다는 희망을 암시합니다.

自彊不息(자강불식): 스스로 노력하기를 쉬지 않음.

행복의 씨앗이 잘 자랄 수 있도록 스스로를 관리하고 노력해야 한다는 메시지를 강조합니다.

밤이 깊을수록 별은 더 빛난다

"가장 어두운 시간은 새벽이 오기 직전이다."
어둡고 긴 불행의 끝에서 곧 희망이 찾아올 것이라는 메시지와 연결됩니다.

"행복은 불행 속에 숨겨진 씨앗이며, 불행은 행복이 피어날 밭이다." - 칼릴 지브란 (변형)
불행 속에 행복의 씨앗이 자란다는 글의 주제를 강력하게 뒷받침합니다.

"모든 시련 속에는 그에 상응하는, 혹은 그보다 큰 성공의 씨앗이 숨겨져 있다." - 나폴레온 힐 (변형)
불행을 행운의 초석으로 삼는 긍정적인 사고방식을 강조합니다.

"마음을 다스리는 자는 성벽을 점령하는 자보다 강하다." - 잠언 16장 32절
스트레스를 최소화하고 마음을 다스리는 것이 현명하다는 글의 조언과 통합니다.

"가장 큰 영광은 결코 넘어지지 않는 것에 있는 것이 아니라, 넘어질 때마다 일어서다는 데 있다." - 넬슨 만델라
좌절하더라도 포기하지 않고 버텨내는 회복탄력성의 중요성을 강조합니다.

"희망은 눈에 보이는 것을 보지 않는 것이고, 만져지지 않는 것을 느끼는 것이고, 불가능한 것을 성취하는 것이다." - 헬렌 켈러
아직 여린 씨앗일지라도 믿음을 가지고 가꾼다면 기쁨을 가져다줄 것이라는 메시지를 담습니다.

지나간 물은 물레방아를 돌리지 못한다.

"미래는 아직 오지 않았고, 과거는 이미 지나갔다. 현재만이 네 것이다."

- 탈무드

저는 의식적으로 스트레스를 덜 받으려고 노력하는 사람입니다. 불필요한 스트레스는 결국 자신만 손해라는 생각 때문입니다. 되도록이면 직장에서 일어난 일은 퇴근할 때 사무실에 두고 오려 노력합니다. 물론 저 또한 젊은 시절에는 늦은 밤 홀로 남아 못다 한 일을 처리하며, 끝이 보이지 않던 야근을 하기도 했습니다. 직장 생활을 하다 보면 어쩔 수 없이 야근을 합니다. 저희 아들도 최근 회사에 입사했는데, 일주일에 세 번 이상은 야근을 하는 것 같습니다. 그런 아들에게 제가 해줄 수 있는 말은 그저 '처음에는 다 힘들어' 밖에 없더군요. 그래도 습관처럼 굳어지지 않도록 노력하라고 이야기합니다.

업무적인 일 말고도 저는 일상 속 고민을 최소화합니다. 우리에게는 쓸모없는 고민이 참 많습니다. 그중 대표적인 것이 바로 '일어나지 않은 일을 미리 고민하는 것'입니다. 아직 자신에게 발생하지 않은 일을 미리 고민하는 것은 어떤 일을 사전에 준비하는 것과는 다릅니다. 사전 준비는 구체적인 목적과 대상이 있지만, 일어나지 않은 일은 불확실성이 크기에 명확히 구분해야 합니다. 또한, 어떤 일이 발생해도 제가 고민한 방향대로 흘러가지 않는다는 것을 경험으로 알고 있습니다. 따라서 일어나지 않은 일을 미리 고민하여 스스로 스트레스를 자초할 필요는 없습니다.

그리고 저는 제가 결정할 수 없는 것에 대해서는 고민하지 않습니다. 결정권이 없는 일에 대해 고민하는 것은 무의미한 에너지 낭비입니다. 다만, 결정권을 가진 사람이 올바른 판단을 내릴 수 있도록 객관적인 자료를 준비하고 충분히 대비하는 것이 저의 역할이어야 합니다.

또한, 지난 일에 대한 후회로 많은 시간을 낭비하지 않으려 노력합니다. 저 또한 수많은 실패와 아쉬움, 그리고 시행착오를 겪어왔습니다. 물론 앞으로도 그러할 것입니다. 하지만 후회한들 달라지지 않을 일에 더는 시간을 낭비하고 싶지 않습니다. 이미 발생한 일은 어쩔 수 없으니, 그때의 상황에 맞춰 최선의 방법을 찾고 능동적으로 대응하려고 노력합니다.

마지막으로, 사람이 환경의 동물인 것처럼, 후회나 아쉬움 등 좋지 않은 기분은 주변 사람들에게도 영향을 미치게 됩니다. 따라서 이러한 나쁜 기운이 주변에 미치지 않도록 노력해야 합니다. 물론 우리 또한 감정의 동물이기에 자신의 감정이 주변에 고스란히 드러날 수밖에 없겠지만, 최소한 감정을 함부로 표출하는 것은 조심해야 합니다. 그래서 스트레스를 해소하는 노력보다, 스트레스 자체를 겪지 않도록 미리 관리하는 것이 훨씬 더 중요하다고 생각합니다.

이러한 생각이 젊은 시절부터 확고했더라면 좋았겠지만, 저 또한 젊었을 때는 이런 지혜를 갖지 못했습니다. 다만 나이가 들고 다양한 경험을 통해 이런 생각을 할 수 있었던 것 같습니다. 만약 지금 스트레스를 받고 계신다면, 이 또한 자신을 단련하는 성장의 과정이라고 긍정적으로 생각하고 슬기롭게 극복해 나가시기를 바랍니다.

핵심 메시지 요약

이 글은 스트레스 관리를 위해 지난 일에 대한 후회나 일어나지 않은 일에 대한 근심, 그리고 자신이 결정할 수 없는 것에 대한 고민을 최소화하려는 자신의 노력을 이야기합니다. 특히 "지나간 물은 물레방아를 돌리지 못한다"라는 비유처럼, 이미 발생한 일이나 불확실한 미래에 대한 걱정은 시간 낭비이며 스트레스만 가중할 뿐이라고 설명합니다. 결정권 없는 일에는 관여하기보다 올바른 판단을 위한 자료 준비와 대비에 집중하며, 변하지 않을 과거를 후회하기보다는 현재 상황에 맞춰 최선의 방법을 찾고 대응하는 것이 현명하다는 철학을 강조합니다.

나쁜 기분이 주변 사람들에게 영향을 미치는 것을 경계하며, 감정을 함부로 표출하지 않으려 노력합니다. 궁극적으로 스트레스를 해소하는 것보다 스트레스 자체를 겪지 않는 것이 중요하다고 생각하며, 이러한 사고방식은 젊은 시절에는 갖지 못했지만, 나이와 다양한 경험을 통해 얻은 지혜임을 고백합니다. 현재 스트레스를 겪는 이들에게도 이를 성장의 과정으로 여기고 슬기롭게 극복해 나가기를 바라는 격려의 메시지를 전달합니다.

지나간 물은 물레방아를 돌리지 못한다.

글의 주제와 어울리는 고사성어 및 명언, 글귀

'스트레스 관리', '과거와 미래에 대한 태도', '마음 다스림', '현재 집중', '지혜로운 삶', '성숙'을 이야기하고 있음.

고사성어

覆水不收(복수불수): 엎질러진 물은 다시 주워 담을 수 없다.
이미 지나간 과거는 돌이킬 수 없으므로 후회하지 말라는 글의 핵심 메시지를 담습니다.

去者追不得(거자추부득): 떠나간 사람은 쫓아가 잡을 수 없다.
지나간 과거에 대한 미련을 버려야 함을 강조합니다.

杞憂(기우): 기나라 사람의 쓸데없는 걱정.
일어나지 않은 일을 미리 걱정하는 것에 대한 경고를 담습니다.

放下着(방하착): 모든 것을 내려놓아라.
스트레스와 집착을 버리고 마음을 비우는 태도를 표현합니다.

順理而生(순리이생): 순리에 따라 삶.
현재 상황과 통제 불가능한 일을 순리대로 받아들이는 태도를 나타냅니다.

명언/글귀

"미래는 아직 오지 않았고, 과거는 이미 지나갔다. 현재만이 네 것이다." - 탈무드
일어나지 않은 미래와 지나간 과거에 대한 고민을 내려놓고 현재에 집중하라는 메시지입니다.

"스트레스는 당신이 세상에 반응하는 방식이다. 세상을 바꿀 수 없다면 당신의 반응을 바꿔라."
스트레스 자체를 겪지 않는 것이 중요하며, 마음을 다스려야 한다는 글의 조언과 통합니다.

"바꿀 수 없는 것을 평온하게 받아들이는 은총과, 바꿀 수 있는 것을 바꿀 수 있는 용기와 그 차이를 아는 지혜를 주소서." - 라인홀드 니부어의 평온을 비는 기도
결정권이 없는 일은 고민하지 않고, 자신이 통제할 수 있는 것에 집중하라는 글의 지혜를 뒷받침합니다.

"모든 걱정은 해결책을 가져오지 못한다. 다만 평화를 훔칠 뿐이다."
쓸모없는 고민이 정신 건강에 해로움을 경고하며, 스트레스 최소화의 중요성을 역설합니다.

"가장 큰 행복은 걱정을 덜어낼 때 찾아온다."
마음의 짐을 덜어내는 것이 건강하고 행복한 삶의 비결임을 강조합니다.

"모든 시련은 숨겨진 축복을 담고 있다." - 오프라 윈프리
스트레스도 성장의 과정으로 여기고 슬기롭게 극복하라는 격려와 연결됩니다.

"내가 바꿀 수 있는 것은 바꾸기 위해 노력하고, 바꿀 수 없는 것은 받아들이는 지혜를 달라." - 평온을 비는 기도
결정권 없는 일이나 바꿀 수 없는 과거에 대한 글쓴이의 태도와 일치합니다.

지나간 물은 물레방아를 돌리지 못한다.

나만의 '하지 않을 일' 목록

"세상은 거울이다. 내가 웃으면 웃고, 찡그리면 찡그린다."

– 윌리엄 새커리

우리는 누구나 의식적으로 조심하거나 특별히 하지 않는 일들이 있을 겁니다. '하지 않는 것'은 크게 두 가지로 구분해 볼 수 있습니다. 첫째는 단순히 '싫어하는 것'입니다. 이는 별다른 노력을 기울이지 않아도 본능적으로 멀리하게 되는 행동들을 말합니다. 둘째는 의식적으로 '조심하는 것'입니다. 이는 사회적 규범이나 법률을 넘어, 제가 무심코 저지를 수 있는 행동 중에서 하지 않으려 노력하거나 심사숙고하여 피하려는 행동들을 의미합니다.

저는 '조심할 행동 목록'을 따로 만들어 본 적은 없지만, 경험적으로 타인이 싫어하거나 불편해할 만한 행동이나 말은 의식적으로 조심하려 노력합니다. 예를 들어, 음식이 맛이 없으면 굳이 '맛없다'라는 의견을 상대방에게 전달할 필요는 없습니다. 어쩌면 저만 입맛이 안 맞을 수도 있고, 맛이 없다면 상대방도 자연스럽게 인지할 테니, 굳이 제가 직접 상대방의 마음을 상하게 할 필요는 없다고 생각하기 때문입니다. 이것이 상대방에 대한 최소한의 존중이라고 생각합니다. 물론 좋은 것은 좋다고 이야기하지만, 싫은 것을 좋다고 말하지 않습니다.

또 하나 제가 의식적으로 하지 않는 행동은 운전할 때 누군가 끼어들거나 사고가 날 뻔하더라도 상대방에게 화를 내지 않는 것입니다. 예전에는 사고가 날 뻔하면 갑자기 끼어든 차에 대고 화를 내거나 성질을 부리는 사람들이 많았습니다. 그런 모습을 지켜보면서 '과연 그럴 필요가 있을까?' 하는 의문이 들었습니다. 이미 사고는 나지 않았고, 상대방도 놀랐거나 급한 일이 있어 무리하게 운전했을 수도 있는데 굳이 화를 낼 필요는 없습니다. 게다가 화를 내봐야 결국 자신만 기분 나빠지고, 이미 일어난 일이 변하는 것도 아니기 때문입니다. 그리고 저도 급한 상황이 오면 상대방이 한 행동을 할지도 모를 일입니다. 저는 모든 교통 신호를 다 지키고, 중간에 끼어들기를 절대 하지 않을 수 없습니다. 그래서 저는 운전할 때 상대방에게 화를 내지 않습니다. 그 사람도 급하고 바쁜 사정이 있겠거니 하고 이해하려 노력할 뿐입니다.

살다 보면 하지 말아야 할 것들이 참 많습니다. 사회적 규범, 법률로 금지된 것들, 그리고 자신 및 주변 사람들을 위해 하지 말아야 할 것 등 다양한 범주가 존재합니다. 자신이 하지 않을 일의 목록을 만든다는 것은 곧 자기 통제의 시작입니다. 자신도 모르게 저지를 수 있는 행동이나 분명히 하지 말아야 할 행동을 예방하기 위해 이러한 목록을 만드는 것일 겁니다. 하지만 우리는 보통 사람이기에 때로는 타협을 합니다. 이런저런 핑계를 대어 자신이 할 수밖에 없는 상황을 합리화하기도 합니다. 이런저런 이유로 하지 말아야 할 것을 한번 행동한 이후에는 이미 약속이 깨졌다가 생각하여 다음에도 같은 행동을 하는 경향이 있습니다.

　물론, 이 '하지 않을 일' 목록을 완벽하게 지키는 것은 결코 쉽지 않습니다. 우리는 로봇이 아닌 보통 사람이기에 때로는 유혹에 흔들리거나, 무심결에 실수할 수도 있습니다. 하지만 중요한 것은 그런 순간을 '돌이킬 수 없는 실패'가 아닌 '잠시 흔들렸던 과정'으로 받아들이는 태도입니다. 이 목록은 단순히 제약을 넘어, 스스로 다시 일어날 수 있는 확고한 원칙으로 돌아올 힘을 줍니다. 세상은 제가 생각한 대로 흐르지 않고, 절대적인 옳고 그름마저 존재하지 않는 혼돈의 연속일 수도 있습니다. 그래서 이 혼란스러운 세상 속에서 자신만의 확고한 기준을 세우고 꾸준히 지켜나가는 노력이야말로 자신을 단단하게 만들어 주는 가장 강력한 길이 되어줄 것입니다. 이 '하지 않을 일' 목록은 그렇게 혼란 속에서 삶을 이끄는 나침반이 될 것입니다.

이 글은 살면서 '하지 않을 일'을 크게 두 가지로 분류합니다. 첫째는 단순히 싫어서 본능적으로 멀리하는 것이고, 둘째는 의식적으로 조심하여 피하려는 행동입니다. 특히 후자에 초점을 맞춰, 경험적으로 남이 싫어하거나 마음 상할 행동은 피하려 노력한다고 말합니다. 맛없는 음식에 대해 부정적으로 평가하지 않고, 운전 중 사고가 날 뻔한 상황에서도 상대방에게 화를 내지 않는 것이 그 예시입니다. 이는 상대방에 대한 최소한의 존중이자, 불필요한 감정 소모를 줄이려는 자기 통제 방식입니다.

사회적 규범과 자기 원칙을 지키는 '하지 않을 일' 목록을 완벽하게 따르는 것은 어렵다고 인정합니다. 보통 사람이기에 때로 유혹에 흔들리거나 실수할 수 있지만, 이를 돌이킬 수 없는 실패가 아닌 잠시 흔들렸던 과정으로 받아들이는 태도가 중요하다고 강조합니다. 나아가, 자신이 세운 '하지 않을 일' 목록이 혼란스러운 세상 속에서 자신을 단단하게 만들고, 삶을 이끄는 분명하고 변치 않는 나침반이 될 것이라는 의지를 표명하며 글을 마무리합니다.

글의 주제와 어울리는 고사성어 및 명언, 글귀

'자기 통제', '타인 배려', '겸손', '자기 성찰', '인간관계', '의식적인 행동'을 이야기하고 있음.

고사성어

克己復禮(극기복례): 자신의 사욕을 극복하여 예로 돌아감.

사적인 감정이나 충동을 억제하고 예의를 지키려는 자기 통제와 연결됩니다.

毋我(무아): 자아가 없음.

개인적인 감정보다 타인에 대한 존중을 우선하는 겸손한 태도를 나타냅니다.

律己以嚴 待人以寬(율기이엄 대인이관): 자신을 다스림은 엄격하게 하고, 남을 대함은 너그럽게 함.

자신에게 엄격한 자기 통제를 적용하면서도 타인에게는 관대해야 한다는 글쓴이의 태도와 일치합니다.

獨善其身(독선기신): 혼자서도 수양하고 품성을 가꿈.

남이 보든 안 보든 스스로 세운 원칙을 지키려는 노력을 의미합니다.

中庸之德(중용지덕): 지나치지도 모자라지도 않는 도리.

완벽하지 않더라도 흔들림 속에서 균형을 찾아가려는 지혜를 나타냅니다.

명언/글귀

“내가 싫어하는 것을 남에게 강요하지 말라.” – 공자
타인에게 피해를 주지 않으려는 행동 기준과 완벽하게 일치합니다.

“자신을 다스리는 자가 가장 위대한 승리자이다.”
운전 중 화를 내지 않거나 감정을 조절하는 자기 통제 능력을 칭찬합니다.

“세상은 거울이다. 내가 웃으면 웃고, 찡그리면 찡그린다.” – 윌리엄 새커리
화내봐야 자신만 기분 나쁘다는 깨달음과 연관되어, 긍정적인 태도가 주는 이점을 강조합니다.

“타인에 대한 존중은 결국 자신에 대한 존중으로 돌아온다.”
상대방을 배려하는 것이 자신에게도 이로운 결과를 가져온다는 글의 지혜를 뒷받침합니다.

“지혜로운 사람은 말이 많지 않고, 행동이 가볍지 않다.”
신중하고 조심스러운 언행 태도를 잘 나타냅니다.

“자신이 어떤 사람인지 알고 싶다면, 무엇을 거절하는지 보라.”
‘하지 않을 일’ 목록을 통해 자신을 성찰하는 글의 메시지를 강조합니다.

“지옥으로 가는 길은 선의로 포장되어 있다.” – 속담
좋은 의도라도 상대방에게는 나쁜 결과를 줄 수 있음을 인지하고 조심하는 태도와 연결됩니다.

“옳은 것을 아는 것만으로는 충분치 않다. 옳은 것을 행해야 한다.” – 아리스토텔레스
단순한 생각이나 지식이 아닌 실제 행동으로 원칙을 지키려는 의지를 나타냅니다.

나만의 ‘하지 않을 일’ 목록

지금 삶이 영화라면 다음 장면은?

"삶이란 우리에게 어떤 패가 주어지느냐가 아니라,

그 패를 어떻게 플레이하느냐에 달려있다."

– 앤디 스탠리

만약 지금 서의 삶이 한 편의 영화라서, 이미 촬영을 마친 과거의 장면들을 다시금 바꿀 수 있다면 어떨까요? 살아오면서 잘못 선택했던 장면에 'NG'를 선언하고 다시 찍을 수 있다면, 지금과는 전혀 다른 삶을 살고 있을지도 모른다는 상상을 해보곤 합니다. 만약 현재까지의 줄거리가 마음에 들지 않는다면, 유능한 시나리오 작가에게 의뢰하여 행복한 이야기로 수정하고 싶을 것입니다.

그러나 저에게 주어진 조건은 이전까지의 장면을 바꿀 수는 없고, 오직 앞으로 펼쳐질 내용만을 직접 연출할 수 있다는 것입니다. 그렇다면 저는 과연 어떤 장면들을 만들어가야 할까요?

영화를 찍는 데는 많은 준비가 필요합니다. 촬영 장소 물색, 소품과 의상 준비, 그리고 배우 섭외까지 말입니다. 이와 마찬가지로, 앞으로 연출할 '다음 장면'을 위해서는 여러 가지 사전 준비가 필요할 겁니다. 영화를 찍는 마음으로 여러 장소를 돌아다니는 것도 나름 의미가 있다고 생각합니다. 막연히 '그냥 멋진 곳이네'라고 생각하는 것보다 '나라면 여기에서 이런 장면을 찍어야겠다'라고 구체적으로 상상하면, 방문하는 모든 곳이 새로운 의미로 다가와 더욱 색다른 감동을 선사할 것이라고 생각합니다.

영화 촬영은 이미 전반부를 마쳤습니다. 지금까지 찍은 장면들에는 이미 충분한 우여곡절과 아픔이 담겼기에, 영화의 후반부 장면에서는 그동안 열심히 살아온 주인공에게 이제 조금의 휴식과 여유로움을 선물하고 싶습니다. 이번 휴식은 지금까지의 삶에 대한 보상으로, 평안한 모습을 스크린에 담았으면 합니다. 그리고 새로운 것을 준비하는 모습을 그리고 싶습니다. 지금은 타인의 시선에서 벗어나 묵묵히 다음을 준비하며, 오랫동안 마음속에 품었지만 미처 이루지 못했던 일들을 하나씩 성취해나가는 모습을 담고 싶습니다. 이제 막 영화의 후반부가 시작되었으니, 아직도 수많은 이야기가 남아 있습니다.

영화 막바지에는 그동안 열심히 노력하는 모습을 반복적으로 빠르게 편집한 뒤, 새로운 목표를 향해 나아가는 장면에 빠른 템포의 배경음악을 삽입하여, 달라진 제가 원하는 일들을 능숙하게 처리하는 모습으로 연출하려 합니다. 영화의 마지막 장면은 석양이 아름답게 지는 보라카이 화이트 비치 해변에서 지난날을 회상하며 여유 있게 미소 짓는 장면, 그리고 곧이어 새롭게 시작될 두 번째 시즌을 예상할 수 있는 쿠키 영상으로 마무리하고 싶습니다.

　이번 영화가 흥행에 성공할지는 알 수 없습니다. 하지만 아직 촬영하지 않은 남겨진 장면들을 가지고 적당히 흥미롭고 재미있게 만들어 보려 합니다. 특히 다음 시즌은 1편의 경험을 살려 새롭게 시작하는 '2막 인생'에 관한 이야기로, 노년을 얼마나 즐겁고 행복하게 보낼 수 있는지를 생생하게 보여주고 싶습니다. '나도 저렇게 멋진 삶을 살고 싶다'라는 마음이 저절로 들 정도로 말입니다.

핵심 메시지 요약

이 글은 자신의 삶을 한 편의 영화에 비유하며, 비록 과거의 장면을 바꿀 수는 없지만 앞으로 펼쳐질 다음 장면에 대한 기대와 설렘을 표현합니다. 영화 촬영에 비유하여 자신의 미래를 계획하는 과정을 설명하며, 막연한 기대보다는 구체적인 상상을 통해 일상을 새롭게 바라보고 의미를 부여할 수 있다고 말합니다. 그동안 겪은 수많은 우여곡절과 아픔을 인정하고, 영화의 후반부에는 열심히 살아온 자신에게 보상으로서 휴식과 여유로움을 선물하고 싶다는 바람을 드러냅니다. 이 휴식은 새로운 것을 준비하는 과정이자, 오랫동안 이루지 못했던 꿈들을 차분히 실현해나가는 시간이 될 것이라고 말합니다.

미래의 장면을 상상하며, 노력하는 모습을 빠르게 돌려 담고 싶고, 최종적으로는 보라카이 해변에서 여유롭게 미소 지으며 지난날을 회상하는 평화로운 모습을 그리고 싶다고 밝힙니다. 이 장면은 단순한 끝이 아니라, '두 번째 시즌'을 예고하며 새로운 인생의 막을 올리는 시작점이 될 것입니다. 자신의 삶이라는 영화가 흥행할지 알 수 없지만, 1편의 경험을 바탕으로 펼쳐질 2막 인생이 '나도 저런 삶을 살고 싶다'라는 관객들의 공감을 얻을 만큼 즐겁고 행복한 노후가 되기를 바라며, 스스로 감독이 되어 인생이라는 영화를 재미있게 만들어나갈 의지를 보여줍니다.

지금 삶이 영화라면 다음 장면은?

글의 주제와 어울리는 고사성어 및 명언, 글귀

'미래 설계', '인생 2막', '자기 주도적 삶', '성장과 도전', '행복한 노후', '희망'을 이야기하고 있음.

고사성어

有志竟成(유지경성): 뜻이 있는 곳에 길이 있다.
미래의 삶을 위한 새로운 준비와 의지를 강조합니다.

捲土重來(권토중래): 흙먼지를 일으키며 다시 온다.
이전 장면의 우여곡절을 딛고 새롭게 시작하려는 의지를 표현합니다.

人生如夢(인생여몽): 인생은 꿈과 같다.
삶을 영화에 비유하며, 스스로의 의지로 줄거리를 바꿔나갈 수 있다는 생각을 담습니다.

自燈明自依(자등명자성): 자신을 등불 삼고 자신을 의지하라.
주체적으로 삶의 다음 장면을 그려나가고 준비하는 태도를 나타냅니다.

溫故知新(온고지신): 옛것을 익히고 새것을 앎.
1편의 경험을 바탕으로 2막 인생을 새롭게 시작하려는 지혜를 의미합니다.

명언/글귀

"삶이란 우리에게 어떤 패가 주어지느냐가 아니라, 그 패를 어떻게 플레이하느냐에 달려있다." - 앤디 스탠리
과거는 바꿀 수 없지만, 앞으로의 장면은 스스로 만들어간다는 메시지와 일치합니다.

"인생은 당신이 원하는 것을 당신에게 주지 않을 것이다. 하지만 당신이 노력한다면, 당신이 마땅히 받아야 할 것을 줄 것이다." - 오프라 윈프리
지금부터의 준비와 노력이 다음 장면을 빛나게 할 것임을 강조합니다.

"미래는 현재 우리가 무엇을 하느냐에 달려 있다." - 마하트마 간디
현재의 묵묵한 준비와 노력이 다음 시즌의 행복한 노후를 결정한다는 의미입니다.

"우리는 어제의 그림자를 바꾸지 못하지만, 내일의 풍경은 그릴 수 있다."
과거에 얽매이지 않고 미래를 향해 나아가려는 의지를 나타냅니다.

"삶의 후반전은 전반전보다 더욱 재미있고 의미 있을 수 있다. 그것을 만드는 것은 우리의 의지이다."
인생 2막을 즐겁고 행복하게 만들어가려는 바람을 뒷받침합니다.

"모든 스토리가 해피엔딩은 아니지만, 엔딩을 쓰는 것은 바로 당신의 손에 달려 있다."
자신의 삶의 감독으로서 행복한 마무리를 만들겠다는 의지를 격려합니다.

지금 삶이 영화라면 다음 장면은?

덩치가 커지면 움직임은 작아진다.

"세상의 가치는 영원히 고정되어 있지 않다.
흐름을 읽고 유연하게 대처하는 지혜가 필요하다."

오늘 아침 출근 준비를 하고 주차장에 내려갔는데, 평소 주차했던 곳에 차가 보이지 않았습니다. 익숙한 장소에 당연히 있으려니 생각하고 내려 왔는데, 이런 당혹스러운 일이 가끔 생기곤 합니다. 그래서 저는 가능하 면 평소 주차하는 층 근처에 차를 세우려 합니다. 그렇게 해야 아침에 당 황스러운 일이 발생하지 않기 때문입니다. 나이가 들면서 깜빡하는 경우 가 있어 실수를 최소화하기 위한 저만의 방법을 고안했습니다. 가급적 동 선을 단순화하고, 스스로 언제든 헷갈릴 수 있다는 것을 전제하는 방식이 죠. 그래야 제 기억에 착오가 생기더라도 비교적 덜 당황할 테니까요.

저는 기억의 오류를 줄이기 위해 수많은 비밀번호도 가능한 한 단순 하게 만들려고 노력합니다. 하지만 요즘은 보안이 강화되면서 비밀번호 가 점점 더 길고 복잡해지고 있습니다. 예전 방식으로는 더 이상 로그인 이 안 되고, 더욱 까다롭고 복잡한 규칙을 따라야만 하죠. 이 많은 비밀 번호를 어떻게 기억해야 할까요? 젊은 세대에게도 쉽지 않은 일인데, 나 이 들어가면서 '잊지 않기 위한 대책'으로 비밀번호를 별도로 적어 놓으니 그 숫자가 무려 50개를 훌쩍 넘어가더군요. 이것을 매번 업데이트하거나 관리하는 것도 일이고, 잘 해내지도 못합니다. 그래서 차라리 비밀번호 재발급 받는 것을 선택할 때도 있습니다.

다행히 아직은 재발급 과정이 그리 어렵지 않습니다. 하지만 제가 노년이 되었을 때도 이런 디지털 기기나 시스템에 쉽게 적응할 수 있을까요? 그때쯤이면 또 다른 기술들이 쏟아져 나오지 않을까 하는 생각도 듭니다. 아무리 시대의 흐름에 도태되지 않으려 해도 그 과정이 쉽지 않습니다. 돌이켜보면 예전에는 세상 변화 폭이 이토록 크지 않았을 것입니다. 한번 익혀두면 최소한 10년은 크게 변하지 않았을 테니, 세상에 적응하는 데 지금처럼 어렵지는 않았을 텐데 하는 아쉬움이 있습니다.

유럽에서는 아직도 기계식 열쇠를 많이 사용한다고 합니다. 하지만 우리나라는 편리함 때문에 열쇠를 거의 사용하지 않고 전자 도어록을 사용합니다. 유럽은 이미 우리보다 먼저 덩치가 커진 선진국으로서, 우리와는 달리 상대적으로 작은 변화의 폭을 유지하며 기계식 열쇠와 같은 전통을 고수하고 있습니다. 유럽에서는 열쇠 관리가 중요한 문화적 요소로 자리 잡고 있어서, 공용으로 사용하는 키가 출입문, 분리수거실, 세탁실 등 여러 곳에 사용되기 때문에 열쇠 관리에 대한 책임감이 아주 큽니다. 그래서 열쇠를 잃어버리면 비용이 많이 들기도 하고 휴대하는 데도 불편함이 따르죠. 그들도 전자 도어록의 편리함을 알고 직접 사용해 본다면 무거운 열쇠 꾸러미를 가지고 다니지 않을 것입니다. 이처럼 사소한 일상에서부터 대한민국은 경이롭게도 끊임없이 변화를 거듭해 왔습니다.

덩치가 커지면 움직임은 작아진다.

아마 세계에서 가장 빠른 변화를 겪은 나라 중 하나일 겁니다. 짧은 시기에 후진국에서 선진국으로 도약하며, 한 세대에 후진국과 중진국, 선진국의 시대를 모두 경험한 세대가 함께 살아가고 있는 것입니다. 그래서 지금의 60대 이상은 그 변화를 온몸으로 느끼며 현재를 살고 있습니다.

그러나 이제 우리나라는 선진국 대열에 합류했습니다. 국가의 덩치가 일정 수준 이상으로 커지면 경제 성장률은 필연적으로 둔화할 수밖에 없습니다. 국가의 덩치가 커진 만큼 변화의 폭이 작아질 수밖에 없는 것은 당연한 이치입니다. 어쩌면 우리나라도 이제는 급진적인 변화의 폭이 점점 작아지지 않을까 하는 기대 섞인 생각이 듭니다. 선진국의 위치에 오르면 더 이상 과거와 같은 가파른 성장은 기대하기 어렵기 때문입니다. 그렇다면 이제 우리 세대가 온몸으로 겪었던 급격한 변화의 물결도 점차 잔잔해지지 않을까 기대해봅니다.

덩치가 커서 변화는 적어도 우리나라는 그동안 앞만 보고 달려와 미처 챙기지 못했던 사회적 가치들을 묵인하고 지나왔습니다. 그래서 작은 변화에서 서서히 그러한 것들을 보듬어야 할 때입니다. 사회적 안전망을 더욱 강화하고 약자 및 소외계층을 따뜻하게 포용하며, 모두가 함께 상생하며 나아가 수 있도록 안전에 관심을 가져야 할 때입니다. 세상의 가치는 시대에 따라 달라지는 법입니다. 예전에는 중요하지 않았던 것이 지금은 중요한 가치로 부상할 수 있습니다.

핵심 메시지 요약

이글에서는 '덩치가 커지면 움직임은 작아진다'라는 비유를 개인의 삶과 국가의 변화에 적용하여 설명합니다. 개인적으로는 나이가 들면서 기억력 감퇴 등 신체적 변화로 인해 실수를 최소화하려는 자신만의 방법(동선 단순화, 비밀번호 관리)을 이야기하며, 급변하는 디지털 환경에 대한 적응의 어려움을 토로합니다. 또한, 유럽이 기계식 열쇠와 같은 전통을 고수하는 이유를 들며 우리나라의 유례없는 빠른 변화의 속도를 대비시키고, 이러한 급진적인 변화를 온몸으로 겪어온 50~60대의 세대적 경험을 강조합니다.

이러한 개인적 경험과 시대적 관찰을 바탕으로 국가의 성장 또한 같은 이치를 따른다고 주장합니다. 우리나라도 이제 선진국 반열에 올라 '덩치'가 커지면서 경제 성장률이나 변화의 폭이 점차 작아질 것이라고 예측합니다. 이는 개인에게는 급격한 변화에 대한 적응 부담이 줄어들어 좀 더 편안한 삶을 기대할 수 있다는 긍정적인 전망으로 이어집니다. 마지막으로, 앞만 보고 달려오느라 미처 챙기지 못했던 사회적 안전망 강화, 약자 포용 등 변화된 시대적 가치에 주목하며 함께 나아가야 할 미래의 방향성을 제시합니다.

덩치가 커지면 움직임은 작아진다.

글의 주제와 어울리는 고사성어 및 명언, 글귀

'변화와 적응', '노화와 기술', '국가의 성장', '내실 다지기', '새로운 가치', '유연한 사고'를 이야기하고 있음.

고사성어

世態炎凉(세태염량): 세상인심이 변화무쌍함.

급변하는 시대 상황과 이에 대한 적응의 어려움을 함축합니다.

溫故知新(온고지신): 옛것을 익히고 새것을 앎.

빠른 변화 속에서도 전통적 가치나 안정성을 중요시하는 유럽의 모습, 혹은 개인의 학습 자세에 적용될 수 있습니다.

同床異夢(동상이몽): 같은 자리에 있으면서 다른 꿈을 꾼다.

같은 시대를 살아도 세대에 따라 디지털 환경이나 사회 변화를 느끼는 방식이 다름을 은유합니다.

繼往開來(계왕개래): 과거의 것을 계승하여 미래를 열어감.

선진국으로서 사회적 가치를 보듬고 새로운 방향으로 나아가야 할 국가적 과제를 강조합니다.

順理而行(순리이행): 이치에 따라 순조롭게 행함.

나라의 덩치가 커지면 변화의 폭이 작아지는 것이 당연한 이치임을 설명하는 부분에 부합합니다.

<h1 style="text-align:center">명언/글귀</h1>

"가장 강한 종이 살아남는 것이 아니라, 가장 잘 적응하는 종이 살아남는다." - 찰스 다윈
개인과 국가 모두 변화에 유연하게 적응하는 것의 중요성을 강조합니다.

"변화는 삶의 법칙이다. 과거와 현재에만 시선을 고정하는 사람은 미래를 놓칠 것이다." - 존 F. 케네디
시대의 흐름에 도태되지 않고 변화를 읽으려 노력해야 한다는 메시지와 연결됩니다.

"성장에는 고통이 따르지만, 정체에는 더 큰 고통이 따른다."
개인의 적응 노력과 더불어 국가가 내실을 다지는 과정도 성장의 일부임을 의미합니다.

"모든 위대한 문명은 그 뿌리가 약화될 때 멸망한다. 내실을 다지는 것이 생존의 길이다."
국가가 경제 성장 후 사회적 약자를 보듬고 내실을 다져야 할 때라는 통찰을 뒷받침합니다.

"덩치가 커질수록 움직임은 조심스러워지지만, 그 내면의 힘은 더욱 깊어져야 한다."
속도보다는 내실에 집중하는 지혜를 나타냅니다.

"세상의 가치는 영원히 고정되어 있지 않다. 흐름을 읽고 유연하게 대처하는 지혜가 필요하다."
시대에 따라 변화하는 가치를 이해하고 포용해야 한다는 마지막 메시지를 강조합니다.

"가장 강한 종은 가장 지적인 종도 아니고, 가장 강한 종도 아니다. 변화에 가장 잘 적응하는 종이다." - 찰스 다윈
급변하는 환경에서 개인과 국가의 적응력을 강조합니다.

덩치가 커지면 움직임은 작아진다.

"지구의 문제는 더 많은 사람을 받아들이는 것이 아니라, 사람들이 더 친절하게 지내는 것이다." - 달라이 라마

국가가 선진국이 된 후 사회적 약자를 보듬는 새로운 가치에 주목하는 글의 메시지를 뒷받침합니다.

죽음을 앞두면 어떨까?

"삶의 가치는 시간의 길이에 있지 않고, 삶을 어떻게 채웠느냐에 있다."
- 몽테뉴

만약 죽음의 문턱을 넘나드는 경험을 하게 된다면 어떤 느낌일까요? 이따금 그 느낌이 궁금해지곤 합니다. 어쩌면 자신도 모르는 사이에 이미 그런 경험을 했어도, 순간적으로 지나가서 기억하지 못하는 것일 수도 있다는 막연한 상상도 해봅니다. 저는 평소 누군가의 비보를 들을 때나, 제가 알던 사람의 부고를 접했을 때 죽음을 깊이 생각하게 됩니다.

죽음이라는 것은 언제나 우리 곁에 있다고 생각합니다. 언제, 어디서, 어떤 사고가 발생할지 예측할 수 없으니까요. 죽음을 눈앞에 둔다고 상상하면, 솔직히 못 할 것이 별로 없다는 생각이 들기도 하고, 역설적으로는 삶에 대한 태도가 더욱 여유롭고 대범해지기도 합니다.

만약 제가 세상에 없다면, 남겨질 가족들이 잘 적응하며 꿋꿋하게 살아가기를 바라는 마음이 간절합니다. 우리 아이들은 이미 성년이 되었으니, 제가 곁에 없더라도 각자의 삶을 능숙하게 꾸려나가는 데 큰 어려움은 없을 것입니다. 물론 제가 옆에 있다면 조금 더 의지가 되겠지만 말입니다.

하지만 저의 아내는 여전히 걱정이 됩니다. 50년이라는 세월을 직장생활과 가정생활만 하며 오직 저와 아이들만을 위해 헌신해 온 아내가, 제가 없더라도 험난한 이 세상을 홀로 잘 헤쳐나갈 수 있을지 가장 큰 걱정입니다. 갑작스러운 상황이 온다면 홀로 다양한 의사결정을 감당할 수 있을지, 아직 전자기기 다루는 것에 익숙지 않아 제가 해줘야 할 일이 적지 않은데, 여러 사람과 어울리기보다는 오직 저와 둘이 산책하거나 여행 다니는 것을 좋아해서, 옆에 함께할 제가 없다면 잘 다니지 않을까 봐 염려됩니다. 이렇듯 사랑하는 아내를 홀로 남겨두고 떠나는 것이 제게 무엇보다 큰 걱정거리입니다. 그래서 오래전부터 아내에게 하나씩 알려주고 있습니다. 제가 없더라도 스스로 삶을 주도적으로 헤쳐나갈 수 있도록, 그리고 제가 떠난 후에도 그 여파가 최소화되도록 미리미리 준비하고 가르치고 있습니다. 그래도 다행히 두 아들이 있습니다. 두 아들이 엄마를 끔찍이 아끼고 사랑하니까요. 이제 어엿한 성인이 된 아들들이니 엄마에게 분명 잘할 것이라고 굳게 믿습니다.

최근 뇌수술을 받고 건강을 회복한 분을 만났습니다. 그분 역시 말 그대로 죽음의 문턱에 다녀오신 분이라고 했습니다. 그분을 만나 삶과 죽음에 관한 이야기를 나누다 보니, 죽음 앞에서 모든 사람이 결국 평등하다는 사실을 다시금 깨닫게 됩니다. 그분이 병으로 고통받을 것이라고는 상상조차 못 했는데, 이제 '주변의 소중한 사람들도 하나둘 떠날 수 있는 때가 다가오는구나'라는 생각이 절실하게 듭니다.

아직 죽음을 눈앞에 두고 있는 것은 아니지만, 언젠가 이 세상과 영원히 작별해야 한다는 사실은 분명 조금은 슬플 것 같습니다. 아직 못다 이룬 것도, 아쉬운 것도 많지만, 그래도 한 사람을 사랑했고, 저를 닮은 아이들이 이 세상을 살아가고 있으니, 제 인생의 역할은 이 정도면 충분히 해낸 것이 아닐까 하고 스스로를 다독여 봅니다. 남겨진 시간들을 그저 아쉬워하며 보내기보다는, 남은 모든 순간을 더욱 즐겁고 행복하게 채워나가야겠다고 다짐합니다.

죽음을 앞두면 어떨까?

핵심 메시지 요약

이 글은 죽음에 대한 막연한 호기심과 성찰로 시작하여, 죽음이 언제나 곁에 있다는 인식 아래 삶을 더 여유롭게 대하는 태도를 보입니다. 만약 자신이 세상에 없다면 성인이 된 아들들은 잘 적응하리라 믿지만, 특히 50년 가까이 동반자로 살아온 아내가 홀로 세상을 헤쳐나가야 할 상황을 가장 염려합니다. 아내가 스스로 의사결정을 하고 디지털 기기를 다룰 수 있도록 미리 가르치고 준비시키며, 자신이 떠난 후에도 아내에게 미칠 여파를 최소화하려는 사랑과 책임감을 보여줍니다.

죽음을 겪고 돌아온 사람과의 만남을 통해 죽음 앞의 평등함을 다시 깨닫고, 주변 사람들과의 이별이 다가올 수 있음을 현실적으로 직시합니다. 아직 죽음이 멀었지만, 언젠가 올 이별에 대한 슬픔과 못다 이룬 아쉬움을 솔직하게 표현하면서도, 한 사람을 사랑하고 자신을 닮은 아이들을 통해 인생의 역할을 어느 정도 해냈다고 스스로를 다독입니다. 마지막으로, 남겨진 시간들을 아쉬워하기보다는 더욱 즐겁고 행복하게 채워나가겠다는 다짐으로 삶에 대한 긍정적인 자세를 보여주며 글을 마무리합니다.

4장 | 마음의 평화: 나를 다스리는 법

글의 주제와 어울리는 고사성어 및 명언, 글귀

‘삶과 죽음’, ‘사랑과 가족’, ‘삶의 유한함’, ‘미련과 다짐’, ‘인생의 의미’, ‘여유로운 태도’를 이야기하고 있음.

고사성어

一期一會(일기일회): 모든 순간은 단 한 번뿐이므로 소중히 여겨야 함.
남은 시간을 더욱 즐겁고 행복하게 채워나가겠다는 다짐과 연결됩니다.

終始一貫(종시일관): 처음부터 끝까지 변함없이 한결같음.
사랑하는 아내에게 준비를 돕는 꾸준한 모습과 연결됩니다.

燈下不明(등하불명): 등잔 밑이 어둡다.
자신은 모르는 사이에 죽음의 문턱을 넘나들었을 수도 있다는 막연한 생각과 연결될 수 있습니다.

人間萬事塞翁之馬(인간만사 새옹지마): 인생의 길흉화복은 예측할 수 없음.
죽음이 삶에 대한 태도를 여유롭게 만든다는 역설적 상황과 연결됩니다.

死生有命 富貴在天(사생유명 부귀재천): 죽고 사는 것은 명에 달려 있고, 부유하고 귀하게 되는 것은 하늘에 달려 있다.
죽음을 자연의 순리로 받아들이는 마음과 통합니다.

죽음을 앞두면 어떨까?

명언/글귀

"삶의 가치는 시간의 길이에 있지 않고, 삶을 어떻게 채웠느냐에 있다." - 몽테뉴
남겨진 시간을 즐겁고 행복하게 채워나가려는 다짐과 연결됩니다.

"우리는 죽음을 알지 못하는 것이 아니라, 죽음을 보지 못한다." - 탈무드
죽음이 언제나 곁에 있다는 글쓴이의 생각과 연결됩니다.

"죽음은 삶의 반대가 아니라, 삶의 일부다." - 무라카미 하루키
죽음을 피할 수 없는 삶의 한 과정으로 받아들이는 태도를 보여줍니다.

"우리는 죽음을 알기에 삶을 더 사랑할 수 있다."
죽음을 깊이 생각함으로써 삶에 대한 태도가 더 여유로워진다는 통찰과 일치합니다.

"가장 큰 사랑은 스스로 희생하는 것이 아니라, 상대방이 스스로 일어설 수 있도록 돕는 것이다."
아내에게 하나씩 알려주며 스스로 헤쳐나갈 힘을 키워주려는 행동을 나타냅니다.

"인생이란 캔버스 위에 사랑이라는 색으로 그림을 그리는 것과 같다."
사랑하는 아내와 자신을 닮은 아이들이라는 그림을 그린 자신의 인생 역할을 되돌아보는 것입니다.

현명한 선택?

"당신은 옳은 일을 하기 위해 항상 완벽한 순간을 기다릴 필요가 없다."

– 마틴 루터 킹 주니어

제가 가입한 고적 답사 동호회에서는 가끔 일본이나 중국 등 가까운 해외로 답사를 가는데, 이번에는 일본 마쓰야마로 간다고 연락이 왔습니다. 회원 본인에게는 여행 경비의 50%를 지원해주고, 원하는 경우 동반자의 경비를 전액 부담하면 함께할 수 있다는 조건 덕분에 아내와 일본 마쓰야마 여행길에 오르게 되었습니다. 아내는 일본에 두 번째 방문이라며 한껏 기대감을 드러냈으나, 저는 이미 여러 번 방문했던 터라 크게 기대하지 않고 편안한 마음으로 길을 나섰습니다.

패키지여행이라 크게 신경 쓸 것은 없었지만, 마지막 날 공항으로 가는 셔틀버스만 제시간에 타야 한다는 주의사항이 있었습니다. 2박 3일의 짧은 일정이었음에도 불구하고, 마지막 날 저녁에는 다소 과음을 했던 터라 아침에 몹시 피곤했습니다.

이른 시간에 일어나 호텔 조식을 먹고, 약속 시간보다 5분 일찍 버스 정류장으로 향했습니다. 그런데 아내가 갑자기 배가 아프다며 화장실에

가야 한다고 했습니다. 공항까지 얼마 걸리지 않으니 참을 수 있겠느냐고 물었지만, 참기 힘들다고 했습니다. 그래서 제가 가방을 가지고 버스를 기다릴 테니 얼른 화장실을 다녀오라고 했습니다.

버스는 약속 시간보다 더 이른 시간에 도착했습니다. 여행 가방을 싣고 버스에 올라타니 이미 많은 승객으로 가득 차 있었습니다. 아내가 오지 않아 어찌해야 할지 망설이는 찰나, 버스 통로에는 임시 좌석까지 펴졌고, 버스는 만석이 되어 곧 출발하려 했습니다. 순간 '어쩌지? 나만 타고 아내는 못 타면 큰일인데!' 하는 불안감이 엄습했습니다. 다음 버스는 올지 안 올지 모르는 상황이었습니다. 아내 혼자 남으면 낯선 곳에서 택시 잡기도 쉽지 않았습니다.

입장을 바꿔 만약 아내가 버스에 타고 저만 홀로 남겨졌다면, 난처하긴 했어도 '어떻게든 될 것'이라는 막연한 생각에 별문제는 없었을 것 같았습니다. 택시를 타도 되고 다른 버스를 타도 됐겠지만, 아내만 홀로 남겨진다면 그건 차마 감당하기 힘든 상황이라고 생각했습니다. 하지만 저만 타고 아내를 남겨둘 수는 없었습니다. 버스 출입문을 닫으려는 순간, 저는 본능적으로 '스탑!'이라고 크게 소리 질렀습니다. 버스 기사님께는 아내가 오지 않아 내리겠다는 사정을 이야기해도 좀처럼 이해하시기 어려울 터이니, 그저 '내리겠습니다'라고만 간곡히 이야기했습니다. 대부분 한국 분들이고 동호회 사람들이라, 아는 사람에게 제 가방을 내려달라고 부탁드렸습니다. 어느 가방을 챙기냐고 묻기에, '제일 마지막까지 주인이 찾아가지 않는 가방이 저희 것이니, 그것을 부탁드립니다'

라고 이야기했습니다. 그리고 맨 뒤에서 버스 통로 좌석을 다시 젖히며 양해를 구하고 겨우 버스 문 앞까지 다다랐을 때, 멀리서 아내가 뛰어오는 모습이 보였습니다. 함께 탔던 승객분들께는 죄송했지만, 아내만 버스 정류장에 홀로 남겨두고 저 혼자 갈 수는 없지 않겠습니까? 다행히 아내를 태우고 버스를 탈 수 있었습니다. 제가 그 순간 조금이라도 우물쭈물했더라면, 아내를 버스 정류장에 홀로 남겨두고 버스는 야속하게 떠났을 겁니다. 결국 아내와 함께 무사히 버스를 탈 수 있었습니다.

만약 아내가 홀로 남겨져 천신만고 끝에 겨우 공항에 도착했더라도, 한국에 돌아왔을 때 제가 아내에게 과연 무슨 말을 할 수 있었을까요? '당신이 늦게 와서 나만 먼저 왔다'라고 변명했다면, 아내는 과연 '아, 그랬구나' 하고 순순히 이해해 주었을까요? 아마 엄청난 배신감을 느끼고 다시는 저와 함께 여행하지 않겠다고 했을지도 모르겠습니다. 그나마 재빨리 '아내와 함께 남는' 현명한 선택을 한 덕분에 아무 일 없이 무사히 귀국할 수 있었습니다.

현명한 선택?

핵심 메시지 요약

이 글은 동호회 일본 여행 중 마지막 날 공항 셔틀버스를 기다리던 상황에서 겪은 에피소드를 통해 '현명한 선택'의 의미를 이야기합니다. 약속 시간보다 일찍 도착한 버스에 아내가 화장실 때문에 오지 못하는 긴박한 상황에서, 자신만 버스에 오를 것인지 아내를 기다릴 것인지 기로에 놓입니다. 홀로 남겨질 아내의 난처함과 두려움을 예상하며, 자신만 버스에 남아 돌아온다면 아내에게 큰 배신감을 안겨줄 것이라는 판단 아래, 주저 없이 버스에서 내리는 용기 있는 선택을 합니다.

이러한 선택은 버스에 함께 있던 다른 승객들에게 불편을 주면서까지 아내를 기다린 결정이 결국 관계를 지키고 큰 오해를 막은 '현명한 선택'이었다고 회상합니다. 이 경험은 계획에 없던 돌발 상황 속에서도 타인, 특히 사랑하는 사람의 입장을 헤아리고 미래의 관계적 파급효과까지 고려하는 것이 현명한 선택임을 깨닫게 해 줍니다.

글의 주제와 어울리는 고사성어 및 명언, 글귀

‘사랑과 배려’, ‘순간의 선택’, ‘부부 관계’, ‘책임감’, ‘공감과 이해’, ‘현명한 판단’을 이야기하고 있음.

고사성어

設身處地(설신처지): 처지를 바꾸어 생각함.
아내의 입장을 헤아려 결정한 배려심이 돋보입니다.

夫婦有別(부부유별): 부부 사이에는 지켜야 할 도리가 있음.
서로를 배려하고 존중하는 부부 관계의 중요성을 강조합니다.

同舟共濟(동주공제): 같은 배를 타고 함께 물을 건넘.
어려운 순간에 아내와 함께하려 한 마음을 나타냅니다.

仁者無敵(인자무적): 인자한 사람에게는 적이 없음.
상황을 따뜻한 마음으로 대처하는 인자한 모습에서 비롯된 현명한 결과

一言重千金(일언중천금): 말 한마디의 무게가 천금 같음.
결정적 순간의 ‘스탑’이라는 한 마디와 그 선택의 무게를 담습니다.

<h1 style="text-align:center">명언/글귀</h1>

"인생에서 가장 큰 선택은 누구를 사랑할 것인가이다."
사랑하는 아내를 위해 기꺼이 불편함을 감수하고 선택한 행동을 뒷받침합니다.

"결정은 쉬운 것을 선택하는 것이 아니라, 옳은 것을 선택하는 것이다." - 토니 블레어 (변형)
나만 버스를 타고 가는 쉬운 길 대신, 아내를 기다린 옳은 길을 택한 선택을 칭찬합니다.

"지혜로운 사람은 듣고 배우는 데 시간을 보내고, 현명한 사람은 듣고 행동하는 데 시간을 보낸다." - 탈무드
상황을 판단하고 즉시 행동한 글쓴이의 지혜를 강조합니다.

"사랑은 서로 마주보는 것이 아니라, 같은 방향을 바라보는 것이다." - 앙투안 드 생텍쥐페리
함께 여행하며 서로를 배려하는 부부의 모습을 담고 있습니다.

"당신은 옳은 일을 하기 위해 항상 완벽한 순간을 기다릴 필요가 없다." - 마틴 루터 킹 주니어
망설임 없이 '스탑!'을 외친 글쓴이의 용기 있는 행동을 지지합니다.

"결혼은 끝이 아니라 서로를 탐험하는 시작이다." - 알프레드 스미스
함께 여행하고 어려운 상황을 극복하며 서로를 더욱 잘 이해하는 관계를 나타냅니다.

"사랑은 나란히 걷는 것이 아니라, 서로의 그림자가 되어주는 것이다."
위기 상황에서 아내의 든든한 그림자가 되어준 배려심을 표현합니다.

"우리가 남겨지는 순간이 아니다. 우리가 함께하는 순간이다."
아내를 홀로 남겨두고 갈 수 없었던 마음과 함께 위기를 넘긴 유대감을 강조합니다.

5장

가치와 원칙
: 삶의 방향을 찾아서

———

삶을 살아가며 중요하게 여기는 가치들,
그리고 자신만의 원칙을 탐구합니다.
올바른 행동과 좋은 습관을 통해 삶의 기준을 세우고,
내면의 소리에 귀 기울이는 지혜를 나눕니다.

———

내가 찾는 것

– 파울로 프레이리

유홍준 선생님의 명언 중에 "아는 만큼 보인다"라는 말씀이 있습니다. 저는 이 말을 듣고 직관적이면서도 이해하기 쉽고 적절하다고 생각하여, 젊은 시절 참 많이 인용했던 기억이 납니다. 미술관에서 작품을 보거나 오래된 사찰의 유물들을 접할 때, 사전 지식이 없다면 그저 '이곳에 사찰이 있구나', '여기에 작품이 있네' 하고 단순하게 인식하기 마련입니다. 그러나 그 사찰의 역사와 작품에 얽힌 이야기, 제작 기법 등을 알게 되면, 무심히 지나치는 대신 이미 알고 있는 것을 토대로 새로운 것을 배우고, 역사적 배경에 관해 탐구하며 훨씬 더 깊이 있게 보게 됩니다. 더 알고 싶은 지적 호기심이 샘솟게 됩니다. 이처럼 '아는 것'은 세상을 더욱 넓고 다양하게 볼 수 있는 시야를 열어줍니다. 세상을 다각적으로 바라보는 시야는 여러 가지 깊이 있는 생각의 바탕이 되며, 나아가 이 생각들을 조합하여 새로운 것을 창조해낼 수 있는 원동력을 길러줍니다.

우리는 독서와 학습을 통해 더 많은 것을 알고 싶어 합니다. '이것이 왜 그럴까?' 하는 호기심은 배움의 필수 요소입니다. 고대 그리스 속담에 "의심하는 것은 배우는 자의 시작이다"라는 말이 있습니다. 이러한 호기심이야말로 새로운 학습을 위한 강력한 원동력이 됩니다. 우리는 어떤 결과를 마주했을 때 단순히 당연하다고 여기기보다는, '왜' 그런 결과가 도출되었는지 가끔 의문을 품고 사색해보곤 합니다. 이러한 과정이 논리적인 사고력을 길러줍니다. 나아가 도출된 결론에 대한 비판적인 분석은 논리적 사고의 폭을 더욱 확장시켜 줍니다. 이해되지 않는 것이 있다면 적극적으로 찾아보고 주변 사람들에게 물어보며 그 이유를 알아가는 습관이 중요합니다. 만약 우리가 이해하지 못하는 부분이 있다면, 어쩌면 그것이 기존의 잘못된 관습일 수 있고, 수정이 필요한 것일 수 있습니다. 그래서 우리는 이것을 개선하기 위해 혁신적인 새로운 것을 만들어 낼 수도 있습니다. 세상의 모든 위대한 새로운 발견은 거창한 '유레카' 외침에서 비롯되기보다는, 바로 이러한 지적 호기심에서 출발하여 의문을 품고 꾸준히 개선점을 찾아 나가는 끈기 있는 과정에서 나오는 경우가 훨씬 더 많습니다.

인공지능의 시대에 인간이 기계보다 뛰어난 점은 바로 '끝없는 사고의 연속'이 아닐까 생각합니다. 수많은 단편적인 지식을 유기적으로 엮어서 새로운 가치를 창조해내야 합니다. 그러기 위해서는 다양한 분야의 독서를 통해 우리의 사고의 폭을 넓히고, 비판적이고 논리적인 사고 연습을 끊임없이 해야 합니다. 하지만 지금 우리 주변에는 유튜브 쇼츠, 다양한 OTT 콘텐츠처럼 우리의 귀한 시간을 잠식하고 사고력을 갉아먹는 유혹들이 너무나 많습니다. 책은 지루하다며 요약본을 찾거나, 심지어 그마저도 보기 힘들어하는 것이 현실입니다. 이러한 환경 속에서 꾸

내가 찾는 것

준히 배운다는 것은 쉽지 않습니다. 그러나 의무적으로 배워야 하는 학생의 입장이 아닌, '배우면 배울수록 좋은 사회인'으로서 일상생활 속에서 능동적으로 배움을 찾아 나서는 것을 추천합니다. 그러다 가끔 유혹에 빠져 다른 길로 잠시 벗어난다고 해도 괜찮습니다. 그저 '배움이 필요하다'라는 것을 인지하고, 배우고자 하는 노력을 꾸준히 지속하는 것이 중요합니다.

기대수명이 늘어나는 이 시대의 50대는 이제 막 인생의 전성기를 맞는 '진정한 중년'으로서, 단순히 배우는 것을 넘어 배움과 지식의 적극적인 활용이 더욱 필수적입니다. 물론 젊은 세대 또한 예외는 아닙니다. 기존 지식을 단순히 수용하는 것을 넘어, 이를 창의적으로 활용하여 새로운 가치를 창출할 수 있도록 성장해야 할 시기입니다.

이 글은 유홍준 교수의 명언 "아는 만큼 보인다"를 인용하며, '아는 것'이 세상을 다양하게 인식하고 탐구하며 궁극적으로 새로운 것을 창조하는 힘을 길러준다고 강조합니다. 특히 "이것이 왜 그럴까?" 하는 호기심과 '의심하는 것은 배우는 자의 시작'이라는 그리스 속담처럼, 단순히 결과를 받아들이기보다 그 원인과 이유를 탐구하고 이해되지 않는 것에 대해 적극적으로 질문하며 알아가는 습관이 중요하다고 말합니다. 세상의 모든 새로운 발견은 거창한 깨달음보다는 이러한 꾸준한 호기심과 의문을 통한 개선 과정에서 비롯된다는 것입니다.

인공지능 시대에 인간이 기계보다 뛰어난 점은 '끝없는 사고의 연속'이며, 이를 위해 다양한 독서와 논리적 사고 연습이 필수적이라고 역설합니다. 유튜브 쇼츠나 OTT와 같은 유혹으로 인해 꾸준한 학습이 어려운 현실을 인정하면서도, 의무적인 학습이 아닌 '배우면 좋은 사회인'으로서 일상 속에서 배움을 이어가려는 노력을 지속해야 한다고 조언합니다. 또한, 기대수명이 늘어나는 시대에 50대를 포함한 모든 세대에게 '아는 것'을 넘어 기존 지식을 활용하여 새로운 가치를 창출하는 성장이 필수적이라고 강조하며 글을 마무리합니다.

글의 주제와 어울리는 고사성어 및 명언, 글귀

‘앎의 중요성’, ‘호기심과 탐구’, ‘지식의 확장’, ‘사고력’, ‘AI 시대의 인간’, ‘세대 간 이해’를 이야기하고 있음.

고사성어

溫故知新(온고지신): 옛것을 익히고 새것을 앎.
기존 지식을 바탕으로 새로운 것을 창조해내는 과정과 연관이 있습니다.

學而時習之 不亦說乎(학이시습지 불역열호): 배우고 때때로 익히면 또한 기쁘지 아니한가.
배움의 기쁨과 꾸준한 학습의 중요성을 강조합니다.

活眼鮮動(활안선동): 사물을 깊이 통찰하고 살아있는 듯 선명하게 봄.
아는 만큼 세상을 다양하게 보는 시야와 호기심을 통해 대상을 깊이 이해하는 것을 의미합니다.

疑始議終(의시의종): 의심하여 시작하고 논의하여 끝마친다.
의심과 호기심이 배움과 논리적 사고의 시작임을 나타냅니다.

止於至善(지어지선): 지극한 선에 머무르다.
꾸준한 배움과 사고를 통해 끊임없이 자신을 완성해나가는 과정에 비유될 수 있습니다.

명언/글귀

"나는 안다는 것만 알았을 뿐이다." – 소크라테스
겸손한 태도로 끊임없이 배우려는 자세와 통합니다.

"삶이 있는 한 희망은 있다. 배우는 동안은 나이가 중요하지 않다." – 마르쿠스 툴리우스 키케로
평생 학습의 가치와 '진정한 중년'에게 필요한 배움을 강조합니다.

"호기심이 없다면 그 어떤 지식도 시작될 수 없다." – 파울로 프레이리
호기심이 학습의 강력한 원동력이라는 글쓴이의 주장을 뒷받침합니다.

"생각하는 것을 멈추는 사람은 죽은 사람과 같다." – 에드워드 영
인공지능 시대에 인간의 끝없는 사고의 가치를 강조합니다.

"지식은 널리 찾아 구하여 그것을 굳게 지키는 데 있다." – 주희
단순히 아는 것을 넘어 깊이 탐구하고 자신의 것으로 만드는 것을 의미합니다.

"성장하길 멈추는 순간 당신은 죽은 것과 마찬가지다." – 알베르트 아인슈타인
모든 세대에게 배움과 성장의 중요성을 일깨워 줍니다.

내가 찾는 것

나를 바꾼, 가장 큰 용서

"삶이란 우리에게 일어나는 일들로 이루어지는 것이 아니라,

우리가 그 일들에 어떻게 반응하는가에 따라 만들어진다."

– 빅터 프랭클

살면서 우리는 누구나 크고 작은 개인적인 실수나 잘못을 저지르고, 또 누군가에게 너그러이 용서를 받은 경험이 있을 것입니다. 저에게 있어 삶의 가장 중요한 이정표로, 평생 잊히지 않는 용서는 아주 어린 시절의 한 장면입니다. 지금은 '초등학교'라 불리지만, 제가 다니던 '국민학교' 시절, 5학년 정도로 어렴풋이 기억합니다. 그때는 지금처럼 편의점은 없었고, 학교 앞에는 동네 문방구 몇 군데가 전부였습니다. 저는 가끔 친구들 대여섯 명이 뭉쳐 가게나 문방구에서 과자나 군것질거리를 몰래 훔치곤 했습니다. 그때는 먹을 것을 몰래 훔치는 행위가 단순히 배고픔을 채워주는 것을 넘어, 들키지 않을까 하는 짜릿한 스릴과 위험한 일탈의 쾌감마저 안겨주었습니다. 그렇게 훔쳐 온 음식을 친구들과 함께 몰래 나눠 먹는 것이 그 어떤 음식보다 달콤하고 맛있게 느껴지기도 했습니다.

그날도 친구들과 삼삼오오 어울려 '목표물'로 삼을 만한 한 가게를 물색했습니다. 그곳은 주인아저씨 혼자서 가게를 지키는 곳이었죠. 우리는 넷이 함께 가게에 들어가 물건을 고르는 척했고, 서로 눈빛을 주고받으며 각자 상황을 보고 행동하기로 했습니다. 우리는 물건을 사는 척하다가 과자 몇 개를 가지고 황급히 가게를 빠져나왔습니다. 그런데 공교롭게도 제가 맨 마지막으로 가게 문을 나서던 그 순간, 주인아저씨에게 등덜미를 붙잡히고 말았습니다. 아저씨는 차갑고 낮은 목소리로 "요놈 잡았다!"하고 말씀하셨습니다. 저는 기겁하고 놀라 정신없이 도망치려 했지만, 이미 붙잡힌 몸이라 도저히 벗어날 수가 없었습니다. 함께 왔던 다른 친구들은 눈치 빠르게 모두 도망쳤고, 결국 저만 홀로 그 자리에 붙잡힌 것이었습니다.

저는 너무 무서웠습니다. 부모님께 연락이 가는 것은 물론이고, 학교에까지 이 사실이 알려진다면 큰일이란 생각이 들었습니다. 아저씨는 저를 꽉 붙잡고 학교와 이름을 물으셨습니다. 그때 '부모님에게 연락하겠다'라는 말을 들었을 때는 그야말로 세상이 무너지는 듯 앞이 캄캄해지는 절망감을 느꼈습니다. 저는 서럽게 울면서 아저씨에게 용서를 빌었습니다. '앞으로는 절대 그러지 않겠습니다', '부모님께만은 제발 연락하지 말아주십시오'라며 간절히 매달려 용서를 구했습니다. 그렇게 한참을 애원하자 가게 사장님께서는 제 학교 이름과 몇 학년 몇 반, 그리고 제 이름을 모두 노트에 꼼꼼히 적으시더니, 다시는 이런 어리석은 짓을 하지 말라며 엄중히, 그러나 차분하게 경고하셨습니다. "만약 또 이런 행동을 한다면 그때는 학교에 연락하여 엄히 혼을 내겠다"라고 말씀하셨습니다. 저는 앞으로는 절대 그러지 않겠다고 약속하고 그 자리에서 벗어날 수 있었습니다.

나를 바꾼, 가장 큰 용서

그 일이 있고 난 후로 저는 다른 사람의 물건에 손대지 않았습니다. 그리고 아직도 가게 진열대에 다양한 물품들이 놓여 있는 것을 보면, 가끔 그날의 아찔했던 기억이 마치 어제 일처럼 떠오르곤 합니다. 그날 저의 어리석은 잘못을 너그러이 용서해 주신 가게 사장님께 진심으로 감사를 드립니다.

청소년기는 미숙함으로 인해 의도했든, 하지 않았든 크고 작은 잘못을 저지르곤 하는, 일종의 성장통 시기입니다. 우리 사회는 그러한 미숙한 잘못들을 너그러이 보듬어 용서하고, 다시는 같은 실수를 반복하지 않도록 올바른 방향으로 이끌어주는 역할을 해야 한다고 생각합니다. '잘못을 훈육한다'라는 명목으로, 악의를 가지고 저지른 범죄 행위와 미숙함에서 비롯된 일시적인 실수, 또는 일순간의 잘못된 선택으로 저지른 행동을 명확히 구분하지 않고 모두에게 돌이킬 수 없는 '주홍 글씨'를 새기는 것이 과연 타당한지에 대해 의문이 듭니다. 물론 일부 청소년들이 저지르는 행동 중에는 단순한 미숙함을 넘어선 명백한 범죄에 해당하는 경우도 있습니다. 이러한 행위에는 법과 원칙에 따라 강력한 처벌을 해야 합니다. 하지만 그 외의 미숙한 잘못에 대해서는 우리 아이들에게 온정(溫情)이 가득했던 예전 사회의 따뜻하고 너그러운 관용을 베풀어야 하지 않을까요? 어린 시절의 미숙한 잘못들을 너그러이 눈감아주고 따뜻하게 보듬어줌으로써, 그들이 좌절하지 않고 올바른 길로 다시 나아가 건강하고 책임감 있는 사회 구성원으로 성장할 수 있도록 적극적으로 돕는 사회가 되기를 바랍니다.

핵심 메시지 요약

이 글은 어린 시절, 국민학교 5학년 때 친구들과 가게에서 먹을 것을 훔치다 주인아저씨에게 붙잡혔던 아픈 기억을 회상합니다. 부모님과 학교에 알려질까 봐 극심한 공포와 절망 속에서 눈물로 용서를 빌었던 순간을 생생하게 묘사합니다. 주인아저씨는 글쓴이의 학교와 이름을 모두 적으면서도, 다시는 그러지 말라는 엄중한 경고와 함께 그 자리에서 용서해 줍니다. 이 너그러운 용서는 삶에 평생 잊지 못할 감사와 함께 '다른 사람의 물건에 손대지 않는' 삶의 중요한 이정표가 됩니다.

청소년기가 일종의 성장통 시기임을 인정하며, 악의적인 범죄 행위와 일시적인 미숙한 실수를 명확히 구분해야 한다고 주장합니다. 모든 잘못에 돌이킬 수 없는 '주홍 글씨'를 새기는 것은 타당하지 않으며, 일부 명백한 범죄에는 강력한 처벌이 필요하지만, 그 외의 미숙한 잘못에 대해서는 우리 아이들에게 온정이 가득했던 예전 사회처럼 따뜻하고 너그러운 관용을 베풀어야 한다고 촉구합니다. 어린 시절의 잘못들을 너그러이 보듬어줌으로써 청소년들이 좌절하지 않고 올바른 길로 나아가 건강하고 책임감 있는 사회 구성원으로 성장할 수 있도록 적극적으로 돕는 사회가 되기를 간절히 소망하며, 용서가 한 개인의 삶을 어떻게 긍정적으로 변화시킬 수 있는지 보여주는 강력한 메시지를 전달합니다.

나를 바꾼, 가장 큰 용서

글의 주제와 어울리는 고사성어 및 명언, 글귀

'용서의 힘', '회개와 변화', '따뜻한 사회', '어린 시절의 실수', '성장', '배려'를 이야기하고 있음.

고사성어

寬容(관용): 너그럽게 용서함.

가게 사장님의 너그러운 용서가 바꾼 핵심적인 역할을 합니다.

改過遷善(개과천선): 허물을 고치고 착하게 됨.

용서를 통해 잘못을 뉘우치고 다시는 같은 실수를 반복하지 않게 된 변화를 나타냅니다.

教誨不倦(교회불권): 가르치고 타이르기를 게을리하지 않음.

사장님의 경고와 훈계가 바른길로 이끌어준 교훈의 역할을 합니다.

見微知著(견미지저): 작은 징조를 보고 큰일을 앎.

어린 시절의 작은 잘못을 너그러이 보듬는 것이 사회를 변화시키는 큰 힘이 될 수 있음을 의미합니다.

溫故知新(온고지신): 옛것을 익히고 새것을 앎.

정이 있던 예전 사회의 지혜를 통해 현재의 교육 방식에 대한 회의감을 느끼는 것을 나타냅니다.

5장 ㅣ 가치와 원칙: 삶의 방향을 찾아서

<h1 align="center">명언/글귀</h1>

"용서는 죄인을 놓아주는 것 이상이다. 그것은 자신을 풀어주는 것이다." - 루이스 스메데스

용서가 두려움에서 벗어나 바른 길로 나아가게 한 계기가 되었음을 나타냅니다.

"사랑은 한 생명을 다른 생명에게 연결해주는 유일한 황금 사슬이다." - 오스카 와일드

어린 시절의 실수를 따뜻하게 감싸준 인간적인 연결고리가 삶을 변화시켰음을 강조합니다.

"실수는 용서받을 수 있다. 다시 시작하는 용기를 가졌다면." - 칼 오토 보르크

가게 사장님의 용서가 다시 시작할 수 있는 용기를 주었음을 의미합니다.

"어린 나무는 휘어질 수 있지만, 자란 나무는 꺾이기 쉽다. 유연한 사랑이 아이들을 바르게 성장시킨다."

어린아이의 미숙한 잘못을 따뜻하게 보듬어주는 사회를 소망하는 마음을 뒷받침합니다.

"남에게 주홍 글씨를 새기기 전에, 혹 나에게도 그런 시절은 없었을까 되돌아보라."

훈육이라는 명목 아래 가혹한 처벌 대신 용서와 보듬음이 필요하다는 생각과 연결됩니다.

"삶이란 우리에게 일어나는 일들로 이루어지는 것이 아니라, 우리가 그 일들에 어떻게 반응하는가에 따라 만들어진다." - 빅터 프랭클

어린 시절의 잘못된 경험을 성장의 이정표로 삼은 글쓴이의 태도를 반영합니다.

"모든 어린이는 우리가 알 수 없는 메시지를 가지고 세상에 온다." - 마틴 부버

청소년들의 미숙함을 이해하고, 그들이 잠재력을 펼칠 수 있도록 사회가 도와야 한다는 메시지와 통합니다.

나를 바꾼, 가장 큰 용서

기억에 남는 겨울날의 이야기

"아이들은 부모가 가르치는 대로 살지 않고, 부모가 사는 대로 산다.
그리고 가끔은 부모에게도 새로운 가르침을 준다."

요즘 추위는 예전만 못하다는 생각이 듭니다. 아마 도시의 발달과 급격한 인구 밀집 때문일 것입니다. 겨울 중 가장 춥지는 않았지만, 그래도 저에게 기억에 남는 겨울은 바로 2021년 크리스마스이브였습니다. 이 날은 큰아들 수영이가 군대를 제대하고, 둘째 수현이가 고등학교 졸업을 앞두고 있어 온 가족이 함께 여행을 떠나는 날이었습니다.

큰아들은 사실 크리스마스이브를 여자친구와 함께 보내기로 약속했었지만, 가족 여행이라는 행사를 위해 여자친구에게 양해를 구하고 기꺼이 동참해주었습니다. 자녀들이 성인이 되니 이제 온 가족이 한자리에 모이는 것이 쉽지 않았지만, 두 아들에게 사전에 양해를 구하고 여러 번 계획을 조정하여 겨우 확정된 날이었습니다. 오후부터 속초에 폭설이 내린다는 예보가 있었지만, 오랜만에 떠나는 우리 가족의 설렘 가득한 출발을 그 어떤 것도 막을 수는 없었습니다. 모든 여행이 그러하듯, 설렘과 흥분으로 시작된 길이었습니다.

평일이라 오후 늦게 출발하여 저녁 식사는 속초에 일찍 도착하기 위해 양양 방향의 마지막 휴게소인 '내린천 휴게소'에서 먹기로 했습니다. 약간의 눈발이 날렸음에도 휴게소까지 가는 데는 별문제 없었습니다. 하지만 막상 도착하고 보니, 휴게소 음식점은 이미 문을 닫은 뒤였습니다. 예전과는 달리 저녁 9시에 문을 닫아버린 것이었습니다. 어쩔 수 없이 우리는 속초에 가서 밥을 먹기로 했습니다. 배는 무척 고팠지만, 속초에 도착하면 훨씬 더 맛있는 음식을 먹을 수 있을 것이라는 희망으로 배고픔을 달랬습니다.

'내린천 휴게소'를 지나 양양에 도착하니 눈발이 거세졌습니다. 지나가는 차도 거의 없었고, 도로는 이미 많은 눈으로 뒤덮여 온통 새하얀 세상이 되어 있었습니다. 아이들은 차창 밖으로 내리는 눈 풍경을 연신 사진에 담았고, 저 또한 그림처럼 눈 내리는 모습이 아름다워 보였습니다. '북양양 요금소'를 나와서 한동안은 내리막길이라 가는 데는 큰 어려움이 없었습니다. 그러나 내비게이션의 안내대로 우회전하여 들어간 길은 오르막이었고, 이미 많은 차들이 바퀴가 헛돌며 엉금엉금 올라가지 못하고 있었습니다. 그래서 저는 보다 빨리 가기 위해 유턴하여 바닷가 쪽으로 난 평지를 통해 속초로 가려고 했습니다. 속초 지리에 밝지 못했기에 그저 오르막이 없기만을 바라는 마음으로 여기저기 길을 찾다가 대포항 쪽으로 돌아가는 길을 선택했습니다. 하지만 대포항에서 외옹치로 가는 오르막에 이르자 모든 차가 멈춰서서 꼼짝 못 하고 있었습니다.

차 안에서 20분 정도 대기하는데도 움직이지 않으니, 우선 큰아들이

기억에 남는 겨울날의 이야기

차 밖으로 나가서 상황을 파악하고 돌아왔습니다. 앞선 차들이 미끄러워 오르막을 넘어가지 못하고 있으니, 우리가 나가서 도와줘야 한다고 하더군요. 저는 잠시 차 안에 대기하고 있었는데, 두 아들은 주저 없이 차 밖으로 나가 다른 차들을 밀어주러 나섰습니다. 미끄러지는 차들을 한 대 한 대 밀어주며 겨우 우리 차례가 되었을 때, 우리 차를 밀어줄 사람이 없었습니다. 그러자 두 아들이 뒤에 있는 차에 가더니 함께 밀어달라고 부탁했습니다. 덕분에 저희도 겨우 오르막을 넘을 수 있었습니다. 집 안에서만 보던 모습과는 너무 다른 모습을 보았습니다. 밖에서 솔선수범하며 적극적으로 행동하는 아들들의 모습은 제게 새롭게 다가왔습니다. 그제서야 비로소 제가 미처 알지 못했던 아이들의 또 다른, 의젓하고 듬직한 면모를 발견하게 되었습니다.

눈을 맞으며 겨우 외옹치를 넘어왔지만, 아바이마을 근처 설악대교 오르막을 넘지 못하고 또다시 차가 멈춰 섰습니다. 이번에는 주변에 다른 차량은 한 대도 없었고, 사방이 눈으로 뒤덮인 채 우리 차만 덩그러니 고립되어 있었습니다. 그래서 이번에는 아내가 운전대를 잡고, 저와 두 아들이 온 힘을 다해 차를 밀어 겨우 설악대교를 넘을 수 있었습니다. 다행히 금강대교는 무사히 넘을 수 있었고, 간신히 숙소에 도착하니 갓길에 수북이 쌓인 눈 때문에 주차장 진입조차 불가능해 차를 도로변에 주차할 수밖에 없었습니다. 우여곡절 끝에 겨우 숙소에 도착하니 밤 12시가 넘었습니다. 오늘따라 편의점마저 대부분 문을 닫았고, 쏟아진 눈 때문에 영업하는 편의점을 찾아가는 것 또한 불가능에 가까웠습니다. 다행히 미리 준비해 온 라면 몇 개와 맥주가 있어, 라면과 맥주를 먹으며 그날의 길고도 특별했던 여정을 마무리 지었습니다.

가끔 생각나는 속초의 크리스마스이브 추억은 아직까지 제 기억 속에 선명하게 남아 있습니다. 몸은 무척 고되고 힘들었지만, 성인이 된 우리 아이들의 예상치 못한 새로운 모습과 성장을 직접 확인할 수 있었던 기회였습니다.

핵심 메시지 요약

이 글은 2021년 크리스마스이브, 군 제대 후 아들과 고등학교 졸업을 앞둔 둘째 아들과 함께 떠난 속초 여행의 특별한 추억을 이야기합니다. 속초에 쏟아진 폭설로 인해 휴게소 식당은 문을 닫고, 목적지로 향하는 도로는 이미 눈으로 뒤덮여 차들이 멈춰 서는 긴급한 상황에 처합니다. 특히 외옹치와 설악대교 오르막길에서 차량들이 고립되자, 두 아들은 차에서 내려 다른 차들을 밀어주거나, 자신들의 차를 밀기 위해 다른 운전자들에게 도움을 요청하는 등 적극적이고 의젓한 모습을 보입니다.

수많은 우여곡절 끝에 자정 무렵 겨우 숙소에 도착한 가족은, 허기와 피로 속에서도 함께 가져온 라면과 맥주로 긴 하루를 마무리합니다. 몸은 고되고 힘들었지만, 이 폭설 속에서의 고난을 함께 헤쳐나가며 자녀들의 새로운 모습을 보게 된 그날의 크리스마스이브가 단순히 불편했던 여행이 아니라, 위기 속에서 가족의 유대감을 확인하고 자녀들의 성장을 목격한 소중한 추억으로 남았음을 강조합니다.

기억에 남는 겨울날의 이야기

글의 주제와 어울리는 고사성어 및 명언, 글귀

'가족 유대', '어려움 극복', '자녀의 성장', '추억과 경험', '예상치 못한 기쁨', '협력의 가치'를 이야기하고 있음.

고사성어

同舟共濟(동주공제): 한배를 타고 함께 물을 건넘.

폭설이라는 난관 속에서 가족이 한마음으로 협력하여 어려움을 극복한 상황을 나타냅니다.

患難相恤(환난상휼): 어려운 처지에 있는 사람을 서로 딱하게 여기고 도움.

아들들이 앞 차를 밀어주는 행동과 가족이 서로 돕는 모습

雨後地實(우후지실): 비 온 뒤에 땅이 굳어진다.

힘들었던 경험이 가족 관계를 더욱 단단하게 만들었음을 비유합니다.

刮目相對(괄목상대): 눈을 비비고 다시 보다.

부모가 성인이 된 자녀의 새롭고 의젓한 모습을 발견한 것에 대한 감탄을 나타냅니다.

人生無常(인생무상): 인생의 길흉화복을 예측하기 어려움.

예상치 못한 폭설과 휴게소 폐점 등 뜻밖의 변수들을 담아냅니다.

명언/글귀

"모든 위대한 여행에는 고난이 따른다. 그리고 그 고난은 여행을 더욱 가치 있게 만든다."

힘들었던 속초 여행이 역설적으로 더욱 소중한 추억이 되었음을 강조합니다.

"가족은 우리가 함께 겪은 모든 추억과 꿈이 담긴 삶의 이야기다."

잊을 수 없는 크리스마스이브 추억을 통해 가족의 소중함을 다시 한번 느낀 마음을 표현합니다.

"아이들은 부모가 가르치는 대로 살지 않고, 부모가 사는 대로 산다. 그리고 가끔은 부모에게도 새로운 가르침을 준다."

성인 자녀들의 적극적이고 의젓한 모습에서 깨달음을 얻은 것을 뒷받침합니다.

"위기는 곧 기회다. 특히 가족에게는 서로의 소중함과 능력을 깨닫는 기회다."

폭설이라는 위기를 통해 가족의 단합과 자녀들의 성숙함을 발견한 경험과 연결됩니다.

"가장 아름다운 풍경은 예상치 못한 순간에, 그리고 사랑하는 이들과 함께 있을 때 찾아온다."

눈 내리는 속초 풍경과 그 속에서 어려움을 함께 헤쳐나간 가족의 아름다운 모습을 강조합니다.

"함께 헤쳐나간 고난은 가족을 더욱 끈끈하게 만들고, 잊지 못할 추억을 선물한다."

글 마지막 문장처럼, 힘들었지만 영화 같았던 순간들이 가족을 더욱 하나로 뭉치게 했음을 말합니다.

기억에 남는 겨울날의 이야기

'아름답다'라는 말

"아이들에게 물려줄 최고의 유산은 돈이 아니라 배려하는 마음이다."

'아름답다'라는 표현은 '예쁘다'라는 말보다 좀 더 품격을 지닌 단어로 다가오곤 합니다. 우리는 아름답다고 표현할 때 주로 시각과 청각을 통해 느껴지는 것에 사용합니다. 풍경이 아름답다든지 그림이 아름답다고 말입니다. 예를 들어, '눈이 호강한다'라는 말을 사용하면서 시각적인 아름다움을 표현하기도 합니다. 또한 음악을 들을 때 '아름다운 목소리'라고 표현하기도 합니다. 황홀하게 노을 지는 바다나, 눈 덮인 설산의 나뭇가지에 사뿐히 내려앉은 눈을 보며 우리는 종종 감탄할 만한 아름다움을 느끼곤 합니다.

하지만 진정한 아름다움은 단순히 우리의 시각이나 청각만을 통해 인지되는 것이 아닙니다. 저는 어떤 사람의 행동과 마음 씀씀이에서 우러나오는 것이 진정한 아름다움이라고 생각합니다. 무거운 리어카를 힘겹게 끌고 가시는 노인을 뒤에서 묵묵히 밀어주는 사람, 남몰래 꾸준히 선행을 베푸는 사람, 작게는 길거리에 떨어진 휴지를 주워 올바른 곳에 버리는 모습까지. 이 모든 행동에서 아름다움이 느껴집니다. 우리 주변에는 이처럼 우리 삶을 따뜻하게 밝혀주는 아름다운 사람들이 참 많습니다.

저는 사람들이 각자 아름다운 마음을 가지고 있다고 생각합니다. 물론 이러한 내재된 아름다운 마음이 행동으로 나타나는 방식에는 차이가 있을 수 있지만, 모든 사람은 저마다 자신만의 고유한 아름다움을 지니고 있습니다. 이러한 내면의 아름다움을 들여다보면, 그 중심에는 '배려'가 있을 것입니다. 자신만을 위함이 아닌, 다른 사람을 함께 생각하는 것이 진정한 배려라면, 배려는 고귀하고 아름다운 행동입니다.

각박하고 메마른 세상살이 속에서도 가끔 배려심 깊은 사람을 만나면, 차가웠던 마음이 온기로 가득 채워지는 것을 느낍니다. 그래서 언론이나 유튜브에서도 아름다운 배려의 행동들이 조명받고 널리 퍼지게 되는 것이리라 생각합니다. 그러한 선한 배려의 행동들이 우리 사회 전체에 지속적으로 반복된다면, 우리가 사는 세상은 더욱 밝고 아름다워질 것입니다.

저는 사람들에게 배려의 중요성을 자주 이야기합니다. 그리고 누군가 '어떤 사람이 좋은 사람인가요?' 하고 물어본다면, 저는 주저 없이 '우선적으로 배려심 있는 사람'이라고 이야기합니다. 우리 아이들인 수영이와 수현이에게도 배려에 대해 종종 이야기했지만, 솔직히 제 이야기가 아이들에게 얼마나 영향을 미쳤는지는 알 수 없습니다. 그저 우리 아이들 몸에 배려하는 마음이 자연스럽게 내려앉기를 바라는 마음뿐입니다.

저의 작은 배려가 타인에게 즐거움을 선사하고, 그 배려를 받은 사람이 또 다른 이에게 배려를 베푼다면, 우리 사회는 분명 조금 더 아름다운 사회로 변화할 것입니다. 그래서 저는 최소한 하루에 한 번 이상, 의식적

'아름답다'라는 말

으로라도 배려를 실천하려고 노력합니다.

핵심 메시지 요약

이 글은 '아름답다'라는 말의 진정한 의미를 시각적, 청각적 만족을 넘어 타인을 향한 행동과 마음 씀씀이에서 찾아내고 있습니다. 무거운 리어카를 밀어주는 모습, 남몰래 기부하는 행동, 길거리의 휴지를 줍는 작은 실천 등 우리 주변의 배려심 있는 행동에서 진정한 아름다움을 느끼며, 모든 사람이 내면에 자신만의 아름다움을 지니고 있다고 믿습니다. 특히 '배려'가 자신만을 생각하지 않고 타인을 함께 생각하는 마음이라면, 이는 가장 아름다운 행동이자 내면의 핵심 가치임을 역설합니다.

힘든 세상 속에서도 배려심 있는 사람들을 만나면 마음이 따뜻해지고, 이러한 배려가 언론이나 유튜브를 통해 널리 퍼져 또 다른 선한 행동을 낳음으로써 사회를 더욱 아름답게 만들 것이라고 주장합니다. 또한, 자녀들에게 배려의 중요성을 꾸준히 강조하며 언젠가 그 가치를 깨닫기를 바라는 마음을 전합니다. 스스로도 최소한 하루에 한 번 이상 배려를 실천하려 노력하며, 작은 배려의 물결이 결국 우리 사회를 더 아름다운 곳으로 만들 것이라는 희망적인 메시지를 전달합니다.

글의 주제와 어울리는 고사성어 및 명언, 글귀

'아름다움의 정의', '내면의 미', '배려의 가치', '선의 영향력', '따뜻한 사회', '실천'을 이야기하고 있음.

고사성어

推己及人(추기급인): 자기 처지로 미루어 남의 처지를 헤아림.
배려의 본질이자, 진정한 아름다움의 핵심을 담습니다.

成人之美(성인지미): 다른 사람의 좋은 일을 이루어지도록 도움.
남을 돕는 배려심 있는 행동에서 아름다움을 느끼는 것을 강조합니다.

德不孤必有鄰(덕불고필유린): 덕 있는 사람은 외롭지 않고 반드시 이웃이 있다.
배려의 실천이 만드는 아름다운 사회와 사람들의 연결을 의미합니다.

心溫體讓(심온체양): 마음이 따뜻하고 몸가짐이 겸손함.
마음 씀씀이에서 우러나오는 아름다움의 덕목을 표현합니다.

美談(미담): 아름다운 이야기.
배려심 있는 행동이 언론을 통해 널리 퍼지고 사회를 밝히는 현상과 연결됩니다.

'아름답다'라는 말

명언/글귀

"아름다움은 눈에 보이는 것이 아니라, 마음에 담기는 것이다."
시각이나 청각을 넘어 행동과 마음 씀씀이에서 아름다움을 찾는 글의 주장을 뒷받침합니다.

"가장 아름다운 행동은 계산되지 않은 배려다."
묵묵히 남을 돕는 이들의 행동에서 느껴지는 진정한 아름다움을 강조합니다.

"작은 배려가 모여 세상을 움직이는 가장 큰 힘이 된다."
하나의 배려가 또 다른 배려를 낳아 사회를 아름답게 만든다는 글의 메시지를 나타냅니다.

"아이들에게 물려줄 최고의 유산은 돈이 아니라 배려하는 마음이다."
자녀들에게 배려의 중요성을 가르치는 따뜻한 아버지의 마음과 일치합니다.

"당신의 내면이 아름답다면, 당신이 만나는 모든 세상도 아름답게 보일 것이다."
내면의 아름다움과 그것이 세상을 변화시키는 힘을 연결합니다.

"하루에 한 번, 당신의 작은 손길이 누군가의 세상에 빛을 더한다."
매일 배려를 실천하려는 다짐에 응원의 메시지를 더합니다.

아내와 떠나는 여행

"여행의 진정한 즐거움은 완벽한 계획에 있는 것이 아니라,

유연함과 서로를 이해하는 마음속에 있다."

아내는 여행 자체를 무척 좋아하고 새로운 장소와 문화에 대한 호기심도 많습니다. 그런 아내가 '당신과 여행 가는 것이 가장 좋다'고 합니다. 이유는 다른 사람의 눈치를 보지 않아도 되고, 제가 가장 편안함을 느끼기 때문이라고 합니다. 물론 예전에는 함께 여행하면서 말다툼을 한 적도 있었습니다. 그 영향으로 여행 내내 분위기가 좋지 않았습니다. 모처럼 시간과 비용을 들여서 온 소중한 여행이 말다툼으로 얼룩지면, 정신적 손실이 이만저만이 아니었음을 뼈저리게 깨달았습니다. 그래서 여행을 떠나기 전에는 꼭 사전에 '이번 여행에서는 절대 싸우지 말자', '혹시 화나는 일이 있어도 최대한 참고 표현하지 말자'라고 약속합니다. 여행지에서는 먹을 것을 결정하거나, 방문할 곳, 숙소 등 다양한 것을 결정해야 하는 상황이 많습니다. 그때는 각자가 조금씩 양보해야 의견 다툼 없이 여행을 즐길 수 있습니다. 물론 이론적으로나 이성적으로는 잘 알고 있지만, 막상 돌발 상황이 닥치면 합리적으로 행동하기가 쉽지 않습니다. 하지만 저희 부부도 그런 경험들을 겪으면서 이제는 여행 가서 웬만하면 말다툼을 하지 않습니다. 사소한 다툼이라 할지라도 그 후유증이

미치는 영향을 경험적으로 깨달았기 때문입니다.

지난 5월, 아내와 함께 속초로 향했습니다. 오랜만에 아내와 둘만의 오붓한 시간을 보낼 수 있어 무척 좋았습니다. 그동안 아내에게 못 해준 것이 많다는 미안함이 늘 마음 한편에 자리 잡고 있었기에, 아내의 '시간이 된다'라는 말 한마디에 그저 무작정 길을 나서게 되었습니다. 사실 떠나기 전에 꼼꼼하게 여행 계획을 세우려 했지만, 이런저런 사정으로 쉽지 않았습니다. 예전에는 모든 것을 꼼꼼하게 계획하는 것이 필수로 여겼지만, 이제는 현지 상황에 맞춰 유동적으로 움직이는 것 또한 나쁘지 않다는 생각이 듭니다. 아마도 여러 번의 여행으로 달라진 거 같습니다.

저희 부부는 여행하며 사진을 찍는 것을 좋아합니다. 특히 아내 사진을 많이 찍어주곤 합니다. 제 사진을 보면 통통한 '아저씨'의 모습이 찍혀서 그런지, 제 사진을 직접 찍고 싶은 마음은 좀처럼 들지 않습니다. 사진을 많이 찍다 보면 자연스레 한곳에 머무는 시간이 길어집니다. 그러다 보면 밥시간이 지날 때가 있습니다. 그러면 아내는 제게 '괜찮냐'며 물어보고 미안함을 표하지만, 저는 이미 익숙해졌을 뿐만 아니라, 한 끼 정도 늦게 먹거나 건너뛰어도 될 만큼의 '지방'이 충분하기에 개의치 않다고 말합니다. 저희 부부는 아마도 '미식'에 진심인 스타일은 아닌가 봅니다. 우리는 아름다운 풍경을 둘러보고 특별한 경험을 하며 사진을 남기는 것을 더 선호합니다. 그래서 아내와 함께 여행을 하면 하루에 보통 150~200장의 사진을 찍습니다. 식사가 늦어져 허기가 지면 간단한 간식으로 채우고, 하루 한 끼만 조금 풍족하게 먹습니다. 그래서 아내는 저와 함께하는 여행을 선호하는 것 같습니다. 다른 사람과 여행을 가면 각자의 여행 스타일이 다르기에, 자신의 방식을 내세울 수 없고 일반적인 방식으로 여행해야 하니까요. 30년 가까이 서로를 배려하고 맞춰온 시간 덕분에, 서로 편한 사람이 된 것 같습니다.

핵심 메시지 요약

이 글은 아내와의 행복한 여행 경험과 그 속에 담긴 서로에 대한 이해와 배려를 이야기합니다. 아내가 자신과의 여행을 가장 편안하게 여긴다는 사실에 고마워하며, 둘만의 여행이 오롯이 서로에게 집중할 수 있어 더욱 소중하다고 말합니다. 과거에는 여행 중 말다툼을 한 적도 있었지만, 이제는 다툼의 후유증이 크다는 것을 경험적으로 깨달아 서로 양보하며 조화로운 여행을 추구하게 되었다는 점에서, 부부 관계의 성숙한 모습을 엿볼 수 있습니다.

아내와 여행하며 풍경을 즐기고 사진 찍는 것을 선호하는 독특한 여행 스타일을 공유합니다. 하루에 150~200장의 사진을 찍으며, 식사보다는 경험을 중시하는 여행을 선호한다고 말합니다. 20년 가까이 서로의 여행 스타일을 맞춰오며 이제는 그 어떤 관계보다 편안하고 익숙해진 부부의 모습을 보여주며, 오랜 시간 함께하며 쌓아온 신뢰와 사랑이 여행을 더욱 특별하게 만든다는 점을 감동적으로 전달하고 있습니다.

아내와 떠나는 여행

글의 주제와 어울리는 고사성어 및 명언, 글귀

‘부부애’, ‘여행의 즐거움’, ‘배려와 양보’, ‘경험을 통한 지혜’, ‘관계의 성장’, ‘소통’을 이야기하고 있음.

고사성어

琴瑟之樂(금슬지락): 부부 사이의 정다운 즐거움.
두 분의 조화로운 여행과 관계를 가장 잘 나타냅니다.

設身處地(설신처지): 처지를 바꾸어 생각함.
여행 중 말다툼을 피하고 서로 양보하는 태도의 핵심입니다.

同舟共濟(동주공제): 한배를 타고 함께 물을 건넘.
인생과 여행의 고난과 즐거움을 함께하는 부부의 모습을 담습니다.

相敬如賓(상경여빈): 서로 손님처럼 공경하고 예의를 지킴.
오랜 세월에도 서로를 존중하고 편안하게 해주는 관계를 나타냅니다.

溫故知新(온고지신): 옛것을 익히고 새것을 앎.
과거의 다툼 경험을 통해 이제는 여행에서 지혜롭게 행동하는 변화를 보여줍니다.

"사랑은 서로 마주보는 것이 아니라, 같은 방향을 바라보는 것이다." - 앙투안 드 생텍쥐페리
두 분의 여행 스타일, 취향을 존중하며 함께 나아가는 관계를 잘 나타냅니다.

"여행의 진정한 즐거움은 완벽한 계획에 있는 것이 아니라, 유연함과 서로를 이해하는 마음속에 있다."
계획에 얽매이지 않고 현지 상황에 맞춰 유동적으로 움직이는 변화된 여행 방식을 뒷받침합니다.

"서로의 가장 자연스러운 모습을 사랑할 때, 관계는 비로소 깊어진다."
서로의 모습과 취향을 있는 그대로 받아들이는 모습을 아름답게 표현합니다.

"오랜 시간을 함께하며 만들어지는 익숙함은, 그 어떤 새로운 설렘보다 소중하다."
20년 가까이 서로를 맞춰오며 얻은 편안하고 관계의 가치를 강조합니다.

"가장 위대한 여행은 세상을 보는 것이 아니라, 세상을 함께 볼 누군가를 찾는 것이다."
여행 자체보다 함께하는 아내와의 관계가 더 중요함을 시사합니다.

작은 변화가 가져오는 것

"변화는 피할 수 없다. 성장은 선택 사항이다."

괴테는 그의 작품 《파우스트》에서 "허물을 벗지 못하는 뱀은 죽는다"라고 말했습니다. 뱀은 1년에 최소 한 번 이상, 어린 뱀일수록 더욱 자주 허물을 벗어야 한다고 합니다. 뱀의 삶 또한 생존을 위한 끊임없는 변화의 연속이니 결코 만만치 않은 듯합니다. 뱀이 허물을 벗는 과정 또한 쉽지 않습니다. 그저 자연스럽게 벗겨지는 것이 아니라, 거친 바위나 나무에 자기 머리를 강하게 비벼 마침내 허물을 벗겨내야만 합니다. 그럼에도 허물이 벗겨지지 않으면 숨조차 제대로 쉴 수 없는 극심한 고통을 감내한다고 하니, 허물을 벗는 행위는 뱀에게 있어 삶을 지속하기 위한 필수적인 여정인 셈입니다. 바로 이 때문에 우리는 뱀을 변화와 성장의 동물이라고 부릅니다.

우리 인간도 마찬가지입니다. 변해야 비로소 성장할 수 있습니다. 변화하고자 하는 적극적인 노력이나 고통 없이는 진정한 성장을 이룰 수 없습니다. 패배의 고통, 낙담, 그리고 실패의 순간들을 딛고 일어서는 과정에서 비로소 우리는 성숙해질 수 있습니다. 하지만 우리는 실패를 두려워하여 새로운 시도를 주저하고, 변화가 싫어 익숙함에 안주하려는 경향은 없을까요? 나이가 들수록 새로운 변화를 주저하고 두려워하는 경향이 강해지는데 변화를 거부하는 순간, 우리의 성장은 멈춥니다.

저 역시 점점 나이가 들어가면서 변화를 주저하게 됩니다. 변화는 저를 분주하게 만들 뿐만 아니라, 낯선 새로운 것에 적응하려는 꾸준한 노력을 요구합니다. 새로운 환경에 완전히 적응하는 데에는 예상보다 오랜 시간이 걸리다 보니, 자연스레 익숙하고 편안한 것에 안주하게 되는 경향이 있습니다. 그러나 '그것은 내가 굳이 해야 할 것이 아니야'라고 생각하는 순간, 이미 자신이 '나이 들었다'라고 생각해야 합니다. 말로만 나이는 숫자에 불과하다고 외칠 것이 아니라, 스스로 능동적으로 변화하고자 노력하는 것! 그것이야말로 진정한 '청춘'의 모습일 겁니다.

오로지 익숙한 것만을 하고 편안함만을 추구한다면, 우리는 결국 삶이라는 무대 위에서 정지된 채 머무는 삶을 살게 될 겁니다. 뱀이 허물을 벗는 정도의 극적인 변화는 아닐지라도, 삶의 작은 변화를 위해 노력해야 합니다. 비록 미미한 작은 시작일지라도, 그것이 자신을 새롭게 일깨우고 끊임없이 성장하게 하는 가장 강력한 동력이자 희망이 될 것입니다.

작은 변화가 가져오는 것

핵심 메시지 요약

이 글은 뱀이 허물을 벗는 과정을 통해 변화와 성장의 중요성을 강조하며, 인간 또한 끊임없이 변화해야만 진정한 성장을 이룰 수 있음을 역설합니다. 뱀이 생존을 위해 고통을 감수하고 허물을 벗듯, 우리 역시 실패와 고통을 통해 비로소 성숙해질 수 있다고 말합니다. 나이를 먹으면서 변화를 귀찮아하고 익숙함에 안주하려는 경향을 경계하며, 이러한 태도가 오히려 성장을 멈추게 하는 요인이 될 수 있다고 지적합니다.

나이에 상관없이 변화하려는 의지와 노력이 바로 진정한 '청춘'의 모습이라고 정의합니다. 익숙함만을 추구하는 삶은 결국 정지된 삶으로 이어질 것이며, 뱀의 허물벗기와 같은 극적인 변화는 아닐지라도, 일상의 작은 변화를 위한 노력이 자신을 새롭게 만들고 끊임없이 성장하게 하는 원동력이 될 것이라고 믿습니다. 이 글은 변화의 어려움을 인정하면서도, 그 고통을 감수하고 작은 시도를 이어가는 것이 결국 의미 있는 삶과 성장을 가져다줄 것이라는 희망적인 메시지를 전달합니다.

글의 주제와 어울리는 고사성어 및 명언, 글귀

‘변화의 필요성’, ‘성장통’, ‘익숙함의 유혹’, ‘나이와 청춘’, ‘꾸준한 노력’, ‘극복’을 이야기하고 있음.

고사성어

溫故知新(온고지신): 옛것을 익히고 새것을 앎.

변화를 거부하고 익숙함에 안주하려는 태도 대신 새로운 것을 배우려는 노력을 강조합니다.

破繭成蝶(파고성접): 고치를 깨고 나비가 됨.

뱀의 허물벗기와 같이 고통스러운 변화를 통해 더 나은 존재로 성장함을 비유합니다.

止於至善(지어지선): 지극히 선한 곳에 머무름.

익숙하고 편한 것에 안주하는 정지된 삶을 경계하고 끊임없이 성장하려는 지향점을 나타냅니다.

歲寒知松柏(세한지송백): 추운 계절이 되어야 소나무와 잣나무의 푸름을 안다.

패배와 고통, 실패를 통해 성숙해지는 과정을 상징하며, 진정한 강인함이 변화의 시기에 드러남을 의미합니다.

有志竟成(유지경성): 뜻이 있으면 반드시 이루어짐.

작은 변화라도 꾸준히 노력하면 결국 큰 성장으로 이어진다는 믿음을 표현합니다.

작은 변화가 가져오는 것

명언/글귀

"허물을 벗지 못하는 뱀은 죽는다." - 괴테
글에 직접 언급된 핵심 문장으로, 변화하지 않으면 도태된다는 것을 강조합니다.

"변화는 피할 수 없다. 성장은 선택 사항이다."
세상에 주어진 변화 속에서 스스로 성장하기 위한 노력을 강조합니다.

"성장은 언제나 고통스럽다. 그러나 그것은 생존을 위한 필수적인 대가이다."
뱀의 허물 벗는 고통처럼 변화가 쉬운 일이 아니지만 생존에 필수적임을 역설합니다.

"나이는 숫자에 불과하다. 중요한 것은 당신의 마음가짐이다."
나이 듦과 상관없이 변화를 추구하는 사람이 진정한 청춘이라는 생각을 뒷받침합니다.

"가장 큰 위험은 아무런 위험도 감수하지 않는 것이다. 그것은 바로 변화를 거부하고 익숙함에 안주하는 것이다."
변화 없는 삶은 정지된 삶임을 경고하며, 작은 변화의 중요성을 강조합니다.

"나는 내가 책을 읽지 않고도 충분히 배울 수 있을 만큼 똑똑하지 않다." - 아브라함 링컨
꾸준한 배움과 변화 노력이 스스로를 성장시키는 원동력임을 의미합니다.

버킷리스트마저 사치일 때

"꿈을 실현하는 가장 좋은 방법은 잠에서 깨어나는 것이다."

– 모하메드 나기브

예전에 '죽기 전에 꼭 해보고 싶은 일'을 의미하는 '버킷리스트'를 작성하는 것이 사회적 유행처럼 번진 적이 있었습니다. 이는 삶의 목표를 세우고 자신이 소망하는 것을 하나씩 이루어가며 삶의 행복을 찾고 스스로를 위로하는 소중한 과정이라고 이야기했습니다. 하지만 문득 이런 의문이 들었습니다. 과연 이 '버킷리스트'를 작성하는 행위 자체가 어쩌면 '삶의 여유를 가진 자들의 특권'은 아닐까? 물론 꿈을 꾸고 삶에 새로운 활력소를 불어넣기 위해 가슴 뛰는 목표를 설정하는 것은 분명히 필요한 일입니다. 하지만 당장 '오늘'의 삶 자체가 너무나 버거운 이들에게 버킷리스트는 너무나도 큰 사치는 아닐까? 하는 물음표가 마음 한구석에 남습니다. 당장 '오늘'의 생존이 버거운 이들에게는, 그저 '안전하게 머물고 먹고살 곳이 있는 것' 자체가 가장 간절한 소망이고 유일한 희망인 사람들도 분명히 있지 않을까 하는 안타까운 생각마저 듭니다. 삶의 기본적인 필요가 충족되어야만 비로소 다음 단계를 생각할 최소한의 심리적, 물리적 여유라도 생기기 때문입니다. 어쩌면 그런 이들에게는 '언젠가 나도 나만의 버킷리스트를 작성해 볼 수 있었으면 좋겠다'라는 지극히 소박한 소망 자체가 인생의 첫 번째 버킷리스트가 아닐까 하는 생각도 해보게 됩니다.

이 시대를 살아가는 우리는 각자의 힘겨움을 안고 살아갑니다. 힘들지 않은 사람은 그 누구도 없을 것입니다. 다만 각자 짊어진 힘겨움의 종류와 무게가 다를 뿐입니다. 만약 감당하기 힘든 삶의 무게에 짓눌려 옴짝달싹할 수 없게 된다면, 우리는 그 어떤 희망도, 그 어떤 행동도 시작할 수 없을 테니까요. 잠시 그 무거운 짐을 내려놓고 혼란스러운 생각을 정리하며, 자신만의 작고 소박한 소망을 품고 그것을 이루는 행복한 상상을 해보는 것은 어떨까요? 그렇게 잠시 삶의 쉼표를 찍고 숨을 고르고 나면, 다시 고단한 현실을 마주할 때 우리에게 굳건한 내면의 힘이 되어줄 것이라 믿습니다.

나에게 힘을 주거나 휴식을 주는 것을 거창한 버킷리스트가 아니어도 충분합니다. 내가 소망하는 아주 작고 소박한 것, 이를테면 작은 즐거움을 하나 정하고, 그것을 행동으로 옮기는 것이 우리에게는 오히려 더 큰 에너지가 되어줄 수 있습니다. 이때 그 소망은 사소하고 일상적인 거라면 더 좋겠습니다. 예를 들면, 찌는 듯한 여름날 시원한 나무 그늘 아래 앉아 스쳐 지나가는 바람을 맞으며 잠깐의 휴식을 취하는 것, 혹은 추운 겨울날 포근하고 아늑한 카페에 앉아 따뜻한 커피 한 잔을 음미하는 것일 수도 있습니다. 이런 아주 작은 소망을 이루어 나간다면, 우리는 다시 한번 살아갈 힘과 용기를 얻을 수 있지 않을까요?

살아가는 것이 참으로 고되고 힘겹습니다. 누구도 나를 알아주지 않는 것 같고, 마치 이 세상에서 나만 홀로 고독하게 힘든 것처럼 느껴질 때가 있습니다. 그럴 때는 자신에게 작은 여유를 선물하세요, 지친 에너지를 온전히 충전하는 소중한 시간이 그 무엇보다 절실히 필요하다고 생각합니다. 저는 이러한 희망을 찾을 수 있는 방법으로 '한 주의 미니 버킷리스트'를 제안합니다. 대신 너무 많이 작성하면 성취하기 힘드니, 딱 3가지 정도로 제한하는 것을 권합니다. 그래야 작은 성공을 통해 만족감을 느끼고 스스로에게도 미안하지 않을 테니까요. 바쁘게 살다 보면 자신을 위하는 것조차 낭비라고 생각하는 경우가 많습니다. '한 주의 미니 버킷리스트'는 맛있는 음식을 즐기거나, 잠시 나만의 사색적인 산책을 하거나, 조용한 카페에서 좋아하는 음악을 온전히 감상하는 것일 수도 있습니다. 어떤 것을 할지는 오롯이 당신이 정하는 것입니다. 부디 이 작은 행복을 만들어가는 과정 속에서 자신만의 기쁨과 행복감을 마음껏 느끼시기를 바랍니다.

버킷리스트마저 사치일 때

핵심 메시지 요약

이 글은 '버킷리스트' 열풍에 대해 의문을 제기하며, 이것이 당장 삶이 버거운 이들에게는 '가진 자들의 여유로운 특권이자 사치'일 수 있다고 성찰합니다. 삶의 기본적인 필요가 충족되어야 다음 단계를 생각할 여유가 생기며, 생존이 버거운 이들에게는 '안전하게 먹고살 곳이 있는 것' 자체가 가장 간절한 희망임을 지적합니다. 그런 이들에게는 언젠가 나도 버킷리스트를 작성해 보고 싶다는 소박한 소망 자체가 첫 번째 버킷리스트일 수 있다고 공감하며, 삶에 지친 이들에게 '작은 여유'조차 사치로 여겨서는 안 되며, 오히려 그 작은 여유가 절실하게 필요하다고 역설합니다. 힘든 현실의 무게에 짓눌려 옴짝달싹할 수 없을 때, 잠시 짐을 내려놓고 자신만의 작은 소망을 품고 상상하는 시간이 새로운 힘과 용기를 줄 수 있음을 강조합니다.

거창한 것이 아닌 '아주 작고 소박한 소망'을 하나 정하고 행동으로 옮기는 것이 큰 에너지가 될 수 있다고 제안합니다. 찌는 듯한 여름날 나무 그늘 아래 휴식이나 추운 겨울날 카페에서 따뜻한 커피 한 잔을 음미하는 것과 같은 아주 사소하고 일상적인 소망이 오히려 삶의 활력을 되찾아줄 수 있다고 말합니다. 누구도 알아주지 않는 것 같고 나만 홀로 힘들다고 느껴질 때야말로, 자신에게 이러한 작은 여유와 숨통을 여주는 선물을 해야 한다고 강조하며 '한 주의 미니 버킷리스트'를 제안합니다. 딱 3가지 정도로 제한하여 성취감을 쉽게 느끼고, 자신을 위하는 것이 낭비가 아님을 깨닫도록 독려합니다. 스스로 원하는 소망을 정하고 이를 실현하며 진정한 기쁨과 행복감을 마음껏 누리기를 바라며, 힘겨운 삶 속에서도 희망을 발견하고 스스로를 돌보는 지혜를 제시합니다.

글의 주제와 어울리는 고사성어 및 명언, 글귀

'버킷리스트의 재해석', '삶의 무게', '작은 소망의 힘', '자기 위로', '희망의 재충전', '공감'을 이야기하고 있음.

고사성어

一期一會(일기일회): 평생에 단 한 번뿐인 기회.
작은 소망을 이루는 순간의 소중함을 강조합니다.

衆生皆苦(중생개고): 세상 모든 생명은 고통 속에 산다.
삶이 힘든 많은 사람의 처지에 대한 공감을 나타냅니다.

小確幸(소확행): 작지만 확실한 행복.
거창하지 않아도 삶에 힘이 되는 소박한 행복을 추구하는 글의 핵심과 일치합니다.

緩急自在(완급자재): 상황에 따라 여유와 조절이 자유로움.
삶의 무게를 잠시 내려놓고 숨을 고르는 작은 여유의 중요성을 나타냅니다.

自勝者强(자승자강): 자신을 이기는 자가 강하다.
스스로를 위로하고 작은 소망을 이루며 현실을 다시 마주할 힘을 얻는 과정입니다.

명언/글귀

"행복은 강렬함 속에 있는 것이 아니라, 조용하고 잔잔한 화음 속에 있다." - 윌리엄 제임스

거창한 버킷리스트가 아닌 작은 소망이 주는 평온하고 큰 위로를 강조합니다.

"가장 큰 행복은 특별한 목표를 달성하는 것이 아니라, 작은 일상 속에서 만족을 발견하는 것이다."

사는 것 자체가 버거울 때, 작은 소망을 이루는 것이 큰 에너지가 될 수 있음을 의미합니다.

"희망은 눈에 보이는 것이 아니라, 가슴으로 느끼는 것이다. 그 작은 불씨가 삶을 지탱한다."

힘든 삶 속에서 작은 소망이 주는 희망의 메시지를 뒷받침합니다.

"휴식은 게으름이 아니라, 나를 위한 투자이다. 재충전의 시간이 있어야 다시 달릴 수 있다."

작은 여유가 힘든 현실을 마주할 때 큰 힘이 된다는 글의 주장과 일치합니다.

"당신은 충분히 힘들었다. 이제 당신을 위로하고 작은 행복을 선물할 시간이다."

삶에 지친 이들에게 스스로를 돌보고 작은 여유를 주라는 따뜻한 격려를 전합니다.

"내일 무엇이 될지는 모르지만, 오늘의 나는 여기에 있다." - 조르주 브라크

현재의 고단함을 인정하고 오늘의 작은 행복을 통해 에너지를 충전하는 태도와 연결됩니다.

"꿈을 실현하는 가장 좋은 방법은 잠에서 깨어나는 것이다." - 모하메드 나기브

추상적인 꿈에 머물지 않고, 작은 소망부터 행동으로 옮기는 실천의 중요성을 강조합니다.

처음은 어설프잖아

"나는 넘어지면서 배웠다. 그것은 넘어지는 것에 익숙해져야 한다는 뜻이다."

– 브라이언 허버트

회사에서 행사를 진행할 때면 사회자 역할의 비중이 워낙 크기에, 주로 이전에 사회 경험이 풍부한 사람을 선호하기 마련입니다. 하지만 같은 사람이 매번 사회를 맡게 되면 아무리 다른 행사라도 진행 방식이 비슷하고 정형화되는 경향이 있습니다. 그래서 과감히 행사 사회자를 새로운 사람으로 바꾸면, 주변에서는 '과연 저 사람이 이 역할을 잘 해낼 수 있을까?'하고 내심 걱정 어린 시선으로 바라보곤 합니다. 하지만, 대부분 경우 우려에도 불구하고 행사는 무사히 잘 마무리되곤 합니다. 이렇듯 사람은 주어진 상황과 역할에 따라 놀랍도록 능력을 발휘하는 것을 보게 됩니다. 흔히 '자리가 사람을 만든다'라는 말이 그 어떤 이론보다 정확하게 적용되는 순간입니다. 처음에는 그 자리가 너무나 어색하고 버겁게 느껴질지라도, 사람은 이내 놀랍도록 그 자리에 적응하여 자신의 일을 능숙하게 처리하는 모습을 우리는 주변에서 어렵지 않게 찾아볼 수 있습니다.

자신이 맡은 일을 제대로 해내기 위해서는 물론 일에 대한 경험 유무가 큰 역할을 합니다. 한번 해본 것과 안 해본 것의 차이는 일에 임하는 마음가짐부터가 달라지기 때문입니다. 그래서 학창 시절 학교에서 최대한 다양한 경험을 하는 것이 중요합니다. 학교는 학생들이 새로운 것을 마음껏 경험할 수 있는 안전한 여건이 마련되어 있고, 설령 실패하더라도 그 영향이 크지 않아 다시 일어설 수 있기 때문입니다. 선생님들 또한 학생들이 각자의 잠재력을 발견하고 마음껏 발휘할 수 있도록 끊임없이 많은 기회를 찾아 제공해야 합니다. 익숙하고 편한 사람, 이미 잘하는 사람에게만 기회를 주게 되면, 아직 경험하지 못한 아이들은 발전할 기회조차 얻지 못할 뿐만 아니라, 심지어 자신에게 그런 놀라운 잠재 능력이 내재되어 있는지도 모른 채 학창 시절을 마칠 수 있기 때문입니다.

자녀 교육에 있어서도 마찬가지입니다. 아이들에게 다양한 경험을 시켜주는 것에 그치지 않고, 아이들을 세심하게 관찰하고 주의 깊게 살펴봐야 합니다. 단순히 새로운 것들을 경험시켜 주는 것에만 그친다면, 우리 아이들이 무엇을 좋아하고 어떤 것에 특별한 재능을 가졌는지 부모조차도 미처 알지 못한 채 지나칠 수 있습니다. 아이의 숨겨진 재능을 정확히 발견한다는 것은 여간 어려운 일이 아닙니다. 우리가 흔히 알고 있는 음악, 미술, 운동 같은 재능이라면 모를까, 부모조차 미처 알지 못하는, 혹은 '사회적 친화력'처럼 눈에 보이지 않는 무형의 재능이 숨어있을 수도 있기 때문입니다. 물론 선생님이 학생 한 명 한 명을 개별적으로 파악하여 그들의 재능을 발견해 준다면 더할 나위 없이 좋겠지만, 솔직히 수십 명의 아이들을 세심하게 파악하기란 현실적으로 매우 쉽지 않습니다. 부모조차도 자기 아이의 모든 면모를 알기 어려운데, 학교 선생님에게 이 모든 것을 요구하는 것은 과도한 기대일 수 있습니다.

저는 '공부' 또한 하나의 재능이라고 생각합니다. 축구나 음악, 미술이 재능인 것처럼, 분명 공부에도 탁월한 재능을 가진 아이들이 존재합니다. 하지만 많은 부모가 아이가 공부에 대한 재능이 없다는 현실을 좀처럼 인정하려 하지 않습니다. 당장 '공부 말고 무엇을 아이에게 가르쳐야 할지' 막막하고, 그러한 다른 잠재력을 꽃피울 수 있는 교육 시스템 또한 턱없이 부족한 것이 우리의 냉정한 현실입니다. 현재 우리나라 고등학교 중 80% 이상이 인문계 고등학교이고, 그 주된 목적은 대학 진학입니다. 이론적으로는 고등학생의 80% 이상이 오직 '대학 진학'이라는 목표 아래 '공부'만을 해야 하는 상황이죠. 하지만 현실적으로 공부에 탁월한 재능이 있는 아이들은 그렇게 많지 않습니다. 따라서 학교에서는 오직 교과 교육만 중요하다고 생각할 것이 아니라, 학생들이 자신의 잠재력을 탐색하고 다양한 사회적 경험을 할 수 있도록 적극적으로 기회를 제공해야 합니다.

'과연 우리 아이들이 이 역할을 잘 해낼 수 있을까?' 하고 부모로서 의문과 걱정이 들 때가 있습니다. 하지만 우리의 염려와는 달리, 아이들은 생각보다 훨씬 더 놀라운 역량을 지니고 있으며, 각자에게 맡겨진 일을 훌륭하게 해낼 수 있습니다. 비록 처음에는 서툴러 실수하거나 완벽하게 잘하지 못할지라도, 다음에는 분명 더 나은 모습으로 성장하여 훌륭하게 해낼 수 있을 것입니다. 우리는 아이들을 굳건히 믿고 따뜻한 인내심으로 지켜봐 주면 되는 것입니다. 부모로서 아이들을 양육할 때, 이 점이

처음은 어설프잖아

가장 중요하고 핵심적인 마음가짐입니다. 아이들이 마음껏 활동하며 성장할 수 있는 넓고 안전한 울타리만 쳐주고, 그 안에서 스스로 자유롭게 활동할 수 있게 만드는 것이야말로 진정한 부모의 역할입니다. 최소한의 간섭 속에서 아이들은 비로소 자신만의 재능과 잠재력을 마음껏 발휘하며 주도적으로 성장할 수 있습니다. 때로는 넘어지고 때로는 슬픔에 울 수도 있지만, 그 소중한 시행착오 속에서 스스로를 단단히 다지며 더욱 크게 성장할 것이라고 저는 확신합니다. 물론 부모 마음은 아이가 시행착오를 겪지 않기를 바랍니다. 그래서 자신도 모르게 간섭하고 개입하려 합니다. 아이들을 믿고 기다리며 간섭하지 않는다는 것이 얼마나 어려운 일인지 모릅니다. 하지만, 우리 아이들은 부모의 생각보다 훨씬 더 크고 헤아릴 수 없는 무한한 잠재력을 가지고 있다는 것을 확신합니다.

핵심 메시지 요약

이 글은 새로운 사람이 사회를 맡았을 때의 우려에도 불구하고 결국 행사를 잘 마무리하는 모습을 통해, 사람은 주어진 역할과 상황 속에서 놀라운 능력을 발휘하고 새로운 환경에 잘 적응함을 강조합니다. 이는 경험의 중요성으로 이어져, 학창 시절 다양한 경험을 장려해야 하는 이유를 설명합니다. 학교는 실패하더라도 큰 영향이 없는 안전한 곳이기에 학생들이 잠재력을 발휘하도록 많은 기회를 제공해야 하며, 익숙하거나 잘하는 사람에게만 기회를 준다면 다른 아이들은 성장 기회를 잃고 자신만의 잠재력을 모른 채 학창 시절을 마칠 수 있음을 이야기합니다.

이어 자녀 교육으로 시선을 넓혀, 단순히 다양한 경험을 시켜주는 것
을 넘어 아이들을 관찰하여 숨겨진 재능을 발견하는 것의 중요성을 역
설합니다. 눈에 보이는 재능 외에 '사회적 친화력' 같은 무형의 재능도
있음을 지적하며, '공부도 재능'이라는 관점을 제시합니다. 그러나 아이
가 공부에 재능이 없음을 인정하지 않고 공부 이외의 잠재력을 키울 교
육 시스템이 부족한 현실, 그리고 대학 진학에 매몰된 우리 교육 시스템
의 한계를 비판합니다. 부모나 교사로서 아이들이 과연 잘 해낼 수 있을
까 하는 의문이 들 때도 있지만, 아이들은 생각보다 훨씬 놀라운 역량을
지니고 있으며, 처음은 서툴고 실수할지라도 굳건히 믿고 인내심으로
지켜봐 주면 더 크게 성장할 것이라고 확신합니다. 특히 부모로서 아이
의 시행착오를 지켜보는 것이 얼마나 어려운지 솔직하게 고백하며 자신
의 간섭과 개입을 반성하는 동시에, 아이들이 마음껏 자유롭게 활동하
며 스스로 시행착오를 겪고 단단히 성장하도록 돕는 것이 진정한 부모
의 역할임을 강조하며, 우리 아이들의 무한한 잠재력에 대한 믿음을 전
달합니다.

처음은 어설프잖아

글의 주제와 어울리는 고사성어 및 명언, 글귀

'잠재력', '기회 제공', '부모의 역할', '믿음과 인내', '실수를 통한 성장', '자율성'을 이야기하고 있음.

고사성어

十年樹木 百年樹人(십년수목 백년수인): 나무는 십 년에 기르지만 사람은 백 년에 기른다.
아이들을 믿고 기다려주는 인내심 있는 교육의 중요성을 강조합니다.

水滴石穿(수적석천): 물방울이 바위를 뚫는다.
꾸준한 노력과 경험이 결국 아이들의 잠재력을 이끌어내는 힘이 됨을 상징합니다.

瓜田李下(과전이하): 오이밭에서 신발끈을 고쳐 매지 말고, 오얏나무 아래에서 갓끈을 바로잡지 말라.
아무리 경험이 중요하다 해도 사회자 역할 등 중요 직책에서 불필요한 오해를 피해야 하는 상황에 대입 가능하며, 이는 초기 글에 포함된 관점에서 파생될 수 있습니다.

溫故知新(온고지신): 옛것을 미루어 새것을 안다.
과거의 경험을 통해 새로운 역할에 적응하고 성장하는 과정을 설명합니다.

人非聖賢 孰能無過(인비성현 숙능무과): 사람 중 성현이 아니라면 누가 허물이 없을까.
아이들의 실수와 시행착오를 너그러이 받아들여야 하는 이유를 뒷받침합니다.

명언/글귀

"자리가 사람을 만든다." - 속담

글의 핵심 명제로, 환경과 역할이 개인의 성장에 미치는 영향을 강조합니다.

"모든 어린이는 우리가 알 수 없는 메시지를 가지고 세상에 온다." - 마틴 부버

아이들의 무한한 잠재력과 숨겨진 재능에 대한 기대를 담고 있습니다.

"교육의 목적은 학생들에게 지식을 가르치는 것이 아니라, 생각하는 방법을 가르치는 것이다." - 아인슈타인

다양한 경험을 통해 잠재력을 발휘하도록 돕는 교육의 본질을 강조합니다.

"나는 넘어지면서 배웠다. 그것은 넘어지는 것에 익숙해져야 한다는 뜻이다." - 브라이언 허버트

실패를 두려워하지 않고 아이들에게 기회를 주며 시행착오를 허용해야 한다는 메시지를 뒷받침합니다.

"가장 위대한 부모는 자녀의 날개를 부러뜨리지 않는 부모다." - 마르셀 프루스트

아이들에게 안전한 울타리 안에서 자유롭게 성장할 기회를 주는 부모의 역할을 강조합니다.

"믿어주는 것이 가장 큰 교육이다."

아이들을 굳건히 믿고 인내심을 가지고 기다려주는 부모의 태도를 나타냅니다.

"천재는 1%의 영감과 99%의 노력으로 이루어진다." - 토마스 에디슨

재능 발견의 어려움과 더불어 끊임없이 기회를 주고 노력할 수 있는 환경을 만들어주는 것의 중요성을 강조합니다.

처음은 어설프잖아

6장

미래의 모습과 그 꿈을 현실로 만들기 위한
구체적인 목표 설정 및 실천 방안을 제시합니다.
꾸준한 노력과 준비를 통해
다가올 미래를 기대하고 응원합니다.

상심 이후

    살아가는 동안, 크고 작은 시련과 힘든 시기는 누구에게나 예고 없이 찾아오기 마련입니다. 특히 본인이 간절히 기대하고 희망했던 바를 이루지 못할 때면, 어김없이 깊은 상심의 파도에 휩쓸리곤 합니다. 오십 년 이상 삶의 여정을 걸어보니, 비로소 인생에서 원하는 모든 것을 다 얻을 수 없다는 엄연하고도 냉엄한 사실을 깨닫게 됩니다. 때로는 뼈아픈 좌절을 맛보기도 하고, 또 때로는 값진 성공을 거머쥐기도 합니다.

    수많은 자기계발서에서 ‘실패는 우리를 더욱 단단하게 만든다’라고 위로합니다. 하지만 실제로 지금, 그 고통스러운 아픔과 상실감에 휩싸여 있는 이들에게는 그저 ‘책에나 있을 법한 이야기’ 혹은 ‘남의 일’처럼 공허하고 메아리 없이 느껴지기 쉽습니다. 설령 그 아픔을 직접 겪어본 이들이라도, 상심의 무게는 시간이 한참 흐른 뒤에야 비로소 담담히 이야기할 수 있을 정도입니다. 그렇다면 지금 우리가 느끼는 이 상심은 어떻게 다루는 것이 현명할까요? 상심의 무게는 매번 다른 모습으로 찾아오지만, 그 깊은 아픔은 역설적으로 우리에게 더욱 성숙한 깨달음을 선사하는 듯합니다.

    돌이켜보면 이십 대에 겪었던 상심은 지금보다 훨씬 더 날것 그대로 아팠던 것 같습니다. 미숙했지만 열정 가득했던 젊음은 아픔 또한 나름

대로 격렬하게 표현하고 힘들다고 토로하며 때로는 끝없는 방황의 시간
을 갖는 특권이기도 했으니까요.

　저의 수많은 상심 가운데 가장 뼈아프고도 오래도록 잊히지 않는 것은
단연 대학 입시 실패일 겁니다. 두 번도 아니고, 연이어 무려 세 번의 깊
은 상실감을 경험했습니다. 삼수를 했지만 제가 그토록 염원했던 경희
대 한의예과에는 끝내 진학하지 못했습니다. 물론 세 번째 학력고사는
성적에 맞춰 동국대 한의예과를 지원했습니다. 하지만 지금도 솔직히
믿기지 않지만, 2교시 답안지를 밀려 쓰는 치명적인 실수로 인해 경주까
지 멀리 내려가 불합격 통보를 받고 아버지와 함께 망연자실한 채 집으
로 올라왔던 아픈 기억이 생생합니다. 그때의 상심은 모든 것을 송두리
째 포기하고 싶을 만큼 절망적이고 가혹하게 깊었습니다. 연이은 실패
로 인해 '다시는 그 어떤 대학에도 다니고 싶지 않다'라는 마음뿐이었습
니다. 결국 모든 대학교 원서 접수를 포기한 채 집에서 무기력하게 시간
을 보냈습니다. 다행히 친구들의 독려로 겨우 원서 접수 기간이 남은 전
문대학에 원서를 넣어 전문대학에 입학하게 되었습니다.

　그때 제가 느낀 상심은 단순히 스무 살의 감정적인 문제를 넘어, '앞으
로 인생을 어떻게 살아가야 할 것인가'라는 생존과 직결된 근원적인 질
문과도 같았습니다. 부모님께 죄송한 마음에 그저 '무언가라도 반드시
해야 한다'라는 절박함으로 발버둥 쳤습니다. 그러던 중, 공무원 시험 응
시가 가능한 곳을 찾아보니, 다른 대부분 시험은 이미 원서 접수가 끝났
고, '교육행정직' 시험만이 원서 접수가 가능하여 시험에 응시하게 되었

습니다. 비록 생소하기 짝이 없었던 '전자계산 일반'이라는 과목이 있었지만, 고등학교 3년간 착실히 공부했던 다른 과목들은 큰 문제가 되지 않았습니다. '전자계산 일반'만 과락을 면한다면 시험에 합격할 수 있다는 생각을 하였습니다. 다행히 공무원 시험에 합격했고, 곧 연수 후 발령이 날 것이라는 소식을 들었습니다. 하지만 당시 이미 깊은 상실감에 젖어 있던 저는 '공무원'이라는 직업에 전혀 뜻을 두지 않았습니다. 아마도 젊은 날의 치기 어린 오만이었을까요? 저는 공무원 발령을 유예하고 전문대학에 입학했습니다. 그러다 전문직 자격증을 준비하던 중 군대 영장이 나와 군대에 가게 되었고, 그렇게 저를 짓누르던 깊은 좌절과 상심은 시간의 흐름 속에 자연스럽게 막을 내리게 되었습니다.

군대에서 제대하고 도교육청에 연락해보니, 당시 합격자 중에 저만 아직 발령받지 않았으니, 더 지체 말고 빨리 출근하라는 재촉을 받았습니다. 혹시 '좀 늦게 출근하면 안 되냐'고 물었더니, 단호하게 '딱 2주의 시간만을 주겠다'라고 하더군요. 계속해서 이 직장을 다녀야 할지 끊임없이 고민했지만, 당장 마땅히 할 다른 일을 찾기는 어려웠습니다. 더구나 당시 아르바이트 월급보다는 조금 나은 급여를 준다는 현실적인 이유 때문에, 저는 지금의 공무원이라는 직업을 자연스럽게 가지게 되었습니다. 깊은 상심의 아픔이 저를 어떤 예상치 못한 방향으로 이끌지 알 수 없었던 그때였지만, 시간이 흐르면서 저는 비로소 현실을 자각하고 혼란스러웠던 감정도 차분히 추스르게 되었습니다. 결과적으로 돌이켜보면, 저의 삶은 예상했던 것보다 훨씬 더 괜찮은 길로 인도되었다고 생각합니다. 어쩌면 이 모든 것이 당시의 그 깊은 상심이 만들어낸 '기적 같은 행운’이자 ‘전화위복’이 아니었을까 생각합니다.

상심을 치유하는 방법은 사람마다 각기 다를 것입니다. 하지만 저의 경우, 깊은 상심에 빠졌을 때는 ‘혼자만의 시간을 가지는 것’이 저에게는 가장 효과적이었습니다. 고통받는 저 자신을 위해 스스로와 침착하게 깊은 대화를 나누며 지난 일을 차분히 돌아보고, 상처받은 마음을 가만히 보듬어주는 고요한 치유의 시간입니다. 그렇게 며칠을 보내다 보면 시간은 어느새 자연스럽게 흘러갑니다. 이미 결론이 난 일, 그리고 더 이상 제가 어떻게 할 수 없는 일이라는 엄연한 사실을 깨달을 때, 시간은 결국 우리의 깊은 상처 또한 자연스럽고 조용하게 아물게 합니다.

상심 이후

핵심 메시지 요약

이 글은 살면서 누구나 겪게 되는 깊은 상심에 대한 솔직한 경험담과 그를 통해 얻은 인생의 지혜를 이야기합니다. 특히 20대에 겪었던 연이은 대학 입시 실패를 가장 아픈 상심으로 기억하며, 단순한 감정적 문제에 그치지 않고 '생존'과 직결되는 절박함 속에서 공무원 시험에 합격했던 과거를 회고합니다. 이 과정에서 현실을 직시하고 자신의 길을 찾아 나섰던 경험은 상심의 무게만큼이나 깊은 깨달음을 주었고, 결국 나쁘지 않은 길로 인도된 '상심으로 만들어진 행운'이라고 해석합니다.

상심을 다루는 자신만의 방법으로 '혼자만의 시간을 갖고 스스로를 보듬는 것'을 제시합니다. 시간이 흐르면 해결될 일, 그리고 더 이상 자신이 할 수 없는 일에 미련을 두기보다, 자신과 깊은 대화를 통해 상처를 치유하고 자연스럽게 아물도록 두는 태도를 강조합니다. 이 글은 고통스러운 상심의 순간들이 결국 개인의 성장을 위한 소중한 경험이 될 수 있으며, 때로는 예상치 못한 새로운 기회로 이어질 수도 있다는 희망과 위로의 메시지를 전달합니다.

글의 주제와 어울리는 고사성어 및 명언, 글귀

'상심과 좌절', '시간의 치유', '실패와 성장', '인생의 변곡점', '자기 성찰', '희망'을 이야기하고 있음.

고사성어

塞翁之馬(새옹지마): 인생의 길흉화복은 예측할 수 없으니 일희일비하지 말라는 뜻.
상심이 뜻밖의 행운으로 이어진 경험을 가장 잘 대변합니다.

苦盡甘來(고진감래): 고생 끝에 낙이 온다.
깊은 상심의 시간을 겪은 후 얻는 깨달음과 삶의 변화를 나타냅니다.

雨後地實(우후지실): 비 온 뒤에 땅이 굳어진다.
아픔과 좌절의 경험이 더욱 단단하게 만들었음을 비유합니다.

反省工夫(반성공부): 지나간 일이나 행동에 대해 깊이 생각하며 잘못된 점을 깨닫는 공부.
혼자만의 시간을 통해 스스로와 대화하며 상심을 다루는 과정을 의미합니다.

不撓不屈(불요불굴): 어떤 어려움에도 굽히지 않음.
연이은 입시 실패에도 좌절하지 않고 다른 길을 찾아나간 끈기를 표현합니다.

상심 이후

명언/글귀

"가장 큰 영광은 결코 넘어지지 않는 것에 있는 것이 아니라, 넘어질 때마다 일어서다는 데 있다." - 넬슨 만델라

연이은 입시 실패와 좌절 속에서도 다시 일어서고 삶의 새로운 길을 찾아낸 용기를 강조합니다.

"시간은 모든 상처를 치유하진 못하지만, 감당할 힘을 준다."

시간의 흐름 속에 상처가 자연스럽게 아문다는 글의 메시지와 연결됩니다.

"혼자만의 시간은 상처받은 영혼을 치유하는 가장 좋은 방법이다."

깊은 상심에 빠졌을 때 혼자만의 시간을 가지고 자신을 보듬어 주는 것의 중요성을 뒷받침합니다.

"상심은 때로 우리를 다른 길로 인도하는 나침반이 된다."

입시 실패라는 상심이 예상치 못한 공무원의 길로 인도된 경험을 비유적으로 표현합니다.

"젊은 날의 방황은 길을 잃은 것이 아니라, 자신을 찾는 여정이다."

이십 대의 아픔과 방황에 대한 긍정적인 시각과 자기 성장의 의미를 부여합니다.

"인생은 원하는 것을 모두 주지 않을 수 있지만, 필요한 것은 반드시 줄 것이다."

원하는 대학에는 가지 못했지만, 결국 나쁘지 않은 길로 인도되었다는 깨달음을 담아냅니다.

"모든 시련 속에는 그에 상응하는, 혹은 그보다 큰 성공의 씨앗이 숨겨져 있다." - 나폴레온 힐

상심으로 만들어진 행운이라는 마지막 메시지를 더욱 강화합니다.

내가 찾고자 하는 것은

우리는 자신이 찾고자 하는 것을 의외로 가까운 곳에서 발견하는 경향이 있습니다. 오랫동안 해결을 위해 고민하던 문제가 문득 어떤 계기로 인해 해결의 실마리를 찾는 경우가 있듯이 말입니다. 그렇기에 마음속 고민거리가 있다면, 그저 한자리에 앉아 골몰하기보다 책을 보거나 잠시 익숙한 곳을 떠나보는 것도 좋은 방법이라고 생각합니다.

내가 찾고자 하는 것은 결국 오직 나만이 발견할 수 있습니다. 같은 대상을 다른 사람과 함께 보아도 각자가 찾아내는 의미와 감동은 모두 다르기 때문입니다. 르네상스 시대의 위대한 조각가 미켈란젤로는 "커다란 돌덩어리 안에는 이미 각기 다른 아름다운 조각상이 숨겨져 있으며, 조각가는 그 상을 찾아내 돌에서 해방해야 할 지고한 과업이 있다"라고 말했습니다. 하나의 덩어리에도 각기 다른 숨겨진 본질이 있듯이, 우리가 찾고자 하는 본질적인 가치는 세상 어디에나 이미 존재할 것입니다. 다만 우리는 아직 그것을 찾으려는 마음이 아직 충분하지 않거나, 혹은 미처 발견하지 못했을 뿐입니다.

마음속에 무언가를 갈구하거나 깊은 고민거리가 있을 때, 굳이 애써 해답을 찾으려 하지 않아도 됩니다. 창가에 앉아 주변을 여유롭게 둘러보며 지나가는 사람들을 관찰하거나, 혹은 영화나 드라마를 통해서도 자신이 찾고자 하는 것을 자연스레 발견할 수 있습니다. 너무 책상 앞에만 골몰하거나 고민 속에만 있지 마십시오. 조용히 주변을 유심히 둘러보면 당신이 찾고자 하는 소중한 것을 자연스럽게 발견하게 될 것입니다. 다만, 조급해하지 말고 자기 할 일을 묵묵히 해나가면서 자신에게 맞는 깨달음을 찾아가는 과정 자체가 큰 기쁨과 보람이 될 것입니다.

50년이라는 세월을 살아보니 비로소 마음에 잔잔한 여유가 생기는 것을 느끼게 됩니다. 모든 일에는 자연스러운 순서와 적절한 때가 있다는 것을 삶의 경험을 통해 직접 보고 터득하게 됩니다. 그리하여 타인을 이해하고 세상을 너그러이 받아들이는 마음의 창이 점차 넓어지는 것을 느낍니다. 당신이 찾는 것이 지금 당장 눈에 보이지 않는다고 해서 너무 멀리서 헤매거나 지나치게 번민할 필요는 없습니다. 그저 시간의 여유를 갖고 주변을 차분하고 섬세하게 둘러보면, 분명 당신의 눈에 그 진정한 가치가 보일 겁니다. 그리고 그것을 찾아 당신만의 유일무이한 멋진 작품을 만들어 보세요. 마치 미켈란젤로가 거대한 돌 속에서 이미 숨겨진 조각상을 찾아내어 해방시키듯이 말입니다. 저는 이제 이 귀한 지혜를 알게 되었지만, 혹 조금 더 일찍 깨달았더라면 세상살이가 훨씬 더 평화롭고 행복하지 않았을까 하는 작은 아쉬운 마음이 한편에 남습니다.

핵심 메시지 요약

이 글은 우리가 찾고자 하는 것을 의외로 가까운 주변에서 발견할 수 있음을 강조하며, 그 발견의 주체는 오직 자기 자신임을 역설합니다. 미켈란젤로의 명언을 인용하여 돌덩이 안에 숨겨진 조각상처럼, 세상 어디에나 본질적인 답이 존재하지만 우리가 아직 마음을 열지 않았거나 미처 발견하지 못했을 뿐이라고 설명합니다. 책상에 앉아 고민만 하기보다 책을 보거나, 주변을 관찰하고, 영화나 드라마를 통해 자신의 고민에 대한 실마리를 얻을 수 있음을 제안하며, 능동적인 태도로 탐색할 것을 독려합니다.

또한, 50년의 삶을 통해 얻은 지혜를 바탕으로 마음의 여유와 순리에 대한 깨달음을 나눕니다. 타인을 이해하고 세상을 받아들이는 마음의 폭이 넓어졌음을 느끼며, 자신이 찾는 것이 당장 보이지 않더라도 조급해하지 않고 묵묵히 자신의 길을 가다 보면 분명 발견할 수 있을 것이라 독자들을 격려합니다. 미켈란젤로가 돌 속에서 조각상을 찾아내듯, 자신의 경험 속에서 의미를 찾고 자신만의 멋진 삶을 만들어가기를 바라며, 이러한 지혜를 좀 더 일찍 깨달았더라면 하는 아쉬움까지 솔직하게 전달합니다.

내가 찾고자 하는 것은

글의 주제와 어울리는 고사성어 및 명언, 글귀

'자기 탐색', '일상의 발견', '사색과 관찰', '여유와 지혜', '내면의 본질', '창조성'을 이야기하고 있음.

고사성어

見微知著(견미지저): 작은 징조를 보고 큰일을 앎.
주변에서 문제 해결의 실마리를 찾는 모습과 통찰력

豁然貫通(활연관통): 답답하던 것이 일시에 환히 꿰뚫림.
깊은 고민 끝에 해결책이나 깨달음을 얻는 순간

循序漸進(순서점진): 순서에 따라 차례로 나아감.
조급해하지 않고 묵묵히 과정을 즐기는 태도

悠悠自適(유유자적): 한가롭고 편안하게 삶을 즐김.
50년을 살며 얻은 마음의 여유를 나타냅니다.

琢磨再新(탁마재신): 갈고 닦아 다시 새롭게 함.
미켈란젤로의 조각 비유처럼 자신만의 멋진 작품을 만드는 과정을 의미합니다.

명언/글귀

"아는 만큼 보인다." - 유홍준
글에 언급된 핵심 문장이자 통찰의 중요성을 강조합니다.

"커다란 돌덩어리에는 각각의 조각상이 들어있다. 조각가는 그 상을 찾아내 돌에서 해방해야 할 과업이 있다." - 미켈란젤로
글에 언급된 비유로, 내면의 잠재력을 발견하는 것을 의미합니다.

"당신이 찾고 있는 것은 당신을 찾고 있다." - 루미
애써 멀리서 찾거나 지나치게 고민할 필요 없이 주변에 있음을 강조합니다.

"가장 위대한 발견은 외부에 있는 것이 아니라, 자신의 내면에 있다."
진정으로 찾고자 하는 것은 결국 자기 자신만이 발견할 수 있다는 메시지를 뒷받침합니다.

"지혜로운 사람은 앉아서 고민하기보다 움직여서 답을 찾는다."
고민만 하지 않고 책을 보거나 떠나보는 행동의 중요성을 강조합니다.

"모든 위대한 예술은 관찰에서 시작된다."
창가에 앉아 주변을 관찰하거나 영화/드라마를 통해 해답을 찾는 행동과 연결됩니다.

"삶의 모든 것에는 순서와 때가 있다. 조급함은 가장 큰 적이다."
마음의 여유를 갖고 기다릴 줄 아는 지혜를 강조합니다.

내가 찾고자 하는 것은

여행 떠날 때 챙기는 것

"우리는 세상을 바꾸기 위해 책을 읽는다.

때로는 세상을 그대로 사랑하기 위해서도 읽는다."

– 셰프 파텔

여행을 떠나는 것은 언제나 말할 수 없는 설렘을 동반합니다. 낯선 그 곳에 펼쳐질 이국적인 풍경, 여행지에서 우연히 마주할 새로운 인연들, 그리고 무엇보다 오직 그곳에서만 누릴 수 있는 여유로움까지, 이 모든 요소들이 우리를 한껏 들뜨게 만듭니다. 저는 이상하게도 여행을 떠날 때마다 책을 두세 권씩 가져가곤 합니다. 하지만 막상 여행지에 도착하여 설레는 마음으로 책을 펼치려 하면, 문득 '이 아름다운 풍경을 눈앞에 두고 여행까지 와서 책만 보고 있는 것이 과연 옳은가?' 하는 엉뚱한 의문에 사로잡혀 버립니다. 책을 읽는 것이 맞을지, 아니면 이국적인 현장의 풍경을 온전히 눈에 담고 이곳에서만 발견할 수 있는 새로운 경험을 찾아야 할지 하는 복잡한 생각에 빠지곤 합니다.

그럼에도 불구하고, 여행 짐을 챙길 때면 마치 오랜 친구처럼 책들이 자꾸만 눈에 밟힙니다. '이번 여행에서는 기필코 책을 완독하리라!' 다짐하며, 따스한 햇살이 비치는 호텔 비치 의자에 기대어, 혹은 시원한 호텔

6장 | 미래를 향하여: 꿈과 실행의 의지

방 베란다에서 아름다운 주변 풍경을 감상하며 책을 읽는 상상만으로도 행복해져 어느새 자연스레 책을 챙기게 됩니다. 그러다 더 욕심이 생겨 한 권을 더 추가하고, 결국 여행용 가방에는 책이 두세 권씩 무심하게 쌓이곤 합니다. 수하물 무게 초과를 걱정하며 짐을 넣고 빼기를 반복하지만, 막상 여행지에 가서는 늘 그랬듯 책들을 제대로 펼쳐보지 못할 때가 허다합니다. 이것이 책에 대한 나의 지나친 욕심 때문인지, 아니면 강한 의지와는 달리 행동으로 옮기지 못하는 나 자신 때문인지 스스로도 알쏭달쏭할 뿐입니다.

어쨌든 저는 여행을 떠날 때 책을 가져가는 것 자체가 마음을 든든하고 편안하게 합니다. 혹시라도 예기치 않게 오롯이 나에게만 주어진 한가로운 시간이 생긴다면, 바로 책을 펼쳐서 볼 수 있다는 막연하지만 달콤한 기대감 때문입니다. 이번에 떠나는 여행에도 저는 변함없이 책 두 권을 챙겼습니다. 한 권만 챙겼다가 혹 그 책이 재미없으면 어쩌지, 또는 읽던 책이라 다 읽어버리면 한 권의 책이 더 필요하지 않을까 하는 여러 고민이 하면서 말입니다. 그나마 평소 세 권에서 두 권으로 줄였으니 성공한 것입니다.

이번 여행에서는 기필코 챙겨 간 책을 꼭 읽어보리라 다짐해 봅니다. 그리고 다음 여행부터는 불필요한 욕심을 비우고 단 한 권의 책만 가지고 가서, 그 한 권의 책과 오롯이 깊은 대화를 나누고 싶습니다. 또한, 책 읽는 시간에 대한 고민 대신 여행지에서 즐길 수 있는 것들, 오직 그곳에서만 느낄 수 있는 새로운 경험들을 충분히 만끽하고 오도록 해야겠습

여행 떠날 때 챙기는 것

니다. 여행은 책을 읽기 위해 떠나는 것이 아니기 때문이죠. 그럼에도 저의 '이상한' 습관일지라도, 단 한 권의 책이라도 챙기는 것이 마음은 한결 편안합니다. 비록 효율성이라는 잣대로 본다면 다소 어설프고 불합리하다고 생각할지라도 말입니다.

6장 ㅣ 미래를 향하여: 꿈과 실행의 의지

핵심 메시지 요약

이 글은 여행의 설렘 속에서도 책을 챙겨가는 자신만의 독특한 습관과 그에 따른 내적 갈등을 솔직하게 고백합니다. 여행지에 도착하면 아름다운 풍경을 두고 책만 보는 것이 과연 옳은 일인지 의문에 사로잡히지만, 짐을 꾸릴 때는 '기필코 읽으리라'라는 다짐과 행복한 상상으로 결국 두세 권의 책을 챙기게 됩니다. 하지만 대부분 경우, 그 책들을 제대로 펼쳐보지 못하고 돌아오는 것이 현실이라고 말하며, 이것이 책에 대한 지나친 욕심 때문인지, 아니면 행동으로 옮기지 못하는 자신 때문인지 스스로도 알쏭달쏭한 마음이라고 토로합니다. 책을 가져가는 것이 효율적이지 않음을 알면서도, 혹시 모를 한가로운 시간에 마음의 양식을 쌓을 수 있다는 막연하지만 달콤한 기대감과 심리적 편안함 때문에 책을 꼭 챙겨가게 된다고 설명합니다.

이번 여행에서는 챙겨 간 책을 한두 페이지라도 꼭 읽어보리라 다짐하며, 다음 여행부터는 욕심을 비우고 단 한 권의 책과 대화하는 데 집중하겠다고 말합니다. 더 나아가, 책에 대한 고민 대신 오직 여행지에서만 즐길 수 있는 새로운 경험들을 충분히 만끽하며 진정한 여행의 목적에 충실하겠다는 다짐을 드러냅니다. 비록 효율성이라는 잣대로 본다면 다소 어설프고 불합리할지라도, 책 한 권을 챙기는 것이 주는 마음의 편안함은 자신에게 소중한 습관이라고 강조합니다.

여행 떠날 때 챙기는 것

글의 주제와 어울리는 고사성어 및 명언, 글귀

'여행의 설렘', '독서의 욕심', '이상과 현실', '소유와 비움', '집중',
'온전한 경험'을 이야기하고 있음.

고사성어

眼高手低(안고수저): 눈은 높으나 실제 능력은 따라가지 못함.
책 욕심에 여러 권을 챙기지만 다 읽지 못하는 상황을 나타냅니다.

過猶不及(과유불급): 지나친 것은 미치지 못한 것과 같다.
책을 두세 권 챙기는 지나친 욕심이 오히려 부담이 될 수 있음을 의미합니다.

少欲知足(소욕지족): 욕심을 적게 가지고 만족함을 앎.
다음 여행부터는 욕심을 비우고 단 한 권의 책만 가져가겠다는 다짐과 연결됩니다.

身輕心安(신경심안): 몸이 가벼우니 마음도 편안함.
불필요한 욕심을 내려놓고 여행과 독서를 온전히 즐기며 얻을 수 있는 평온함을 나타냅니다.

一期一會(일기일회): 평생에 단 한 번뿐인 기회.
한 권의 책과 교감하며 여행의 순간을 온전히 누리려는 집중의 태도를 강조합니다.

명언/글귀

"나는 책을 가졌을 때 내가 원하는 것을 다 가졌다고 느낀다." - 아브라함 링컨

책을 곁에 두는 것만으로 마음이 편안해진다는 애정을 표현합니다.

"욕심을 비우면 삶이 가벼워지고, 가벼워진 삶은 더 많은 것을 담을 수 있다."

책 욕심을 내려놓고 얻는 여유와 그로 인해 여행의 경험과 독서의 즐거움을 온전히 누릴 수 있다는 메시지를 강조합니다.

"때로 가장 깊은 독서는 책 밖의 세상을 읽는 것이다."

책에 너무 얽매이지 않고 여행 자체의 풍경과 경험을 온전히 즐기는 것의 가치를 시사합니다.

"소유하지 않음으로써 얻는 자유, 그것이 진정한 여유이다."

미안함이나 부담 없이 온전히 여행과 독서를 즐기는 지혜로운 자세를 뒷받침합니다.

"우리는 세상을 바꾸기 위해 책을 읽는다. 때로는 세상을 그대로 사랑하기 위해서도 읽는다." - 셰프 파텔

여행의 목적과 책의 목적 사이에서 균형을 찾으려는 글쓴이의 노력을 나타냅니다.

"진정한 여행의 발견은 새로운 풍경을 찾는 것이 아니라 새로운 눈을 가지는 것이다." - 마르셀 프루스트

책을 읽을 것인가, 현장의 풍경을 경험할 것인가 하는 글쓴이의 고민 속에서, 새로운 시각으로 여행을 즐기겠다는 다짐과 연결됩니다.

10년 동안 이루고 싶은 3가지 목표

– 루시 모드 몽고메리

10년이라는 시간은 예전부터 '강산도 변한다'라고 할 만큼 길고도 소중한 세월임에 틀림없습니다. 이처럼 긴 세월 동안 제가 진심으로 이루고 싶은 것을 위해 꾸준히 노력한다면 이루지 못할 것이 없다고 생각합니다. 10년의 세월이 흐르면 저에게 어떤 변화가 있을까요? 지금 다니는 직장은 퇴직하고, 나이는 60세를 넘을 것입니다.

10년 후 세상은 지금보다 훨씬 더 많이 변해 있을 듯합니다. 지금 인공지능(AI)이 강력하게 태동하며 빠르게 변화하고 있고, 로봇이 사람의 많은 직업을 대체하며 자율주행차가 보편화되어 운전하는 사람을 보기 힘들 수도 있을 것입니다. 어쩌면 자동차가 하늘을 날아다닐지도 수도 있고, 현재의 휴대폰을 대체할 혁신적인 다양한 기기들이 그 역할을 대신하게 될지도 모른다는 상상도 해봅니다. 이처럼 예측 불가능하게 빠르게 변해가는 세상 속에서 제가 이루고 싶은 것들을 구체적으로 시각화하는 것이 참 어렵게 느껴지기도 합니다. 그저 주어진 하루하루를 살아가기에 급급했던 저에게 '10년 동안 이루고 싶은 목표'라는 것 자체가 어쩌면 생소할 수도 있습니다.

그럼에도 불구하고 목표를 세운다면, 첫 번째 목표는 여러 도시에 '한 달 살기'를 경험하는 것입니다. 30년 이상 한 직장에 몸담고 비슷한 곳에서만 생활해 왔으니, 퇴직 후에는 여러 도시에 머물며 살아보고 싶습니다. 꼭 한 달이 아니어도 상관없습니다. 보름도 좋고 두 달도 좋습니다. 강원도의 한적한 산골 마을, 푸른 바다가 눈에 들어오는 남해의 정겨운 어촌마을, 찬란한 유적지가 가득한 경주, 고즈넉한 자연이 숨 쉬는 제주, 그리고 평화로운 동남아시아 보라카이의 휴양지까지. 이렇듯 국내외 여러 도시에서 여유로운 생활을 만끽하고 싶습니다.

두 번째 목표는 건강이 허락되는 한, 국토 순례를 하는 것입니다. 지금도 둘레길이나 해파랑길이 잘 조성되어 있어 걷기 편하지만, 몇 년 후에는 더욱 잘 정비되어 있을 것이라고 생각합니다. 예전에는 '국토대종주'라는 말이 있었는데, 지금은 잘 사용되지 않는 것 같습니다. 아름다운 우리나라 국토의 구석구석을 돌면서 제가 미처 알지 못했던 곳들을 직접 두 발로 걸어본다는 것은, 제 남은 삶에 크나큰 기쁨과 자부심으로 남을 것입니다. 그때 이 소중한 여정에 저와 동행할 수 있는 벗이 있다면 더할 나위 없이 좋겠습니다.

마지막으로, 10년 동안 저의 책을 세 권 정도는 출판하고 싶습니다. 제가 과연 책을 출판할 수 있을지, 어떤 종류의 책을 써야 할지에 대한 깊은 고민은 계속해야 할 것입니다. 적어도 지금 제가 쓰고 있는 이 글들을 엮어 한 권의 책으로 출판하는 것은 반드시 이루고 싶습니다. 그렇게 첫 단추를 채워야 비로소 한 권의 책이 완성되니까요! 시작이 어렵지, 그

10년 동안 이루고 싶은 3가지 목표

다음은 좀 더 수월하지 않을까요? 글을 쓴다는 행위는 저의 인생 기록을 남기는 것이며, 그 기록이 활자화되어 책으로 출간된다면, 제 삶에 더없이 고귀하고 의미 있는 유산이 될 것이라고 생각합니다.

제가 소망하는 이 세 가지 꿈을 향해, 오늘도 저는 멈추지 않고 즐거운 마음으로 열심히 나아가려 합니다.

6장 ｜ 미래를 향하여: 꿈과 실행의 의지

이 글은 '강산도 변한다'라는 10년이라는 시간을 바라보며, 미래에 대한 설렘과 함께 구체적인 세 가지 목표를 설정하는 진취적인 태도를 보여줍니다. 10년 후 자신이 퇴직하고 60대가 되는 시점에 세상은 인공지능과 기술의 발달로 크게 변화할 것임을 인지하면서도, 막연한 희망을 넘어 자신만의 명확한 목표를 세우는 것이 중요하다고 강조합니다. '한 달 살기'를 통해 30년간의 직장 생활에서 벗어나 다양한 도시를 경험하고 싶은 바람을 첫 번째 목표로 제시합니다.

두 번째 목표는 건강이 허락하는 한 우리나라 국토 곳곳을 순례하며 새로운 곳을 직접 경험하는 것이며, 세 번째 목표는 10년 안에 세 권의 책을 출판하는 것입니다. 특히 지금 쓰고 있는 글들을 엮어 첫 책을 출판하는 것을 반드시 이루고 싶은 목표로 삼으며, 글쓰기가 자신만의 기록을 남기고 의미 있는 일이 될 것임을 역설합니다. 이 세 가지 목표는 퇴직 후의 삶을 주체적이고 풍요롭게 설계하려는 강한 의지를 보여주며, 끊임없이 배우고 탐험하며 자신의 흔적을 남기려는 진취적인 삶의 자세를 드러냅니다.

글의 주제와 어울리는 고사성어 및 명언, 글귀

'장기 목표', '인생 2막', '자기 계발', '도전', '삶의 기록', '노년의 꿈',
'꾸준함'을 이야기하고 있음.

고사성어

老當益壯(노당익장): 나이가 들어도 기력이 더욱 왕성하다.

10년 후 60세가 넘는 나이에 새로운 목표를 세우고 활기찬 삶을 계획하는 모습에 잘 어울립
니다.

有志竟成(유지경성): 뜻이 있으면 마침내 이루어진다.

10년이라는 긴 시간 동안 꾸준히 노력하면 목표를 달성할 수 있다는 긍정적인 믿음을 강조
합니다.

十年磨一劍(십년마일검): 십 년 동안 칼 한 자루를 갈다.

긴 시간 동안 한 가지 일에 꾸준히 정진하는 태도를 나타내며, 특히 책 출판 목표와 잘 연결
됩니다.

行萬里路讀萬卷書(행만리로독만권서): 만 리 길을 가고 만 권의 책을 읽다.

여행과 독서를 통해 삶의 경험과 지식을 넓히려는 목표를 총체적으로 담아냅니다.

水滴穿石(수적천석): 물방울이 바위를 뚫는다.

꾸준한 노력과 작은 실천들이 모여 결국 큰 목표를 이룰 수 있다는 의미를 상징합니다.

6장 ㅣ 미래를 향하여: 꿈과 실행의 의지

"꿈을 꾸는 한, 당신은 늙지 않는다." - 루시 모드 몽고메리

60세를 넘어서도 새로운 목표를 세우고 삶에 대한 열정을 불태우는 청춘 같은 마음을 표현합니다.

"삶은 목적지를 향한 여행이 아니라, 여행 자체를 즐기는 것이다."

한 달 살기와 국토 순례를 통해 삶의 과정을 풍요롭게 만들려는 목표에 힘을 실어줍니다.

"미래는 현재 우리가 무엇을 하느냐에 달려 있다." - 마하트마 간디

10년 후의 목표를 위해 '오늘도 열심히 나아가려 한다'라는 실천 의지를 강조합니다.

"가장 위대한 모험은 당신이 살 수 있는 삶을 사는 것이다."

이루고 싶은 목표들을 통해 자신만의 만족스러운 삶을 개척하려는 도전 정신을 격려합니다.

"기록하지 않으면 기억하지 못한다. 기록하는 삶은 영원하다."

책 출판이 단순한 목표를 넘어 자신의 삶을 남기고 의미 있는 유산을 창조하는 것임을 부각합니다.

"늦지 않았다. 새로운 시작을 위한 완벽한 시간은 바로 지금이다."

과거에 급급했던 자신을 딛고 새로운 목표를 설정하는 용기 있는 출발을 응원합니다.

나의 목표를 위해 구체적으로 어떤 행동을 하고 있나?

"성공의 비밀은 시작하는 것이다."

– 마크 트웨인

자신의 목표를 위한 행동을 이야기하기 전에, 먼저 '목표'를 명확히 세우는 것이 중요합니다. 솔직히 고백하자면, 나이가 들면서 '원대한 목표'라는 개념 자체가 다소 희미해졌습니다. 예전에는 거창한 목표를 세우고 그것을 이루기 위해 노력했지만, 지금은 '한 해 동안 제가 해내야 할 실질적인 일들을 정리하고 실천하는 것'에 집중하고 있습니다. 이 또한 목표라고 할 수 있겠지만, 과거 제가 행동하고 노력했던 '거창하고 원대한 목표'와는 다소 결이 다른 것도 사실입니다.

저는 매년 한 해 동안 제가 이루고자 하는 것을 계획합니다. 그러다 보니 매년 비슷한 내용이 많습니다. 몇 년 전부터는 영어 공부를 계획에서 제외했었습니다. 매년 꾸준히 반복했음에도 구체적인 성과가 나타나지 않아 '이제는 그만둘 때가 되었나'하는 생각까지 들 정도였습니다. 하지만 최근 흥미로운 영어 학습 앱을 통해 공부하는 것에 다시금 재미가 붙었습니다. 학습을 마칠 때마다 점수를 받고, 매주 새로운 리그로 승급하는 자격을 따게 되는 게임 방식인데, 이 앱이 제가 흥미를 잃지 않고 꾸

6장 ｜ 미래를 향하여: 꿈과 실행의 의지

준히 학습할 수 있도록 동기를 부여해 줍니다. 평소 휴대전화 사용량이 많아 스스로에게 미안한 마음이 들었지만, 이를 조금이나마 학습에 생산적으로 활용하고자 시작한 것이 오히려 새로운 동기와 함께 명확한 목표를 안겨주었습니다. 구체적인 목표는 '올해까지 영어 레벨 80에 도달하는 것'입니다. 이를 위해 오전, 오후로 시간을 나누어 꾸준히 학습하며, 휴대전화를 유용하게 활용하니 학습 효율이 매우 높아져, 올해는 계획에 없던 새로운 도전을 즐겁게 이어가고 있습니다.

그리고 책 출간이라는 목표를 세웠지만, 막상 특별한 진전이 없어 올해부터는 책을 출간하기 위한 원고를 마칠 때까지 매주 5편 이상의 글을 쓰기로 하였습니다. 비록 아직 많이 부족하고 무리한 요구였지만, 무엇보다 '매주 꾸준히 글을 쓴다'라는 그 행동에 큰 의미를 부여하고 있습니다. 매일 글을 쓰는 것은 쉽지 않았습니다. 중간에 약속이 생기면 글을 쓰지 못하기 일쑤였고, 막상 쓰려고 하면 마땅한 글감이 떠오르지 않았습니다. 하지만 인터넷에서 찾은 '강제 글쓰기 프로그램'이라는 흥미로운 도구를 활용하니, 포기하지 않고 꾸준히 이어올 수 있었습니다. 더불어, 비록 방문객 수는 많지 않지만 부끄러움을 무릅쓰고 저의 글을 개인 블로그에 공개적으로 올리며, 스스로에게 끊임없이 강제하고 독려하고 있습니다.

매번 목표를 세우고 구체적인 실천 방안을 마련하여 행동을 시작하지만, 중간에 흐지부지 멈추게 되는 경우가 많습니다. 저만 그러는 것은 아닐 겁니다. 주변 사람들에게 들어보면 대부분 사람이 그렇다고 합니다.

나의 목표를 위해 구체적으로 어떤 행동을 하고 있나?

그래서 저는 목표를 세울 때 구체적인 수량을 명시합니다. 예를 들어 단순히 '독서하기'가 아니라 '연간 24권의 책 읽기'처럼 명확하게 말입니다. 만약 상반기에 6권을 채 읽지 못했다면, 하반기에는 목표를 완료하기 위해 열심히 18권을 읽어 그 해 계획했던 목표를 이룰 수 있도록 하는 것입니다. 하지만 우리는 전지전능한 신이 아니고, 그저 평범한 사람이기 때문에, 실수하는 것을 용서해야 합니다. 목표한 바를 온전히 이루지 못했다고 해서 자신을 가혹하게 책망하지 않았으면 합니다.

핵심 메시지 요약

이 글은 나이가 들면서 희미해진 목표 개념 속에서도, 구체적인 실천 방안을 통해 꾸준히 자신을 발전시켜 나가는 노력을 이야기합니다. 한때는 포기했던 영어 공부를 학습 앱을 통해 새로운 재미와 목표('영어 레벨 80레벨 도달')를 발견하고, 매주 5편 이상의 글쓰기를 목표로 '강제 글쓰기 프로그램'과 블로그 활용을 통해 꾸준히 실천하는 과정을 상세하게 소개합니다. 이는 목표가 비록 거창하지 않더라도, 자신에게 맞는 방법을 찾아 꾸준히 행동하는 것의 중요성을 강조합니다.

목표를 세우지만, 중간에 흐지부지 멈추는 경우가 많다는 점을 인정하며, 이를 극복하기 위해 목표를 '연간 24권의 책 읽기'처럼 구체적인 수치로 명시하는 자신만의 노하우를 공유합니다. 그러나 목표를 이루지 못했다고 해서 자신을 너무 책망하지 말고, 실수를 용서하며 나아가는 유연한 태도의 중요성도 잊지 않고 강조합니다. 이 글은 목표 설정과 꾸준한 실천의 어려움을 솔직하게 드러내면서도, 현실적인 방법과 긍정적인 마음가짐으로 자신만의 성장을 이루어가는 현명한 삶의 방식을 제시하고 있습니다.

나의 목표를 위해 구체적으로 어떤 행동을 하고 있나?

글의 주제와 어울리는 고사성어 및 명언, 글귀

'목표 설정', '꾸준함', '자기 주도적 학습', '습관 형성', '계획과 실천', '자기 용서'를 이야기하고 있음.

고사성어

千里之行始於足下(천리지행시어족하): 천 리 길도 한 걸음부터.
아무리 큰 목표라도 작은 실천에서 시작해야 함을 강조합니다.

磨斧作針(마부작침): 도끼를 갈아 바늘을 만든다.
꾸준한 영어 학습과 글쓰기 노력이 결국 큰 목표를 이룰 수 있음을 비유합니다.

積小成大(적소성대): 작은 것이 쌓여 큰 것을 이룸.
매주 5편의 글쓰기와 같은 작은 노력이 모여 책 출간이라는 큰 목표를 이룬다는 의미를 담습니다.

有志竟成(유지경성): 뜻이 있으면 마침내 이루어진다.
목표에 대한 의지와 꾸준한 실천이 결국 성과를 가져온다는 긍정적인 메시지입니다.

有備無患(유비무환): 미리 준비하면 걱정이 없음.
구체적인 계획과 실천이 목표 달성의 중요한 과정임을 강조합니다.

명언/글귀

"성공의 비밀은 시작하는 것이다." – 마크 트웨인

목표를 세우고 행동으로 옮기는 첫걸음의 중요성을 강조합니다.

"나는 실패한 적이 없다. 다만 성공하지 못할 1만 가지 방법을 발견했을 뿐이다." – 토마스 에디슨

목표 달성에 실패했더라도 자신을 책망하지 않고, 그 과정에서 배움을 얻는 자세를 격려합니다.

"꾸준함은 모든 재능을 이긴다."

영어 학습 앱 활용과 '강제 글쓰기'처럼 꾸준히 노력하는 것의 힘을 강조합니다.

"명확한 목표는 당신의 배가 향하는 등대와 같다."

거창한 목표 대신 한 해 동안 해야 할 것들을 구체적인 수량으로 명시하는 방법의 효과를 뒷받침합니다.

"실수는 용서받을 수 있다. 다시 시작하는 용기를 가졌다면." – 칼 오토 보르크

중간에 멈추거나 목표를 이루지 못했더라도 자신을 용서하고 다시 도전하는 마음가짐을 강조합니다.

"오늘 하루를 충실히 사는 것이 가장 큰 목표이다. 그것들이 모여 당신의 꿈을 이룰 것이다."

큰 목표가 희미해졌더라도 현재의 실천에 집중하는 삶의 방식을 긍정합니다.

"가장 큰 성취는 가장 작은 습관에서 온다." – 스티븐 코비(변형)

일상에서 실천하는 꾸준한 학습과 글쓰기 습관의 중요성을 강조합니다.

나의 목표를 위해 구체적으로 어떤 행동을 하고 있나?

나의 죽음은 어떤 모습일까?

우리는 흔히 죽음이 아주 먼 훗날의 이야기라고 막연히 생각하지만, 솔직히 우리에게 죽음이 언제 찾아올지는 누구도 알 수 없습니다. 지금 건강하다면 통계적으로 '아직 죽을 나이가 아니겠구나' 하고 막연히 생각할 수 있습니다. 하지만 우리가 건강하다고 해도 갑작스러운 교통사고나 비행기 사고 같은 예기치 못한 일이 우리에게 발생할 수 있습니다.

그래서 저도 갑작스러운 죽음을 맞이하기 전에 유언장을 써 보려 했습니다. 하지만 '내가 과연 유언할 만한 특별한 것이 있을까?' 하는 생각이 들었고, 막상 마땅히 생각나는 말이 없었습니다. 남겨진 가족, 사랑하는 아내와 소중한 우리 아이들이 지금보다 더 즐겁고 행복한 삶을 살 수 있었을 텐데, 혹 나를 만나 그러지 못한 것은 아닐까 하는 생각에 그저 미안하고 또 미안할 뿐이었습니다.

저는 사랑하는 아내에게 '만약 내가 죽은 후에 당신이 홀로 남는다면, 이 험난한 세상을 혼자서 감당하기 너무 힘들거야.'라고 이야기했습니다. 그래서 저는 아내보다는 제가 더 오래 살 거라고 늘 이야기 합니다.

떠난 사람은 모른다지만, 남겨진 사람은 떠난 이를 생각하며 견딜 수 없는 큰 슬픔과 아픔을 겪게 될 것입니다. 그래서 차라리 아내가 먼저 떠나면 제가 그 아픔을 감내하는 것이 좋지 않을까 하는 생각을 합니다. 물론 함께 동시에 세상을 떠난다면 가장 좋겠지만, 저는 사랑하는 아내가 홀로 남겨지는 아픔을 주고 싶지 않습니다. 그래서 제가 이 세상과 작별할 때, 사랑하는 아내는 제 곁에 없었으면 하는 생각을 합니다.

만약 제 바람대로 된다면, 남겨질 두 아들이 상주가 되겠지요. 그리고 그때쯤 제가 아는 사람들이 조문하러 방문하겠지만, 과연 누가 얼마나 올지는 지금으로선 모르겠습니다. 제가 더 나이를 먹어 삶을 마감할 때면, 저를 기억해 줄 사람은 과연 얼마나 남아 있을까요?

영화나 드라마에서는 종종 망자가 주변에 남아 사랑하는 이들을 지켜보는 것으로 묘사되곤 합니다. 저 또한 혹시 제가 죽은 후에 아이들이 어떻게 살아가고, 어떤 모습으로 변화하는지 지켜볼 수 있을까 하는 생각을 할 때가 있습니다. 하지만 그러고 싶지는 않습니다. '이만하면 충분히 잘 해낼 거야' 하는 믿음으로, 이승에 대한 그 어떤 미련도 남기지 않을 것입니다.

제가 이 세상을 떠난 후 저로 인해 너무 오래 슬퍼하기보다, 함께했었던 즐겁고 행복했던 기억들을 더 많이 떠올려 주었으면 하는 바람입니다. 이 세상에 태어나 나름대로 열심히 살았고, 공직자로서 사회가 조금이라도 더 나은 방향으로 발전할 수 있도록 묵묵히 노력한 사람으로, 그

나의 죽음은 어떤 모습일까?

리고 한 집안의 든든한 가장으로서 그럭저럭 잘 살아간 것에 대해 우리 아이들이 조금이나마 고마워하는 마음을 가져주었으면 합니다. 그리고 그때까지 여전히 저와 인연을 이어왔던 사람들이 있다면, 술 한잔 기울이며 참 즐겁게 한 세상 잘 살다 갔고, 함께해서 즐거웠다고 생각하며 따뜻한 덕담을 해주기 바랍니다.

최근 저는 제가 생을 마감한 후에 유골을 안치할 곳을 마련했습니다. 그곳에는 이미 떠나신 어머니와 지금 홀로 남으신 아버지, 그리고 저와 사랑하는 아내가 함께 잠들 곳입니다. 언젠가는 우리 아이들도 그곳에 오게 되겠지요. 제가 이 세상에서 사라진 후에도 제가 어디에 있을지 아는 것은 나쁘지 않을 것 같습니다. 이 더위가 한풀 꺾이면 그곳에 찾아가 주변을 다시 한번 찬찬히 둘러보며, 남은 저의 삶을 어떻게 더욱 의미 있게 살아가야 할지 생각해 봐야겠습니다.

핵심 메시지 요약

이 글은 '죽음'이라는 삶의 피할 수 없는 주제를 통해 자신과 가족의 삶을 성찰하는 진솔한 마음을 담고 있습니다. 죽음이 언제 올지 모르는 가까운 현실임을 인지하며, 유언장을 쓰려했지만 결국 사랑하는 아내와 자녀들에 대한 미안함이 앞섰다고 고백합니다. 특히 50년 이상 함께 해 온 아내가 홀로 남겨질 상황에 대한 깊은 염려를 표하며, 자신이 죽을 때 아내가 곁에 없기를 바라는 마음과 독립적인 삶을 살 수 있도록 미리 알려주고 있는 모습에서 아내를 향한 지극한 사랑과 배려를 엿볼 수 있습니다.

자신의 죽음이 다가왔을 때 남겨질 자녀와 지인들에게 자신으로 인해 너무 슬퍼하기보다, 즐거웠던 기억을 더 많이 떠올려 주기를 바랍니다. 한 사람의 공직자이자 가장으로서 나름 열심히 살았고, 사회 발전에 작은 기여를 한 것에 자부심을 가지며, 후회 없는 삶을 살고 싶다는 소망을 드러냅니다. 최근에는 자신의 유골을 안치할 가족묘를 미리 마련하는 등 죽음을 구체적으로 준비하는 모습을 통해 남은 생을 더욱 의미 있게 채워나가겠다는 성찰과 의지를 보여주며, 죽음 너머의 삶에 대한 깊은 고뇌와 희망을 동시에 전달하고 있습니다.

나의 죽음은 어떤 모습일까?

글의 주제와 어울리는 고사성어 및 명언, 글귀

‘삶과 죽음의 성찰’, ‘가족에 대한 사랑과 배려’, ‘인생의 의미’, ‘남겨질 사람들’, ‘죽음의 준비’, ‘긍정적 태도’를 이야기하고 있음.

고사성어

生者必滅會者定離(생자필멸회자정리): 태어난 것은 반드시 죽고, 만난 것은 반드시 헤어짐.

죽음을 삶의 자연스러운 순리로 받아들이는 태도

人生無常(인생무상): 인생의 덧없음.

죽음이 생각보다 멀리 있지 않다는 인식을 담아냅니다.

老少皆宜(노소개의): 나이 든 사람이나 젊은 사람 모두 적합함.

죽음 앞에서 모든 사람이 평등하다는 의미와 연결됩니다.

無愧我心(무괴아심): 내 마음에 부끄러움이 없음.

열심히 살았고 공직자로서 역할에 충실했다는 스스로의 다독임을 나타냅니다.

孝友睦嫺(효우목인): 부모에게 효도하고 형제간에 우애하며 친척과 화목함.

남겨질 가족, 특히 아내와 아이들에 대한 깊은 사랑과 염려를 표현합니다.

"죽음은 모든 것을 끝내지만, 사랑은 영원하다."

떠난 후에도 가족들의 삶에 사랑이 지속되기를 바라는 마음을 강조합니다.

"삶의 가치는 시간의 길이에 있지 않고, 삶을 어떻게 채웠느냐에 있다."

남겨진 시간들을 그저 아쉬워하기보다 즐겁고 행복하게 채워나가려는 다짐과 연결됩니다.

"우리는 죽음을 알기에 삶을 더 사랑할 수 있다."

죽음을 깊이 성찰함으로써 남은 삶을 더 충실하게 살아가려는 태도를 뒷받침합니다.

"가장 큰 사랑은 스스로 희생하는 것이 아니라, 상대방이 스스로 일어설 수 있도록 돕는 것이다."

아내가 홀로 남았을 때를 대비해 하나씩 가르쳐주는 깊은 배려심을 표현합니다.

"누군가의 기억 속에 아름답게 남는 것, 그것이 진정한 불멸이다."

떠난 후 자신으로 인해 너무 슬퍼하기보다 즐거웠던 기억을 떠올려주기를 바라는 바람을 담습니다.

"우리는 죽음을 준비하는 것이 아니라, 삶을 준비하는 것이다. 죽음은 삶의 자연스러운 일부일 뿐이다."

유골 안치 장소를 마련하는 것이 삶의 마지막을 겸허히 받아들이고, 남은 삶을 더욱 의미 있게 살아가는 준비임을 나타냅니다.

미래의 나를 응원해 주세요

미래의 나를 진심으로 응원합니다! 현대 의학 기술의 눈부신 발달로 앞으로 30년은 거뜬히 더 살 수 있지 않을까요? 기대컨대 앞으로의 이 30년이라는 시간은 결코 짧지 않으며, 온전히 '나'를 위해 집중하고 활용할 수 있는 황금 같은 시간이 될 수 있습니다. 제가 젊은 시절, 서른 살에 이르기까지 많은 우여곡절과 파란만장한 사건들을 겪었지만, 앞으로 저에게 다가올 30년은 그때처럼 그렇게 극적인 사건들이 많지는 않을 것 같습니다. 이미 학교를 졸업했고 결혼도 했으며, 언젠가 직장에서 퇴직하고 나면, 남은 시간을 제가 주체적으로 직접 설계하고 마음껏 활용할 수 있다는 희망과 설렘이 벅차오릅니다. 그동안 제 의지대로만 살지 못했던 아쉬움과 회한이 있지만, 이제는 오직 나만의 소중한 시간을 즐길 수 있지 않을까 하는 기대감마저 생깁니다.

앞으로 다가올 이 시간을 저의 의지대로 알차게 활용하기 위해서는 가장 먼저 '건강'이 무엇보다 필수적입니다. 특히 몸이 건강해야 세상 곳곳을 활발하게 누빌 수 있고, 사유할 수 있으며, 두려워하지 않고 새로운 도전을 멈추지 않을 수 있습니다. 나이를 먹을수록 건강만큼 소중하고 값진 것은 그 무엇도 없을 것입니다. 돌이켜보면, 지금까지 건강 관리에 너무나 소홀했던 것은 아닌지 반성하게 됩니다. 그저 눈앞의 현실에 쫓겨 정신없이 살아왔고, 바로 앞만 보고 달려왔지, 저 멀리 다가올 30년이라는 미래의 시간을 충분히, 그리고 깊이 있게 고려하지 못했던 것 같습니다. 이제는 이 귀하고 소중한 시간을 온전히 누리기 위해 건강에 신경을 써야 할 명확하고 분명한 이유가 생긴 것입니다. 두 발로 걷고 자유롭게 움직일 수 있어야 더 넓은 세상을 마음껏 구경할 수 있기 때문입니다. 저는 여전히 세상 모든 것에 호기심이 가득한 사람인데, 만약 다리가 아파서 자유롭게 움직이지 못한다면 그 상실감과 슬픔은 얼마나 클까요?

아무리 건강이 허락된다 한들, 든든한 경제력이 뒷받침되지 않는다면 가고 싶은 곳이 있어도 쉽게 발길을 돌리거나 새로운 도전을 할 엄두조차 내지 못할 것입니다. 제가 부담 없이 세상을 자유롭게 여행하고 새로운 무언가에 과감히 도전할 수 있는 넉넉한 경제력은 반드시 필요하지만, 이는 솔직히 저 혼자의 힘만으로 마음대로 좌우할 수 있는 영역이 아니기에 때로는 고민스럽습니다. 월급쟁이로서 소득이 한정되어 있으니, 제가 지금 당장 할 수 있는 것은 오직 '꾸준히 절약하고 현명하게 돈을 모으는 것'밖에는 없습니다.

건강과 경제력이 충분히 수반된다 해도, 그 즐거움을 함께 나눌 사람이 없다면 홀로 남아 외로울 뿐입니다. 그래서 무엇보다 소중한 사람과의 관계가 중요합니다. 너무 많은 인연이 필요한 것은 아니지만, 저를 진심으로 이해하고 오랜 시간 함께하며 제 내면까지도 아는 '소수 정예'의

미래의 나를 응원해 주세요

귀한 사람들이 곁에 있었으면 합니다. 이러한 소중한 관계를 만들기 위해서는 저 또한 부단히 노력해야 합니다. 관계라는 것은 결코 일방적인 노력만으로는 유지될 수 있는 것이 아니기에, 제가 먼저 진심으로 다가가고 노력해야 상대방 또한 기꺼이 진심을 보여주기 때문입니다. 한 사람이어도 좋습니다. 아니, 두세 사람이라면 더할 나위 없이 좋겠습니다. 마음이 통하는 진정한 좋은 사람들과 오랫동안 의미 있고 즐거운 시간들을 함께 보내고 싶습니다.

이렇게 찬란한 미래를 응원하기 위해서는 단순히 마음속 추상적인 응원에 그치기보다는, 그 응원이 눈앞의 현실로 단단히 뿌리내릴 수 있도록 실천적인 여건을 조성하는 것이 무엇보다 중요하다고 생각합니다. 자유롭고 활기찬 미래의 나를 위해, 나이가 들어서도 사회에 의미 있게 기여할 수 있는 일자리를 끊임없이 탐색하고, 새로운 도전과 즐거운 여행을 위한 꾸준한 건강 관리를 게을리하지 않으며 저의 찬란한 미래를 차분히 준비하고 기다려야겠습니다. 물론 제가 상상하는 만큼 완벽한 미래는 아닐지라도, 결코 후회와 우울함으로 가득 찬 무기력한 미래가 되지 않도록 저 자신을 꾸준히 발전시키며 긍정적이고 능동적으로 살아가야겠습니다.

핵심 메시지 요약

이 글은 현대 의학 기술 발달로 늘어난 '앞으로의 30년'을 자신을 위해 온전히 활용할 황금 같은 시간으로 바라봅니다. 젊은 시절 겪었던 우여곡절과는 달리, 퇴직 후에는 남은 시간을 직접 설계하고 활용할 수 있다는 희망과 설렘을 고백하며, 그동안 온전히 자신의 의지대로 살지 못했던 아쉬움을 보상받고 싶다는 기대감을 표현합니다. 이러한 미래를 알차게 활용하기 위한 세 가지 핵심 요소로 '건강', '경제력', '인간관계'를 제시합니다. 특히 건강의 중요성을 강조하며, 몸이 건강해야 세상 곳곳을 누비고 새로운 도전을 멈추지 않을 수 있음을 역설합니다. 지금까지 건강 관리에 소홀했던 자신을 반성하며, 다리가 아파 자유롭게 움직이지 못할 경우의 상실감과 슬픔을 언급하며 건강 관리의 명확한 이유를 제시합니다.

건강과 더불어 든든한 경제력이 뒷받침되어야 자유로운 여행과 새로운 도전이 가능함을 말하며, 월급쟁이로서 소득이 한정된 상황에서 꾸준한 절약과 현명한 돈 관리가 중요함을 피력합니다. 또한 건강과 경제력이 갖춰져도 함께 나눌 사람이 없으면 외로울 뿐이라며 진정성 있는 인간관계의 중요성을 역설합니다. 너무 많은 인연보다는 자신을 이해하고 오랜 시간 함께할 '소수 정예'의 귀한 사람들을 곁에 두고자 노력하겠다는 다짐을 밝히며, 관계는 일방적인 노력이 아닌 상호 진심을 통해서만 유지될 수 있음을 강조합니다. 마지막으로, 추상적인 응원이 아닌 실천적인 노력을 통해 미래를 준비하고 싶다는 결연한 의지를 드러냅니다. 나이가 들어서도 사회에 의미 있게 기여할 일자리를 탐색하고, 꾸준한 건강 관리와 새로운 도전을 게을리하지 않으며 찬란한 미래를 준비하겠다고 다짐합니다.

미래의 나를 응원해 주세요

글의 주제와 어울리는 고사성어 및 명언, 글귀

'미래 설계', '노년의 건강', '경제적 자립', '인간관계', '자기 개발',
'희망찬 노후'를 이야기하고 있음.

고사성어

老當益壯(노당익장): 나이가 들수록 기력이 더욱 왕성하다.

건강 관리를 통해 노년에도 활발하게 움직이며 도전하려는 의지를 강조합니다.

有備無患(유비무환): 미리 준비하면 근심이 없다.

건강과 경제력이라는 두 가지 중요한 미래 대비를 의미합니다.

十年之計(십년지계): 십 년 동안의 계획.

30년이라는 긴 시간을 스스로 설계하려는 미래 지향적인 태도를 나타냅니다.

同舟共濟(동주공제): 같은 배를 타고 함께 물을 건넘.

노년에 함께할 좋은 관계의 중요성을 강조합니다.

自勝者强(자승자강): 자신을 이기는 자가 강하다.

결코 우울한 미래가 되지 않도록 자신을 꾸준히 발전시켜나가겠다는 다짐을 표현합니다.

6장 ㅣ 미래를 향하여: 꿈과 실행의 의지

명언/글귀

"미래는 현재 우리가 무엇을 하느냐에 달려 있다." - 마하트마 간디
미래의 찬란함을 위해 지금부터 실천적으로 준비하겠다는 의지를 뒷받침합니다.

"건강은 모든 자유의 기초이다."
노후에 원하는 대로 시간을 활용하기 위해 건강이 가장 중요하다고 강조하는 글의 핵심 메시지를 담습니다.

"늙는 것을 막을 수는 없지만, 늙어가는 방식을 선택할 수는 있다."
미래의 30년을 스스로 설계하고 마음대로 활용하겠다는 능동적인 노년관을 나타냅니다.

"인생에서 가장 좋은 투자는 자기 자신에게 하는 투자이다." - 벤자민 프랭클린 (변형)
건강, 경제력, 관계, 자기 발전을 위한 노력이 모두 자신을 위한 투자임을 의미합니다.

"혼자서 꾸는 꿈은 한낱 꿈에 불과하지만, 함께 꾸는 꿈은 현실이 된다." - 오노 요코
함께할 사람과의 관계를 소중히 여기는 마음과 공동의 미래를 강조합니다.

"희망은 눈에 보이는 것을 보지 않는 것이고, 만져지지 않는 것을 느끼는 것이고, 불가능한 것을 성취하는 것이다." - 헬렌 켈러
찬란하지는 않더라도 우울하지 않은 미래를 만들어가겠다는 희망의 메시지를 전달합니다.

미래의 나를 응원해 주세요

끝날 때까지 끝난 것이 아니다.

"가장 지혜로운 사람은 경험으로부터 배우는 사람이지만,

가장 현명한 사람은 타인의 경험으로부터 배우는 사람이다."

– 비스마르크

요즘 며칠 동안 저는 오랜만에 버스를 타고 출퇴근을 했습니다. 집에서 회사까지 거리상으로는 버스로 충분히 다녀도 되지만, 자가용 이용과 비교했을 때 시간이나 비용 면에서 큰 차이가 없어 평소에는 자가용을 주로 이용하곤 했습니다. 그런데 마침 둘째 아들이 동원예비군 훈련에 차를 가져가도 되는지 묻기에, 흔쾌히 빌려주었습니다. 덕분에 저는 며칠 동안 오랜만에 '대중교통'이라는 버스 신세를 지게 되었습니다.

버스를 타기 위해서는 아파트 단지를 지나 대략 20분 정도를 걸어서 버스 정류장으로 가야 합니다. 걸어가는 길에 무성한 주변 나무들을 보니, 한낮의 햇볕이 여전히 강렬하다는 것을 온몸으로 느끼게 됩니다. 어제는 별문제 없이 버스를 잘 타고 왔습니다. 그런데 오늘은 좀 일찍 나섰으니 괜찮으리라 생각하며 여유롭게 걷던 중 건널목에 도착했을 때였습니다. 마침 제가 타려던 그 버스가 정류장을 떠나는 것이 보였습니다. '아! 조금만 더 일찍 왔더라면 저 버스를 탈 수 있었을 텐데!' 하는 진한 아쉬움이 밀려오는 동시에, '굳이 이 뜨거운 햇볕 아래서 건널목을 서둘러 건너야 할까? 그래서, 근처 나무 아래에서 잠시 땀이나 식히자'라는 나태한 생각이 불현듯 스쳤습니다. 그래서 저는 건널목을 건너지 않고 나무 그늘 밑에서 5분간 쉬고 있었습니다. 그리고 신호등에서 기다리고 있는데, 제가 타려던 버스가 이미 정류장에 멈춰 서 있는 것이 눈에 들어왔습니다. '어? 왜 이렇게 빨리 왔지? 방금, 버스가 지나간 지 얼마 되지 않았는데!' 하는 당황스러움이 밀려왔습니다. 빨간불이라 건널목을 건널 수도 없었습니다. 결국 저는 아침 출근길에 연이어 버스를 놓치고 만 것입니다. '이런 낭패가….' 짧은 순간 수많은 생각이 머릿속을 스쳐 지나갔습니다. '에휴, 그냥 버스 정류장에서 기다릴 걸 그랬나? 쓸데없이 너무 여유를 부리다가 결국 방심했구나.'

이솝우화의 '토끼와 거북이' 이야기가 마치 거울처럼 떠오르면서, '결승선 코앞에서 이게 뭐 하는 짓이지?' 하는 강한 자책감이 생겼지만, 이미 버스는 저를 뒤로한 채 유유히 멀어져 간 후였습니다. 우리는 마지막까지 방심하지 말아야 한다는 것을 알면서도 때로는 '설마 나에게 그런 일이 일어나겠어?' 하고 안이하게 생각하며 경계심을 늦추곤 합니다. 하지만 이런 예상치 못한 일은 우리에게 언제든 예고 없이 불쑥 발생하곤 합니다.

다행히 이번에는 버스를 놓친 그저 사소한 해프닝으로 끝났기에 망정이지, 만약 중요한 약속이나 일생일대의 시험이었다면 얼마나 끔찍했을까 하는 생각을 했습니다. 매사에 마지막까지 최선을 다하고 단 한 순간도 방심하지 않는 습관이야말로 크고 작은 낭패를 현저히 줄여줄 것입니

끝날 때까지 끝난 것이 아니다.

다. 아무리 끝까지 무사히 마무리 지을 수 있는 당연한 일이라 할지라도, 지나치게 여유를 부리며 방심하다 보면 언제든 예상치 못한 크고 작은 문제가 불거져 발목을 잡을 수 있습니다. '끝날 때까지 끝난 것이 아니다'라는 어느 야구 감독의 명언처럼, 늘 긴장의 끈을 놓지 않고 살아가야 하는 우리의 삶은 때로는 고달프고 버겁게 느껴지기도 합니다. 하지만 저는 오늘, 이 사소한 출근길 해프닝을 통해 '마지막까지 방심하지 않는 것'이야말로 우리가 평생 간직해야 할 새삼스러운, 그러나 더할 나위 없이 귀하고 중요한 교훈이라는 것을 깨닫고 반성하는 하루를 보냈습니다.

핵심 메시지 요약

이 글은 일상에서 버스를 놓친 사소한 경험을 통해 '끝날 때까지 끝난 것이 아니다'라는 인생의 중요한 교훈을 되새깁니다. 평소보다 일찍 나섰다는 생각에 여유를 부리다가 눈앞에서 버스를 놓치고, 뒤이어 다음 버스마저 예상보다 일찍 출발하는 상황을 겪으며 방심의 위험성을 깨닫습니다. 이솝우화의 '토끼와 거북이' 이야기를 떠올리며 결승선 앞에서 안이하게 행동했던 자신을 책망하지만, 이 사소한 낭패가 큰 문제가 아니었음에 안도합니다.

이 경험을 통해 매사에 마지막까지 최선을 다하고 방심하지 않는 습관의 중요성을 강조합니다. 끝까지 긴장의 끈을 놓지 않는 삶이 때로는 고달프게 느껴질 수도 있지만, 이 사소한 사건이 예상치 못한 문제를 줄여줄 귀한 교훈이 되었음을 밝힙니다. 결국 이 글은 아무리 작은 일이라도 끝까지 집중하고 신중해야 한다는 자세와 함께, 일상의 작은 실패를 통해 삶의 지혜를 얻고 성장하려는 현명한 태도를 보여주고 있습니다.

끝날 때까지 끝난 것이 아니다.

글의 주제와 어울리는 고사성어 및 명언, 글귀

'방심 경계', '마무리 중요성', '일상의 교훈', '경험 학습', '인생의 긴 장감', '자기 성찰'을 이야기하고 있음.

고사성어

終始一貫(종시일관): 처음부터 끝까지 변함없이 한결같음.
마지막까지 최선을 다하고 방심하지 않는 습관의 중요성을 강조합니다.

有備無患(유비무환): 미리 준비하면 근심이 없다.
여유 속 방심이 예상치 못한 문제를 초래할 수 있음을 경계합니다.

刻苦勉勵(각고면려): 어떤 어려움도 참고 애써 노력함.
늘 긴장의 끈을 놓지 않는 삶이 때로는 고달프게 느껴질지라도 긍정적인 의미를 부여합니다.

前車覆轍(전차복철): 앞 수레가 엎어진 자국을 본받아 뒤 수레가 경계함.
사소한 실수로부터 교훈을 얻어 반성하는 태도를 나타냅니다.

一以貫之(일이관지): 하나의 이치로 시종일관함.
어떤 일을 시작했으면 끝까지 일관성 있게 마무리해야 한다는 메시지를 담습니다.

"삶이란 마라톤과 같다. 결승선 앞에서 속도를 늦추는 것은 가장 큰 실수이다."
이솝우화의 토끼처럼 결승선 앞에서 방심한 자신을 책망하는 모습과 연결됩니다.

"사소한 일에서의 방심이 큰 실패를 부른다. 매 순간 깨어있으라."
버스를 놓친 사소한 경험이 큰 교훈을 준 것에 대한 통찰을 뒷받침합니다.

"가장 지혜로운 사람은 경험으로부터 배우는 사람이지만, 가장 현명한 사람은 타인의 경험으로부터 배우는 사람이다." - 비스마르크
일상의 작은 경험을 통해 귀한 교훈을 깨닫고 반성하는 태도를 칭찬합니다.

"습관은 제2의 천성이다. 좋은 습관은 당신을 지키는 가장 강력한 갑옷이 된다."
매번 마지막까지 최선을 다하고 방심하지 않는 습관의 중요성을 강조합니다.

"인생은 언제나 예상치 못한 선물을 준비하고 있다. 때로는 그것이 교훈의 형태로 오기도 한다."
예고 없이 발생하는 일들을 통해 우리는 성장한다는 의미를 부여합니다.

"가장 큰 위험은 위험 없는 삶이다." - 오프라 윈프리
위험을 의식하지 않고 안이하게 사는 태도를 경계하며, 언제든 발생할 수 있는 문제에 대한 경각심을 일깨웁니다.

끝날 때까지 끝난 것이 아니다.

어설퍼도 괜찮아, 또 하루가 시작되니까

1판 1쇄 발행 2026년 1월 14일

지은이 임정호

교정 황윤 편집 이새희
마케팅·지원 이창민

펴낸곳 (주)하움출판사 펴낸이 문현광

이메일 haum1000@naver.com 홈페이지 haum.kr
블로그 blog.naver.com/haum1000 인스타 @haum1007

ISBN 979-11-7374-288-0 (03810)